星に願いをかけるには

イーライ・イーストン

冬斗亜紀〈訳〉

How to Wish Upon a Star

by Eli Easton

translated by Aki Fuyuto

Monochrome Romance

How to Wish Upon a Star
by Eli Easton

How to

星に願いをかけるには

Wish Upon a Star

ジェイソン・クーニック

マッドクリークに戻ってきた科学者
アラスカン・マラミュートのクイック

マイロ

もとホスピスの「いたわり犬」
ラブラドゥードルのクイック

How to Wish CHARA

ランス・ビューフォート

マッドクリークの保安官
ボーダーコリーのクイック四代目

ティム・ウェストン

ランスのパートナー
人間の園芸家

※この二人の話は『月への吠えかた教えます』で読めます。

イラスト：麻々原絵里依

序

クイックという存在について、体系的な知識が何ひとつ存在しないという恐ろしい事実がある。長期にわたる医学的な研究も、基礎となるデータもなく、臨床的な記録すらない。クイックへの最初の進化がいつ起きたのか誰も知らず、五十年前なのかじつは千年以上前から存在しているのかすらわからない。少数で無防備なこの種に対し、どのような病患が致命的になりえるのかも、パルボウイルスや腺ペストに罹患《りかん》しうるかもわからない。変身の行程において心臓に病的な負担がかかるかどうかも不明ならば、時の経過や老化につれていずれその精神が獣に呑みこまれていくのかも不明である。

『新たな種—カニス・サピエンス』（ジェイソン・クーニック博士による未発表の草稿より）

1　憂鬱なインタビュー

ドクター・ジェイソン・クーニックはノートの上でペンをかまえて返答を待った。老いたブルドッグ、ガスは、呆然としているようだった。その頰が憤慨に震えていた。

「しかし私は……まさかそんなこと……一体どんな神経で……？」とガスが声を上げる。

「単純な質問だ」ジェイソンは苛々と言った。「きみが単なる犬だった時の、以前の保護者。ミセス――」名前を見ようとノートをずらした。「ミセス・アンダーソン。きみがクイックになる前に彼女に対して抱いていた感情の割合を教えてほしい。選択肢は以下だ。A：親子のような愛情、B：忠義、C：畏敬、D：恋愛感情、E：性的な感情、F：嫌悪感、G：義務感、H：感謝、I：敵意」

ガスはかつて二十七キロほどの、カウチの虜《とりこ》のブルドッグだった。それが飼い主との深い絆ゆえに〝活性《クイック》〟になったのだった。すなわち、人間の姿に変われる能力を手に入れた。今の彼は白髪と青い目のおだやかな年寄りで、丸顔に存在感のある腹をしていた。表情は深い困惑で、ジェイソンからスワヒリ語で話しかけられているかのようだ。ジェイソンはガスの前に置かれた紙を手とペンのほうへ押しやり、ペンを取って何か書けと念じた。何でもいい。

　ガスは動かなかった。

　ジェイソンは歯をくいしばった。

「もし割合で考えるのが難しいのならば、十段階のスケールではどうだろう？　たとえばミセス・アンダーソンに平均週三回の嫌悪感を感じたならば、第二段階にチェックを入れる。日に三回であれば第八段階。ああ、それから性的衝動とは、実際の勃起から強迫観念的な舐め回し衝動までを含む。とは言え——」

　ガスが両手で顔を覆い、マッドクリークのダイナーのテーブルから立ち上がると、よろよろとドアへ向かった。

「待つんだ！　きみの血液と尿のサンプル採取がまだだ！」

　ジェイソンは席から立ち上がって呼び止めた。

　だがガスは振り向きもしなかった。追い立てられるようにダイナーを出ていく。そして今や店内の全員がジェイソンを、まるで二股しっぽが生えたサタンの十戒の創始者であるかのように凝視していた。低く唸り、ジェイソンは腰を下ろすと、書類とノートをテーブルの縁と平行にきっちりとそろえ直した。それからガスの未記入の用紙を取り上げて、一枚ずつを書類の元の位置に正確に戻し、再度そろえた。

　問題なのは、とジェイソンは考える。このダイナーなのだ。このような公共の場で立ち入ったリサーチを行うなど、馬鹿げている。非効率だ。被験者が、私的な事情についてこんなところで答えてくれるわけがない。もっと悪くしたことに、ジェイソンはここでは何の支配力も持たず、返答を引き出すまで被験者を引きとめておくこともできないのだ。

　残念ながら、マッドクリークで彼が滞在している小さなホテルの部屋は論外だ——広さも足りないし、濡れた猫の異臭が染み付いている。ジェイソンもなるべくあの部屋ですごさないようにしていた。賃貸契約を結んだキャビンはまだ準備が整わないが、それまで研究開始を遅らせてはいられない。だから暫定的にこのダイナーを使おうとしたのだ。

　だがここまでで、有用なデータをひとかけらもよこさずに店を出ていったクイックはガスで四人目となる。マッドクリークで重要な研究を始めようというのに、幸先《さいさき》のいいスタートとはいえない。

「失礼ですが」

　顔を上げると、そばにハンサムな若い男が立っていた。腰のあたりに、黒髪ではっとするほど青い目の女児を抱えている。赤ん坊づれの人間のほうは長い茶色の髪で、額に前髪が斜めに垂れ、ほっそりした顔でヘイゼルの目をしていた。体つきはひょろっとして、ジェイソンは彼から大地の雰囲気を嗅ぎとる。

　いや、嗅ぎとってなどいない。そんなはずがない。ジェイソンは科学者であって、猟犬や何かではないのだ。これは情緒的な印象にすぎない。

「なんだね？」

まだ機嫌が悪いジェイソンはぴしゃりと聞いていた。

「その……ガスとの話がつい耳に入ってしまったんだけれど。僕が口出しするようなことではないのはわかっているけど、ただ……少しだけお話できませんか？　遅れましたが、僕はティム・ビューフォートです。この子はモリー」

ティムが赤ん坊の手を馬鹿げた仕種で振ってみせた。ジェイソンは赤ん坊についてはまったく詳しくないが、目の前にいるのがクイックの子供だというのはわかる。一方、ティムは完全なホモ・サピエンスに見えた。

「よろしい」

ジェイソンは向かいの席を手で示した。どうせ次の約束まであと三十分はある。

「よかった。今、自分の昼ご飯を持ってくるから」

ティムは固い笑みをちらっと見せると、サラダとハーフのサンドイッチがのった皿を運んできて席にすべりこんだ。赤ん坊を抱えながらなので危なっかしく、皿が不吉に傾いた。ジェイソンはその皿をつかんだ。無為に費やされたこの朝の仕上げに、書類にドレッシングをぶちまけられてはかなわない。

「ありがとう」ティムは自分の不器用さを悪びれもしていない。

「それで」とジェイソンは、テーブルに慎重に皿を下ろししながらうながした。

ティムが彼に非好意的な目つきを向けた。「それで。あなたは一体――」

「この席にはガスがいたんじゃなかったかしら?」

やってきたウェイトレスのデイジーが途方に暮れた顔をしていた。

「ガスは帰ったよ。ごめんね、デイジー」とティムが答える。

「あら、あやまらなくていいのよ、ティム! こちらのドクター・クーニックと会えたのね。ジェイソンと私は一緒に高校に通ってたのよ、ね、ジェイソン? それが今じゃジェイソンは博士号とかまで取って!」

デイジーの大声に、ジェイソンは周囲の視線を意識した。注目されるのは好きではない。身の内の不安が――身の内の犬が――騒ぎ出す。神経質な指先でまた紙の山をそろえた。整然と秩序立った周辺環境に集中することで心がなだめられる。

「そうなんだ? それはすごい」

とは言ったが、ティムは感心した様子ではなかった。

「そうよ、ジェイソン、ティムと会うのは初めて?」とデイジーは続けた。「彼はランスと結婚してるの! 知ってるでしょ、ビューフォート保安官? やっぱり私たちと同じ頃に高校にいた。それにモリーったら最高にかわいくてふかふかもちもちきゃっきゃして……」

デイジーの言葉は、彼女が赤ん坊の腹をくすぐり、喉元をなでて――扁桃腺の腫れのチェックか?――いるうちに耳ざわりで無意味な呟きと化した。赤ん坊はうれしそうに喉を鳴らす。

はしゃいだ子犬の鳴き声のようだ。

ほう。ジェイソンはその発見を書きとめた。彼の研究対象は、普通の犬として生まれて新たにクイックとなったものに限られている。ジェイソンが〝第一原型〟と呼ぶ存在だ。なので、クイックの子供たちについてはあまり考えたことがなかった。だがこうしてマッドクリークへ帰ってきた今、多様な研究の機会が目の前に開けている。犬からヒトへの変化の鍵が、幼児の中に観測できるかも――。

「ドクター・クーニック?」

ノートから顔を上げると、デイジーとティムが彼を見つめていた。

「なんだね?　なにか言ったか?」

「何か食べるものを注文するかしら、って聞いたの」とデイジーが答えた。

「いや結構」ジェイソンは腕時計をたしかめた。追加のカフェインを摂取しても問題ないだけの時間が経過している。「ただ、コーヒーのおかわりを頂きたい」

「すぐにね!」

デイジーがふたりを残して去っていった。ジェイソンとしてはティムとふたりきりになりたいかどうか定かではない。だがティムとランス・ビューフォートの関係に対する興味はそれなりにあった。ランスのことはちゃんと覚えている。いじめっ子とまでは言えないものの、ジェイソンとの仲は友達とも言いがたいものだった。ジェイソンが十二歳の時に母親がマッドクリークへ引っ越してきたのだ。「あなたは仲間と一緒にすごさないと」と母はジェイソンに言ったものだ。馬鹿馬鹿しい！　ジェイソンの孤独癖が、ほかのクイックを知らないことに起因しているとでも？　結局のところマッドクリークの若者たちが相手になったところで、同年代の人間相手以上になじめるわけもなかった。

　あの頃、ランスとジェイソンは同じクラスだった。ランスは生真面目でよそよそしく、排他的で、新しい転入生も受け入れようとしなかった。その彼が人間の男と結婚したというのなら、あれから相当変わったのだろう。

「あなたはクイックについてあまりよくご存知じゃないですよね？」

　ティムが抑えた声で、店内の誰にも話を聞かれたくないかのようにたずねた。

「い、今なんと言ったかね？」ジェイソンは唾をとばした。「私はクイックについて世界で一番よく知っている！」

　ティムは疑り深い顔だった。

「そうですか。はい。いいでしょう。まず第一に、あなたがあんな……ガスとしてたような話をダイナーで堂々としているとランスが知ったら、卒倒しますよ」とティムが周囲を見回した。「今ここには、少なくとも見覚えのないカップルが一組いる。きっと観光客だ。僕らは、他所者に……事情を知られないように、とても用心してるんです」

　ティムの目が店内の向こう側にいる若い、登山者のような格好をしたカップルを見ていた。

「そんな大きな声では話していない」とジェイソンは語気を強めた。

もちろん、他所者にクイックの話をするほど愚かではない。とはいえジェイソンはティムの存在にも気が付いていなかったし、ティムは人間で、すぐ後ろの席に座っていたのだ。あまりいい兆《きざ》しではない。もっと慎重にならなければ。ここがマッドクリークだというだけで気がゆるんでいたようだ。誰かとクイックの話をすること自体が数年ぶりだ。この町にいる誰もが事情に通じているわけではないことも忘れていた。それでも、この見知らぬ相手に謝罪するつもりはない。

「第二に」とティムが続けた。「あなたの話の半分も、ガスには理解できていないと思う。彼に理解できたことはかけら程度で……」

「かけら程度？」

ティムは溜息まじりに背もたれによりかかった。膝の上の赤ん坊を引き寄せ、上下にはずませる。赤ん坊は片方の拳を熱烈にかじっていた。

「ええと……言いすぎでした？　ガスは僕のところで働いてくれているので、よく知ってるんです。前の飼い主、ミセス・アンダーソンのことになると彼はとても感傷的で、涙もろい。もう何年も前に亡くなっているのに今でも深く想ってる。あなたの質問が、彼にはショックだったんですよ」

ジェイソンは苛立ちを覚えた。

「言わせてもらうが、私の質問は論理的で、かつ必要なものだ。本格的な研究のためだ。だがたしかに、クイ——研究対象への聞き取りは順調とは言えない。トラック山盛りの虫を数えるほうがまだ簡単そうなほどだ」

ティムがニコッとした。温かく、心のこもった笑顔だった。

「うん、ここに住むク——ひとびとは手に負えないことがありますね、たしかに。だよね、パンプキンちゃん？」

赤ん坊を上下にはずませる。彼女の小さな足がティムの太腿を踏んで伸び縮みした。口にくわえていた拳で今度はティムの顎をつかもうとしたので、涎《よだれ》の線がだらりとのびる。だがティムは気にした様子もなかった。

ジェイソンの怒りは、発生と同じくらい急激にしぼんだ。ティムの言うことにも一理ある。対人スキルというのは昔からジェイソンにとって苦手な分野だった。試験管やコンピューター、顕微鏡を相手にしているほうがずっと気が楽だ。だがこうして個別のデータ採集にとりかかれる機会がやってきたのだし、この重要な研究を自分のコミュニケーション不全のせいで失敗するわけにはいかない。

もう何百回目かのことだが、ひとりきりで研究するしかない環境を嘆いた。多くの研究者たちがこの手の作業をスタッフにまかせているというのに。ただ、研究の秘匿性《ひとくせい》ゆえにそんな手段はジェイソンにはありえない。マッドクリークのクイックたちの中に才気あふれる若い科学者の卵が出てこない限り、ジェイソンは新たな種族という未開の地を孤独にさまよう探求者なのだった。控えめに言っても、気が重い。

デイジーがやってきてコーヒーのおかわりを入れてくれた。ティムにも新しい水のグラスを出す。そしてまた赤ん坊の喉元をくすぐって去っていった。

ジェイソンはふたたび書類を揃えた。コーヒーを飲むと、沈んだ溜息をカップに漏らした。

「じゃあ、またはじめからやりましょう」とティムがうながした。テーブルごしに身をのり出して、にっこりと右手を差し出す。「どうも、僕はティム・ビューフォート。ビューフォート保安官は僕の夫で、このかわいい天使ちゃんはモリー。僕らの娘」

ジェイソンはその手を短く握り返した。多くのクイックたちと異なり、彼は接触を好まない。

「よろしく、ティム。私はジェイソンだ」

「どうも、ジェイソン」

ティムは何か聞きたそうなそぶりだったが、ジェイソンのほうもいくらか質問がある。

「その乳児」と彼は赤ん坊を示した。「彼女はクイ――」

「うん！」ティムは神経質に周囲を見回した。「そう。この子は、その……ご存知のアレ」

「そして、きみは違うな」

「そのとおり」

「さらに、きみはランス・ビューフォートと結婚している。子宮の要素がどちらにもない」

ティムはくすっと笑った。子供が楽しげな声を立て、その笑いを感じとろうというように喉元に手をのばす。

「まさにね。カップルとして、僕らには子宮の持ち合わせがない。モリーの親はランスの兄のロニーとその妻トゥリーで、ふたりとも……その、アレだから」ティムの目がいたずらにきらめいた。「トゥリーは二度目の妊娠で。一度目の時には三つ子で、今回は四つ子だとわかってね。それで彼女は途方に暮れた。かなり控えめに言っても」

ほう。興味深い。ジェイソンはその話を書きとめた。ティムに言われてあらためて思い出すと、この町の学校に行っていたころ、たしかに双子や三つ子が周囲に大勢いた。多胎出産はイヌ科の特性でもあり、遺伝学者の興味の対象でもある。もし〝種火《スパーク》〟を得てクイックになった犬のDNAを、通常の犬のままのきょうだいのDNAと比較できたなら、変容によって影響を受けた遺伝子を突き止める手がかりになるかもしれない。多胎児は一卵性双生児とは違うが、そうであっても、血縁のない犬同士よりははるかに近いDNAを持つ。

ティムはまだしゃべりつづけていた。

「もちろん僕らだって『うわ、四つ子⁉ そんなにいらないでしょ、大学の学費がえらいことになるし』なんて言ったわけじゃない。ただとにかく、この子たちが生まれる前にはもうこういう成り行きになってた。まあ。決められたというか」

苦笑いの口調だった。顔を上げてジェイソンを見る。

「リリー・ビューフォートのことは知ってる？」

ジェイソンは彼女のことを思い出そうとした。

「……あまり？」

ティムが鼻で笑う。

「すぐ知ることになるよ。間違いない。リリーは、ランスとロニーの母親でね。なんにせよ、子供たちが生まれるより先に、そのひとりをランスと僕が育てるっていうのは決定事項にされてたわけ。あなたにとっては奇妙に映るかもしれないけど、僕らはどうせ同じ町に住んでるから、モリーはきょうだいと遊べるしね。そうだよね、パンプキンちゃん？　それにロニーとトゥリーはほんとに優しくて。ランスと僕が家族を作れるようにって本心から願ってくれてる。それと、そうそう、ランス！　〝仕事以外のことに割く時間は無駄〟のランスがさ、モリーと目が合った瞬間からありえないくらい骨抜きでめろめろのパパになっちゃって」

「それは……そうか、おめでとう。だが私は次の準備が――」

「そしてこの小悪魔ちゃん登場ってわけ」とティムはまたモリーを上下にはねさせ、満面の笑みを彼女に向けた。「この子が僕らを親に選んだんだよ、病院で、まさに一日目に」

ジェイソンはつい口を出していた。

「新生児がきみらを選んだ。『そなたらが待ち望んでいた子は我だ』とでも言ったのかね？」

「ううん」ティムが笑った。「この子はきれいな青い目を開けて、ランスと僕を見上げると、抱き上げてくれってするように両腕をさし出したんだ。ほかの子たちは僕らの存在なんか気にもしてなかったのに」

「そんなに幼いのに腕を持ち上げられるものなのかね？」ジェイソンは納得していない。

「神に誓ってね」

まるで今の物語がギルガメシュ叙事詩に匹敵する神話や伝説であり、それを疑うなんてひどい冒瀆《ぼうとく》だというようにティムが不吉な目つきをよこした。

「あるいはちょうど放屁のタイミングだったか」とジェイソンは推論する。

ティムは小首をかしげて、じっとジェイソンの顔を見た。

「なるほど。科学者だね。運命や魔法は信じないというわけ？」

「わずかたりとも」

「それでもあなたは、あなた自身……アレなんでしょう。そうですよね？」

自分がクイックであることをジェイソンは否定しようがない。町の住人のほとんどが彼の母とその来歴を知っているのだから。だが口に出してそれを認めるのはあまりにも久しぶりのことだった。彼は素早くまばたきをした。

「ああ。そうだ」と固く答える。

「ならどうして魔法を信じないでいられるんです？　僕はいつも、この町は魔法みたいだって感じてるんだけど」

ジェイソンは憤慨の息をついた。

「クイ――我々が話題にしている状態は、魔法などではない。遺伝学的なものだ。ＤＮＡ。すべてに論理的な説明がつく」

「そうかな？」

「もちろんだ！　うまく説明がつかないからと言って魔法であるとは言えない」ジェイソンは身をのり出した。この話題になると熱がこもるのだ。「答えはＤＮＡの中にある」

「ほんとに？　すごい。どういう仕組みなんです？」

ティムは本気で興味津々に見えたし、こうして研究の話をできる機会は滅多にない。ジェイソンは力強く答えた。

「正確なメカニズムはまだつかめていないが、有力な仮説はある」

「ふうん……？」

「遺伝子の発現を切り替えるスイッチがあり、それによってオンオフがなされることはわかっている。一例を挙げると、発現したなら、胎児の退化した尾を成長させることができる遺伝子は誰しもに存在する。だがそれをオンにできる特定のスイッチはごく一部の人間にしか存在しない」

「へえ！　つまりそれって、もしかしたらどの犬のＤＮＡの中にも、犬が、その……ア、ア、アレになれる能力はあって、でもそのためのスイッチを持ってる犬だけが実際の――アレになれるのかもしれないってこと?」

「スイッチを持っているかどうかが問題なのではない。賢い犬《カニス・サピエンス》――あるいはクイックと言ってもいいが――として生まれついた場合、そこのモリーのように、はじめからスイッチを持ち合わせている。だが通常の犬として生まれた場合、極端な状況下において進化するか作り出すかしてスイッチを得るのではないかと思う」

ティムが首を振った。

「それで、あなたはそれをどうやってつき止めるんです? わお、こいつは途方もない話だ」と子供に微笑みかける。「わお、ってのは使っていいよね、汚い言葉じゃないもんね? よしよし」

「途方もないが、その意味を考えてみてくれ! これほどに強力な突然変異のスイッチを解明できたならば、ほかのスイッチを発見する手がかりになるかもしれないんだ。老化を食い止めたり失われた手足の再生を可能にするような強力なスイッチを。祖先である古代の両生類のように」

「じゃあどのような〝極端な状況〟が犬を……それ以上のものに変えるんです?」

「それを突き止めようとしているんだ」ジェイソンは書類をそろえながら、研究について考えるといつも湧き上がる気ぜわしい興奮を感じていた。「この町の第一世代全員から聞き取り調査を行いたい。彼らがその――変化を起こした共通の因子があるはずなんだ。感情が化学反応を引き起こすことは知られている。たとえば、母と子などの間で安心感やつながりを感じると、オキシトシンという化学物質が生成される。そのほかにもホルモン、フェロモン、ストレス反応、アドレナリン……特定の遺伝子を目覚めさせてスイッチを入れる特定の組み合わせ《カクテル》があるのかもしれない」

通りすぎたデイジーが、くるりと引き返してきた。

「あら、ジェイソン！　カクテルがほしいって言った？　ごめんなさいね、うちにはアルコール類の販売ライセンスがないのよ。ランスが駄目だって」ここで身を乗り出してわざとらしくひそひそ囁いた。「他所者《よそもの》が町で酒を飲むのを嫌がってるの。でも正直、勘弁してほしいけど。ランチでビール飲んだって何も起きやしないわよ！」

ジェイソンは鼻の上に眼鏡を押し上げた。

「いや、デイジー。私がしていた話は……いいや、カクテルはいらない」

「あら、そうなの」

デイジーは立ち去ろうともせず赤ん坊をくすぐり、下らない言葉を浴びせた。ティムは子育てのコツをつかんでいるらしく、モリーを左腕でかかえてデイジーと遊べるようにすると、まるであと二分しか命がないように右手で食事を口につめこみはじめた。二分後にはデイジーが歩き去り、モリーが退屈してまた奇声を上げ出した。幼児が放つ音は、黒板をかきむしる音、空襲サイレン、オウムの鳴き声を一緒くたに混ぜ合わせたかのようだった。人間の声とも犬の声とも思えない。

「潮時みたいだね」ティムがジェイソンに笑いかけて口元をナプキンで拭った。「家に帰ってお昼寝の時間だ。僕じゃなくてこの子がね。僕だって昼寝したいのは山々だけど。じゃ、ジェイソン、会えてよかった。研究がんばって。もし僕にできることがあれば……ああ、毎週金曜は群れの食事会で、月末の土曜は月吠えの夜だから。逃すのはもったいないよ！　そこでまた会える？」

「いいや」

「あ、そうなんだ。うん、わかった。じゃあね」

2　マイロとのめぐりあい

リリー・ビューフォートはこの旅を心の底から恐れていた。マッドクリークの女家長として、そしてビューフォート家の母、かつ祖母として、さらにボーダーコリーの第三世代シフターとして、群れを導くことも他人の事情に首をつっこむこともそれなりにお手のものだ。だが今回は違う。昔の恩師がフレズノのホスピスに入院しているという知らせが来たのだった。リリーは、あの愛しい老婦人に別れを言いに行かなければならない。そうなのだ。

　ソフィー・アンドリュースは、リリーが町の外に持つ数少ない友人のひとりだった。マッドクリークには、なりたてのクイックを教育する学校がどうしても必要だったのだが、町にあった幼稚園から高校までの一貫教育システムでは対応できなかった。そこで自分がクラスを作ると買って出たリリーは、何をすればいいのか知るためにフレズノで開かれた教員資格を取得できるプログラムに参加したのだった。

　ソフィーは長年その手のクラスを受け持っており、リリーとはすっかり親しくなった。何年にもわたってリリーはフレズノへ買い物に出るたびによく彼女とランチを取ってきた。ソフィーはクイックについては何も、その存在すら知らなかったし、リリーがそのひとりだとも知らなかった。だが大人に読み書きを教える方法については熟知していた。

　今、そのソフィーは脳卒中でホスピスに入院している。息子によればそばに誰がいるのかもわからない状態だと言うが、最後の敬意を払いに行くほか、リリーにできることはなかった。

　ホスピスがあるのはリバー・グレンという老人ホームの続き棟だった。リリーは古いスバルのステーションワゴンを駐車場に停め、バックミラーで自分の姿をたしかめた。わずかだけ銀髪混じりの黒く豊かな毛並みはぐったりとしなだれ、毛根まで悲嘆に暮れているようだ。青い目は腫れぼったく赤らんでいる。笑顔を作ろうとしたが、うまくいかなかった。取り乱すことなくこの訪問を無事終えられればいいのだが。溜息を吐き出し、リリーは車を降りて建物に入った。

ナースステーションで受付を済ませて、面会者用バッジを受け取った。受付係によればソフィーの部屋は二〇七号室。深々と息を吸い、リリーはホスピスへ続く両開きドアを抜けた。

廊下の床は艶光るリノリウムで、落ちついた灰青色の壁には夕日や花が描かれていた。安らぎを与えるつもりなのだろうとは思うが、でもなんて退屈なんだろう。憂鬱から気をそらせたいのなら、ウサギとか何か、追いかけられる動物の写真でも飾るべきだ。次のナースステーションを通りすぎ、それから二〇〇号室、二〇一号室……。

おかしなにおいが鼻をくすぐって、リリーは足を止めて嗅いだ。ホスピス棟には色々なにおいがひしめき、ほとんどどれも不快なにおいだ。レモンの洗剤の強いにおい、塩水、苦い抗生物質、うっすらとした尿や便、ハンドクリーム、そして心騒がす病気のにおい。看護師の誰かがつけている香水の残り香と――。

犬。犬のにおいがする。雄犬だ。

周囲を見回すと、ナースステーションのカウンター脇で、毛に包まれた顔がきょろきょろしているのを見た気がした。だが一瞬のことだ。気のせいだろう、嗅いだばかりのこのにおいも。ナースステーションに犬がいるわけない！

首を振り、リリーは歩き出してまた二〇七号室を探した。部屋に着くと、男が出てくるところだった。ソフィーにそっくりだ。

「ディロン・アンドリュースね？」とリリーはたずねた。

「そうですが？」

「私はソフィーの友人のリリー・ビューフォート。この間、電話で話したわよね？」

「ああ、そうですね。来て下さってありがとう」

彼があまりにも打ちひしがれて見えたので、リリーは思わず彼をハグした。離れると、ディロンの目元は濡れていた。

「悪いけど、母さんは意識がなくて」

「いいのよ。私がソフィーのそばにいるから、その間ちょっとコーヒーでも飲みに行ってきたら？」

「それが、一、二時間仕事に行ってこないとならなくて。看護師が見回ってるので、あなたは……好きなだけいてもらえれば」

「ありがとう」

「来てくれて感謝します。母さんもあなたに会いたかっただろうと思うので」

ディロンが去ると、リリーは腹をくくって部屋へ入っていった。肌が不安でちりつく。腕や首の毛が警戒に逆立った。だが、結局のところ、中にいたのはソフィーだけだった。ベッドに横たわった彼女は小さく縮んでしまったかのようで、きりりとしていた顔は前にも増して鷹のように見えた。深々とした眠りに落ち、口元がゆるんでいた。

リリーは訪問者用の椅子をベッド脇へ引き寄せ、座った。ソフィーの手を取ると、カサカサした紙のような感触を心からしめ出そうとした。ソフィーに自分の家族やマッドクリークのゴシップを話して聞かせる。ゴシップなら山ほどある。

午前中はたちまちすぎていった。ソフィーは一度も目を開けなかったが、数回、リリーの手を握り返してきた。ランスとティムと赤ん坊のモリーの話を聞きたくてたまらないらしい。そりゃあ聞きたくないひとなんているわけないけど！

さらにリリーは、なつかしいジェイソン・クーニックの話もした。昔からひとりだけ毛色が違っていたがとんでもなく頭が切れた彼が、今や研究のためにマッドクリークに戻ってきたのだと。博士にまでなって！

幾度か、半開きのドアのところに誰かがいるのをはっきり感じた。だがそのたびにリリーが振り向いても、誰の姿も見えなかった。

しまいに、ついに話題が尽きた。さよならの時が来たのだ。石のように重い心で、リリーはソフィーの額にキスをした。

帰ろうとしていると、ちょうど看護師が入ってきた。

「あらどうも！」と看護師がリリーに挨拶した。空色の看護服に色とりどりの風船の絵がある、大きな笑顔の大柄な女性だ。名札にはラシーヌとある。「いいから、私のことは気にしないでくださいね！　いくつかチェックするだけですから。ソフィーはあなたが会いに来てくれてとってても喜んでると思うわ。そうでしょう、ソフィー？」

「彼女がいないと寂しくなるわ」とだけリリーは答えた。

「でしょうね。とても素敵な人だったんだろうって、私にもわかりますから。最後に会いにくる人たちや家族の雰囲気で、どんな人だったかいつもわかるんですよ。ええ、いつか私たちにもこんな時が来る。悔いのないように生きるのが一番」

「ソフィーは頭が良くて、誠実で、私にとても多くのことを教えてくれたのよ」

ソフィーについてさらに語ろうとした時、リリーの耳がかすかな蝶番《ちょうつがい》のきしみをとらえた。振り向くと、茶色くて毛むくじゃらの長い顔がドアのそばから彼女を見ていた。

あら、コソコソしちゃって。さっきからずっとあなただったのね？

リリーは目を細めてじっと相手を観察した。

「あの犬、ご存知？」とひそひそラシーヌに聞く。

ラシーヌが扉のほうをちらっと向いた。顔が笑みで明るくなる。

「ええ！　あれはマイロよ。うちの〝いたわり犬〟」

「いたわり犬？」

「そうなのよ。この犬は患者や家族のところへ行って慰めてあげるの。愛のかたまりみたいな犬なのよ。患者さんにとても優しくて！　私たちみんな、この子はちょっとした魔法を持ってると思ってるのよ、いつだって最期の近い人が誰かわかってるんだもの。亡くなったばかりの人にこの子が丸くなって寄り添っているのをよく見るのよ。マイロは、あの人たちをひとりきりで旅立たせまいとしているの」

「へえ。看護師かお医者さんが飼ってる犬なの？」

「いいえ。まあ、私たちみんなの犬、というところね。あのね、二年くらい前、看護師長のミセス・バートンがね？　ホスピスで介助犬を使って患者さんたちのストレスや恐れをなだめてるっていう記事を読んだのね。彼女が地元の保護シェルターに電話して、まずためしに何匹か犬を貸してくれないかってたのんだのよ。それで五、六匹の犬が来たんだけど、うまくいったのはマイロだけ。ほかの犬たちは患者に興味がないし、ちょっと騒がしくてね。でもマイロだけは何をすればいいのか心得てて、自分を一番必要としてるのが誰なのかも、慎重な振る舞い方もわかってた」

「あらすごい」

リリーは犬の愛らしい顔を眺めた。犬はリリーを見つめてまばたきした。体高があり、金の毛がくるりと巻いて、ラブラドールとプードルの混血のラブラドゥードルだ、とリリーは思った。

「ねえ。それでシェルターがこの子を週に一度ここにつれてきてたの。患者さんがみんな夢中になっちゃって『マイロはどこ！　どうして今日はいないの？』ってね。そしたらある日シェルターから電話があって、もう長いこと誰も引き取ろうとしないからマイロを処分するって言ったのよ？」

「ひどい！」

シェルターがそんなことをするなんて、考えるだけでリリーの胸がムカつき、誰かに噛みつきたいほど憤慨してしまう。

「ほんとひどいの。それでうちで話し合って、マイロをここで飼うことにしたのね？　スタッフルームに寝床を置いて、全員でかわりばんこに散歩や餌やりをしてね。でしょ、マイロ？」

普通の犬なら、名前を呼んだ相手の顔を見るものだ。だが、マイロの視線はリリーの顔から動かなかった。リリーはその目をじっとのぞきこみ、自分の疑惑が正しいのかどうか読み取ろうとする。その目は悲嘆をたたえた温かなシチューのようで、心の痛みが、あきらめが、恐れが、そして好奇心がそこにあった。気味が悪いほど知性的な目だ。リリーはできるだけこっそりとにおいを嗅いだが、空気中のつんとよどんだ薬品のにおいが強すぎて、肝心の犬のにおいがよくわからない。

まるで何をされているか気付いたかのように、犬がさっとドアの向こうへ下がると、リリーの耳に廊下を遠ざかる小さな足音が聞こえた。

（あら逃がさないわよ、あなた）

「ソフィーの面倒を見てくれてありがとう」リリーはラシーヌへ礼を言った。最後にもう一度、ソフィーの上へ身をかがめる。「さようなら、愛しい友よ」

リリーは二〇七号室からホスピスの広くて静かな廊下にすべり出した。あの犬を探さないと！　じっくり話をするまでとても帰れない。廊下に爪が当たる音はもう聞こえなかった。隠れているのだ。あの犬のにおいがとにかく至る所に染みついていて、おかげで今どこにいるのかたどるのが難しい。それに患者や家族がいる部屋がいくつもある。ずかずか入るわけにはいかないし！

まあ、いかないことはないか。彼女はリリー・ビューフォートなのだから。入っていきますとも、その必要があれば。だがまずはひっそりとやってみよう。無人の廊下で立ち止まったリリーは大きく息を吸った。低く、人間の耳には数歩離れたら聞き取れないほど小さな声で、語りかける。

「ハロー、マイロ。私はリリーよ。あなたの正体を知ってる。大丈夫よハニー、私もあなたと同じなの。ね、お話ししない？　お願いだから？」

廊下の蛍光灯の下に立ち、反応を聞き逃すまいと息すらつめて待った。そうしていると、考えこまずにはいられない。マイロは自分がどんな存在なのか、どんな能力があるのかわかっているのだろうか？　ほかのクイックと会ったことは？

リリーは〝種火《スパーク》〟を得た犬たちをこれまで何十匹も知っていた。そればかりか彼らをマッドクリークへ呼ぶ助力もしたし、身の上話を聞いてきた。彼らが同種に出会えるまで味わわされてきた孤独と混乱に、心が裂けそうな思いもしてきた。ここにいる哀れな子もそうだ。

マイロみたいな犬が、この世にどれくらいいるのだろう？　クイックとなり、しかしたったひとり、同種の存在すら知らずに。なんてこと。想像するだけでたまらない。群れの会合でも、町外での捜索活動を始めようかと幾度も話し合ってきた。だがどこから手をつければ？　迷える魂はどこにいてもおかしくない——犬とそれを愛する飼い主のいるあらゆる場所に。

しばらく経った頃、廊下の突き当たりの角からマイロが姿を現した。そこに立ち、距離を保ったままリリーを見つめている。

「大丈夫よ、ハニー。ふたりで話せる場所はあるかしら？」とリリーは囁いた。

マイロはまたしばらくリリーを見つめてから、くるりと向きを変え、ちらちらと肩ごしに振り向きながら歩いていった。リリーはそれを追う。

マイロは扉の前へリリーをつれていくと、そこで立ち止まった。飛び上がって、前足でドアノブを押し下げる。中はリネン類や掃除用品が詰まった用具室だった。

リリーも入ると、ドアを閉めた。ぴったり棚につくまでマイロが後ろへ下がる。まだ若い犬に見えた。木の葉のようにぶるぶる震えている。リリーは泣きたくなった。ああ、子犬ちゃん、一体どんなつらい目に遭ってきたの？

しゃがみこんで目の高さをあわせ、両手をよく見えるようにしておく。マイロの目をじかに見ようとせず胸のあたりへ視線を据えた。敵意はないのだと。

「大丈夫よ、いい子ね。大変だったでしょう。でももう心配いらないわ。私が来たもの。私はわかってる。わかってるのよ」

マイロがクゥンと鳴く。興奮と、恐怖の混じった声。それから――それから、彼は溶けはじめた。変身とは違う。横倒しに床へ倒れると、毛に包まれた体が波打ち、のびていった。

「あっ、駄目よ！　ここじゃ駄目！」

リリーは必死に囁いてドアをちらちらとうかがった。だがもう手遅れだ。

マイロはまさに弾けかかったシャボン玉。意志ではきっと止められない。変身を目撃するのは親密な行為だ、誰かの着替えを見るような、ただそれよりはるかにずっと重いものだが。リリー自身何回となく変身し、痛みは一瞬だとわかっていても、自分が耐えるより誰かが耐える姿を見るほうがつらいのだ。

マイロはこれまで変身してみたことがあるのか、それともこれが初めて？　かわいそうに！何が起きているのかわからないままでは恐ろしいに違いない。リリーは誰かが入ってこないように、そしてマイロに十分なスペースを与えられるようにドアにもたれて座った。そっと囁いて励ます。大丈夫、そういうものなの、と。変化の途中で誰にも見つからないよう祈った。

ああもう、これを見たらランスの心臓が止まるわね！

その変化は尋常ではないほど早かった。ラブラドゥードルが消えてしまうまで二分とかからなかっただろう。リリーはまばたきし、さらに目をこすった。用具室の床にはひとりの青年が横たわっていた。暗い金の髪は巻き毛で、短く刈られている。彼は脇腹を下に、膝をかかえて目をとじて横たわり、疲れ果てて喘いでいた。体はすらりと長く、犬だった時のフォルムに似て、肌は黄金色に焼けた色。頭上の光が裸の腿を照らすと産毛が金に輝いた。

あらあら、まあきれいな男――だがリリーはその考えを振り捨てた。若すぎる相手だし、それにどのみち今のマイロに必要なのはそんな反応ではない。それでも、見るくらいはかまうまい！

「もう大丈夫？」とたずねた。

マイロが目を開けた。両腕を使って起き上がり、自分の体をまじまじと見下ろして、震える息をつく。大きなヘイゼルの目でリリーを見上げた。

「あなた、たすけ、くれま……す……？」

「あら、いい子ね！　もちろん助けてあげますとも！」

リリーは部屋を横切ると、自分の小さな体でかなう限り強く、激励をこめてマイロを抱擁した。

「もう安心して。リリーがついてるわ」

裸の青年を老人ホームからつれ出すのは、世界一楽なお仕事とは言えない。残念ながら用具室の中には着られそうなものは何もなかったので、リリーはマイロを残して偵察に行かねばならなかった。もっとも、ありがたいことにリリーは嗅ぎ回る天才なのだ。

スタッフのロッカールームを見つけ出し、サイズが合いそうな古い褐色の医療用スクラブの上下を失敬した。別のロッカーからはサンダルをいただく。用具室へ戻ってみるとマイロは部屋の隅に縮こまって震えていた。リリーは彼の着替えを手伝った。ひどくぎくしゃくした動きを見ても、これまで人間の服を着たことがないのだとわかる。

マイロの震えや伏し目が、なんとも嫌な感じだった。何かのトラウマがありそうな。孤独で怯えていたというだけ？　それとも虐待？　ここで身の上話を聞く時間はないし、そもそもマイロがうまく言葉で説明できるかも怪しい。

マイロが服を着ると、その腕をリリーはてきぱきとさすってやった。建物の中の気温は高いが、マイロは凍えているように見える。リリーに比べると相当背が高かった。

頭を傾げて、リリーは伏し目の視線をとらえようとした。

「マイロ？　一緒に私の家に帰らない？　私はマッドクリークという町に住んでいてね、その町に住んでるのはほとんどが私やあなたみたいなひとたちよ。犬の姿でも人間の姿でいてもかまわない。眠る場所も食事にも困ることはないし、読み書きを教われる学校もあるわ。一緒に来たい？」

話の中身がマイロに理解できるかはわからなかったが、まずは聞いてみなければ。

マイロが目を上げ、期待をこめてリリーを見つめた。

「家？」

「そうよ。マッドクリークの家に帰りましょう。ここにはもう戻らない。とにかくしばらくはね。あなたはそれでいい？」

マイロの顔が悲しげに曇り、じっと考えこんでいる様子だった。ラシーヌとのおしゃべりから、このホスピスでマイロが大事にされてきたのはわかっている。だが彼はクイックなのだ！　あんなふうに自分を隠して孤独と混乱の中で生きるなんて、誰だろうとひどい仕打ちだ。大きな可能性があるのに犬の肉体に囚われたままで。マイロをここからつれ出すのが正しいことだと、リリーは確信していた。だが無理強いはできない。

ランスからは、何でも仕切りたがるといつも文句を言われる。何が最善か知っているだけなのにそれがリリーのせいだとでも？　それでもリリーがひとつだけ、固く心に決めていることがある——誰だろうと、自分の意志に反して何も強制されてはならないと。犬だろうとヒトだろうと。この子を無理やりさらっていくつもりはない。たとえ今すぐこの子を抱えて家につれ帰れと、身の内のすべてが叫んでいても。

しまいにやっと、マイロがうなずいた。

「家。僕、したい——さよならを？」

リリーは唇を噛んだが、うなずいた。ホスピスのスタッフに一体どう思われるか不安だが、別れを告げるチャンスをマイロから奪うことはできなかった。

そこで、ふたりは歩き出した。マイロがドアを開けるのを、リリーが手伝わねばならなかった。マイロの両手は不器用で、歩き方もよろよろと、肩を前に倒してバランスを取るかのようだった。とはいえそのおかしな動き方を見とがめられなかったのは、誰ひとりマイロの顔から目が離せなかったからだ。リリーが施設内を行くマイロについていくと、マイロは看護師から次の看護師へ、部屋から部屋へと移っていった。言葉は発さなかったが、その目は悲しみと慈愛に満ちていた。出会った全員を抱きしめる。やわらかで心地いい全身でのハグを、一回ずつじっくりと。

その道行きで、マイロは魔法をかけていった。誰ひとり、マイロが何者か聞かなかった。ここで何をしているのか問おうともしなかった。誠実なハグを誰もが同じくらい心から受け止めた。廊下にいた厳格そうな顔の医師すら、手のクリップボードを床に落としてマイロのハグに応え、唇に微笑みを浮かべていた。その上、患者たちときたら！　マイロはこの上なく慎重に、だが全員を、意識なくベッドに横たわるひとたちまで抱きしめた。ソフィーのことも。看護師たちはそれを見つめ、いつでも割りこめるようにしていたが、一度も邪魔はしなかった。

マイロがすべての抱擁を終えた頃には、その後ろに五人ものスタッフたちがぞろぞろつき従っていた。マイロはホスピス棟から出る両開き扉を抜け、振り向いた。その目がリリーを探す。

「家に？」

おずおずと、だが願いのこもった微笑みで問いかけた。

ああ、ダーリン。マッドクリークはあなたをどうすればいいのかしら？　リリーは自問する。

マイロの手を取ると、車へとつれていった。

3　松の木とプレパラート

マッドクリークに来て丸一週間経って、ジェイソンのキャビンの用意が整った。正午きっかりにそこでミニーと会って鍵を受け取る手配をしたが、あまりに気がはやっていたので、ジェイソンはホテルをチェックアウトして早めに着いてしまった。ドライブウェイにきっちり狙いどおり車を停めるまで三回やり直す。強迫観念的だとわかっていたが、自分ではどうしようもない。

そのキャビンは、マッドクリークの町並みが森に変わっていくあたりのホープ通りにあった。かなり新しそうな道に五軒のキャビンが並び、端の二軒には森に面した裏庭があった。中でも一番大きなキャビンは、マッドクリークの不動産を仕切るミニーとジェイソンが、電話で賃貸契約を交わしたものだ。長い距離を運転しなくとも被験者から聞き取り調査が行えるよう、町の近くに住みたかったのだ。あまり文明から離れていると郵便局や食料品店、医療機関へのアクセスが雪で遮断されかねないのも嫌だった。ここ数年でジェイソンの不安障害は悪化しており、なるべく不安の種は減らしたい。研究以外のものでわずらわされたくなかった。

キャビンをぐるりと回って、建物を眺めた。ごく新しいキャビンで、丸太や、巨人サイズのレゴパーツのようなもので組み上げられている。外壁には松の木のシルエットが切り込まれ、ドアノッカーは犬の顔の意匠で、その可愛らしさはジェイソンには無用だが、無視すればいい。裏手の張り出した軒下にはコンクリートのポーチがあり、草が茂る小さな芝生、そして石や木枠の花壇もあって、低木や花が植えられていた。裏に立つと、一軒の家も視界に入らないのがよかった。文明へのアクセスはいい一方、隠遁した感覚も得られる。素晴らしい。

家の前に戻ると、ミニーはもう着いていた。クジラのようなセダンから降りてくる。

ミニー自身、人間の女性にしては巨軀《きょく》だ。そもそも人間ではないのだが。彼女はニューファンドランドの二世代目のクイックで、体格やのっそりと力強い動きもその血筋からだ。たとえジェイソンがミニーのことを知らず、においも嗅げない状況で会ったとしても、髪や顔つきからクイックだと見抜けただろう。ジェイソンと同じく、ミニーの髪もたっぷりとした量がある。黒っぽい剛毛でもじゃもじゃだ。髪にちぢれがないのにはねているので、一見アフロっぽくも見える。鼻は大きくて存在感があった。顔中をほころばせて笑い、多くのクイックと同様に気さくな雰囲気をまとっている。

ジェイソンは例外だが。当然。気さくだなんて誰にも言われたことがない。

ミニーのように、ジェイソンもどの人種にも似ていないクイックだった。アラスカン・マラミュートの血統だった母親似だ。父親からは、上唇や頚窩《けいか》の形だの取るに足らない特徴を受け継いでいるのかもしれないが、あの男の写真を一枚見たことしかないので何とも言い難い。

ジェイソンの肌は少し黄色みがかったクリーム色だ。髪は黒く、その一本で岩も吊れそうなくらい太い。あまりにもストレートな髪だ――持ち主とは違って。

目はつり上がり気味で、アジアの人種によく見られる内眼角贅皮《ないがんかくぜいひ》が目頭にうっすらと見えている。だが瞳の虹彩は淡い青で、濃い黒でふちどられていた。鼻は長く鷲鼻《わしばな》。体つきはスラブ系よりで胸板や肩、手足がたくましく、実際は何もしてないのに鍛え上げているように見えた。

ジェイソンは自分の見た目が好きではない。魅力的でないわけでないのはわかっている。その証拠に、十分な数の男や女から誘いを受けてきた。だがノーマルな見た目ではない。どれだけ隠したくとも、特殊という旗を振っているようなものだ。特に遺伝学の分野で働いていると、周囲がよくジェイソンの先祖について世間話的な興味を見せたので、そのたびにごまかさねばならなかった。もうセリフも完璧だ――「ああ、うちの家系図は世界中からの寄せ集めだよ、曾祖母は中国人だし、イヌイットやスウェーデン人もいるし、ほかにもどんな血が混ざっていることやら」

遺伝子解析を行ってもいいかと、興味をそそられた同僚にたのまれたことも二回ある。ジェイソンは断った。

ああそうだ、こうして引き当てたちぐはぐな肉体よりも、仕事場にありふれていた内向的で陰気な見た目がほしかった。残念ながら選択の余地などないのだが。

「こんなにお待たせして本当にごめんなさい、ドクター・クーニック！」ミニーがキャビンの正面ドアを鍵で開けて明かりをつけた。「ただ最近ちょっと、もういっぱいいっぱいでね！新しく町に来たあるカップルに、何週間かここに滞在してもらうしかなかったのね。あなたが保証金を払ってくれたのはわかってるけども、ただほかにあの人たちが入れる場所がなくて。やっと空きが見つかってね、それに昨日ここに清掃係をよこしておいたから、もう全部準備万端のはず」

ジェイソンは彼女を押しのけて先に行きたい衝動をこらえた。やっと入居できるのが待ち遠しくて仕方ない。

「ホテルは満足いくような場所ではなかった。あれでは研究が遅れる恐れがある」

苦情を言うのは好きではないが、不都合を強いられたのだ。マッドクリークでは物事の作法が違うらしい、ということはよくわかった。この町の語彙に〝大至急〟という言葉は存在しなさそうだ。

ミニーは彼の文句を聞き流して居間をいそいそと歩き回り、あれやこれやと配置を直してランプを点け、居心地のいい明かりをともした。部屋は、彼女からメールで送られてきた写真そのままに見えた。ベロアのソファ、ロッキングチェア、編み地のラグ、テレビ、ＤＶＤプレーヤーが備え付けられている。漆喰の壁は白く塗られていたが、天井の梁がむき出しになっていて血なまぐさい西部劇の舞台を彷彿とさせる。大きな窓からは隣のキャビンとフランシス山の遠景が臨《のぞ》めた。

近代的ではないにしても住み心地は良さそうだったが、どの道、ジェイソンは研究だけに没頭する予定だ。もとから居場所にこだわるたちではない。そもそも子供時代、母親と至るところを転々としていて、一番長い滞在はマッドクリークに住んだ六年間だった。おかげでただの物体に執着しないすべを覚えた。

「約束通り、寝室は三つありますよ。ああ聞きたいことがあったの、ドクター。時々ルームメイトを受け入れる気はあります？　新しいクイックたちがいきなり町にやってくるものだから。何日か彼らが泊まれる場所が必要なことがあるの、その時に——」

「断る」

ミニーがソファのクッションを整える手を止めて背中をのばした。

「断る？」

「ああ。ここには誰も泊めることはできない。私は四六時中この小さなキャビンで研究を進めているので、仕事場に他人を押しつけられては困る。仕事の妨害となるからだ」

「あら」ミニーがまたたいた。「そういえばそうね。ごめんなさいね、この町のやり方は、ちょっと型破りに見えたかも。とまどったでしょう。私たちただとにかく……やりくりするのに慣れちゃって」

ジェイソンは返事もしなかった。気づまりな思いで本棚へ寄ると題名をざっと眺める。アガサ・クリスティの本や犬の話、辞書、様々な小学校の手引きが詰まっていた。これは箱にしまって自分の本の置き場を作らなければ。

「毎週金曜にリリーの家で集会があるの」とミニーが続けた。「ここからほんの何ブロックか先よ。それに〝月吠えの夜〟は町一番の大イベントだし、そこではみんな毛皮で遊べるの！楽しいわよ！」

毛皮で遊ぶ。その婉曲表現を、高校を卒業してマッドクリークを去って以来聞いていなかった。じつに馬鹿らしい言い回しだ。

「私はその手のことはしない」とジェイソンはつっけんどんに答えた。

「しないって何を、ハニー？」ミニーの目が輝いている。

「私は〝毛皮をまとったり〟しない。己の精神と肉体を犬に退化させたりなどしない」

話を呑みこんだミニーの表情が暗く沈んだ。

「しないって……ずっと？」

「決して」

ジェイソンはきっぱり答えた。正直、ミニーには何の関係もないことだが、あらかじめ立ち位置をはっきりさせておけば誘われなくなってお互いの手間がはぶけるというものだ。

「でも……じゃああなたの犬は……淋しがらないの？」

とミニーはまごついた様子だった。

「獣のように振る舞えないのが淋しいとでも？　どうして私が？　さて、ミニー、町に新しく来たものたちに家を見つけるのがきみの仕事だという点を見込んで、たのみがある。マッドクリークに住むすべての第一世代クイックのリストがほしい。そして新たに到着したものがいるなら、その名を私にメールで通知していただければ大変にありがたい」

「あなたの研究のため？」

「そうだ。第一世代全員から聞き取り調査を行っている。この際、今週の群れの集会に私も出席するべきなのだろうな。リストを仕上げに。きみも来て、誰が誰なのか教えてくれないか？」

ミニーが親しげで大きな笑みを浮かべた。

「喜んで！　犬からヒトになれる仕組みなんて私は割とどうでもいいと思うけど、あなたが真剣なのはよくわかるわ。是非あなたをみんなに紹介させて」

ジェイソンはギリッと歯をくいしばった。「ありがとう」

「じゃあキッチンをご覧になる、ドクター？」

「よければ、特別室のほうを見たいのだが」

「ああ、そうよね！　お仕事のための部屋ね。こっち」

ミニーにつれられて左手の廊下の奥へ向かった。廊下の突き当たりにはキャビンの裏側を占める広い部屋があった。壁の半分は丸太壁、残り半分は窓で、そこから裏庭が見える。カーペットが敷かれ、ミニーが保証したとおり暖かかった。

これが、彼の未来の研究室の慎ましい礎だ。机とパソコンを置ける十分なスペースがあり、遠心分離機、顕微鏡、電動ピペット、標本ケース、などなどを並べたハイカウンターも設置できる。部屋のほかの区画にはテーブルや椅子、インタビュー用のビデオカメラを据えよう。見回しながら、内壁をホワイトボードで覆ってしまおうとジェイソンは決めた。照明は改善の必要がある――ダクトレールの照明を天井に取り付けよう。窓からは自然光がたっぷり入るだろうし、室温が上がりすぎれば窓を開放すればいい。裏口のドアから、ジェイソンのパーソナルスペースを見せずにここに被験者を出入りさせられる。これはありがたい。

「これで大丈夫かしら？」とミニーが聞いた。

「うまくいきそうだ。ありがとう」

うまくいくはずだ。そうしなければ。だがこの家庭的な空間を見回しながら、ジェイソンは以前いたＪＶＴラボのことを恨みがましく思い起こさずにはいられない。あそこにいた間は、ろくにありがたがりもしなかった。それが突然――自分の心づもりよりはるかに唐突に――あのラボを永遠に失ってしまったのだ。

元から、いつかはマッドクリークに戻って生きた被験者の調査をしようとは考えていた。そのために金も貯めていた。だがいざＪＶＴラボを去ることになった時、それは彼の決断ではなかった。お別れパーティもなく、功労をねぎらう株の割り当てもなく、カルーア入りのケーキもなく。

ないに決まっている。コーガン・レイニアのおかげで、ジェイソンはそそくさと逃げ出したのだから。

四週間前――。

もう深夜近くで、ジェイソンにしてみれば一番いい時間だ。日中はＪＶＴラボのおとなしい遺伝子研究者、だが夜には……夜にはジェイソンは個人的な研究を行っていた。極秘中の極秘、驚天動地の研究を。

クイック。カニス・サピエンス――。

犬からヒトへの変容をジェイソンが解明できたなら、遺伝学における無数の扉が開くだろう。そしてもしかしたら、幸運に恵まれたなら、自分のＤＮＡ内の犬の部分を永久に封じることができるかもしれない。

ＪＶＴラボは資金力もあり、世界最高レベルのデータベースにアクセスもできて、研究機材は素晴らしい。ここに入れたのは恵まれていた。だが時おり、ジェイソンは自分が偽物のような気がしていた。同僚と同じだというふりはできる――人間のようなふりは。だが仲間ではない。時にその真実が息の詰まるような痛みでつきつけられる――同僚の誰かが結婚したり、子供が生まれたり、彼に誘いをかけてきたりした時。同僚たちが自分の私生活について楽しげにしゃべった後「そっちは？」と聞かれるたび、虚しい気分になった。話をごまかしたり、否定したり、話題をそらしたりしなければならなかった。本当の自分を見せられず、誰とも親しくなれなかった。

なにしろ「ところで、私はアラスカン・マラミュート第三世代シフターなんだ」などという会話を誰とも交わすつもりはないのだから。ジェイソンの父親は人間だったが、母からクイックの話を聞かされた途端に姿をくらました。アンナ・クーニックは頭がおかしいと、彼が思ったのも当然だ。ジェイソンはそんな危険は決して冒さない。彼の手は毛皮に覆われてはいなかったが、見えないだけで、あるも同然だった。奇形、怪物、突然変異。そのすべて。

いつかは町に戻って同種の中で暮らすのだ。このＪＶＴラボで十分な研究成果が出せたあかつきには。だがマッドクリークへ戻ったところで、人間の社会と同じ疎外感を味わうだけではないかという重い予感もあった。少なくともマッドクリークでなら正体が知られることを恐れて生きなくともいい。不安障害も少しはおさまるかもしれない。

前夜の検査結果に目を通した。自分の血液を用いてのゲノム解析は90％終わっている。自分のＤＮＡから、手持ちの犬や人間の比較サンプルにはない発現遺伝子を見つけられないかと期待していた。印の付いた配列をじっくり見ていた時、誰かが耳元で言った。

「三九本の染色体？　きみが調べているＤＮＡは何の検体だい？」

ジェイソンは椅子から飛び上がって、あやうくひっくり返りそうになった。驚いた！　ラボに残っているのは自分ひとりだと思っていた。モニターを消して画面を隠したい衝動をこらえた。そんなことをしたらますます怪しく見えるだけだ。かわりに冷静な表情を取りつくろい、振り向いた。

ドクター・コーガン・レイニアが背後に立っていた。ＪＶＴラボの研究部門責任者だ。その彼がこんな遅くまで何を？　彼が入ってきた音に気付かなかったとはジェイソンは研究に没頭していたのだろう。どうにか返事をひねり出した。

「何でもありません。仮説を試していただけで」

コーガンの目は画面に吸い付いていた。

「ラベルによれば検体番号ＪＫ‐23だな。何の検体だ？」

コーガンの表情は集中し、あまりにも熱意に満ちていた。ジェイソンのうなじの毛がピンと立つくらいに。彼は首筋に手をやって、揉みながらそれを隠した。

「これは、その、私の個人的な研究だ。仕事が終わった後にやっている。今日も片付けるところだったので、だからもう──」

コーガンの茶色の目が鋭くジェイソンの顔へ向いた。

「きみがJVTラボの場所と機材を使用している以上、個人の権利など、よく言ってもあやふやな主張にすぎないのはわかっているだろう」

コーガンの言葉の裏には鋭い刃がひそんでいた。ジェイソンの腹に恐怖感がじわじわと広がる。すべての設備がJVTラボの所有なのは本当だ。だが暗黙の了解で──プロ同士の敬意として──機材を使用した時間外の研究は認められていた。ジェイソンや同僚たちは論文をできるだけ頻繁かつ幅広く発表して〝第一線にいる〟よう奨励されていた。

では、コーガンの狙いは？　身の内でジェイソンの犬が気色《けしき》ばみ、怒りと敵意を放つ。夜も更け、疲れていたし、コーガンの詰問はあまりにも予想外だった。細心の注意を払って対処しなければ。ジェイソンは鼻から深々と息を吸った。

「ジャーヴィスは私の時間外研究を知っている。心配なら彼に聞いてみてください」

「僕はジャーヴィスではなく、きみに聞いてるんだが。それは何の研究だい？　何の検体か、言えない理由があるのかな」

コーガンはさばけた口調に戻っていたが、ジェイソンの本能はごまかされない。みぞおちの下あたりで無音の唸りが生まれた。それを容赦なく押さえつけ、ジェイソンは口をとじたままでいた。

コーガン・レイニアは四十代くらいか、よく体型を保っていた。セールスマンと管理職を合わせたような、いかにも有能で魅力的かつ頭脳明晰という、どこか自己演出的な雰囲気をまとっている。だが今この瞬間、彼にはこれまでジェイソンが感じたことのないものが潜んでいた。冷酷さ。

コーガンがホワイトボードのほうへ歩いていった。両手を後ろに組んでホワイトボードを眺めやる。

「母がね、一度おもしろい話をしていたことがあるんだ。ある日学校まで僕を迎えに来て──僕が十一歳の時のことだった。母の顔色は紙のように白く、手は震えていた。こんなふうに」と両手を上げて見るからに震わせてみせる。「僕は、どうしたのかと聞いたよ」

コーガンは本の山のところへ歩いていき、タイトルをざっと眺めた。

「母は、僕の姉を探して町を車で回ったと言っていた。悲しいかな、姉には薬物問題があったんだ。するとね、薄汚れたバーのそばの路地で、母はとてつもないものを見た。叫び声が聞こえて路地に入っていったんだ、怪我人がいるんじゃないかとね。だがかわりに、母が見たのは犬だった」

わざとらしくラボを見回るのをやめて、コーガンはジェイソンを見やった。ジェイソンの腹の恐怖は、きつくねじれた吐き気に変わっていた。

「母は、路地の汚いレンガの上で身をよじっている犬を見た。ただしそれはただの犬ではなかった。母が言うには、その犬には腕があったと。人間の腕が。そして恐怖に立ちすくんで動けずに見つめていた母の前で、骨が砕ける音がして、犬の足がのび、毛が引っこんでいって……」

コーガンは信じられないとばかりに首を振った。

「母はそこで逃げ出した。それ以上見ていられなかったんだ。さて、そんなのは光の具合による幻覚だったかもしれない。毛皮のコートを着たホームレスだったとか、何か論理的な説明がつくかもしれない。だが母はすっかり取り乱していた。見たものを信じていたよ。その後、やがて自信が薄れた。二度とあのことは話そうとしなかった。僕としては、その現象に真面目に取り組むような時間はなかったが、ちらほらと、似たような話は耳にしてきたよ」

「ええ、インターネットにはどんな馬鹿げた話も転がっている」とジェイソンは冷ややかに言った。

コーガンはそれを無視した。

「それが何週間か前、このラボで行われた検査の結果を目にした。誰かが犬と人間の染色体を比較対照していることに気付いたよ。その後の第三の検体では、犬と人間の遺伝子が絡み合っていた。そして僕はどうしてか——母の話を思い出したのさ」

「何を言わんとしているのかわかりませんね」ジェイソンは最大限どうでもよさそうに言った。

「馬鹿げたたわ言に聞こえますよ。あなたの母上に失礼を言うつもりはありませんが」

画面を閉じるとパソコンの電源を落とす。鼓動が荒れ狂い、失神してしまいそうな気がした。足の下に奈落が口を開いたようで、どこかに逃げ出さなければ。不安障害の大きな発作寸前だ。コーガンの前で発作など起こせない。

だが出口に向かうと、その前にコーガンが立ち、がっしりした肩と組んだ腕でそこをふさいでいた。ジェイソンの顔を細めた目で眺める。微笑んだが、その目は冷たいままだった。

「ジェイソン、何もこのことで対立する必要はない。僕は至って進歩的な人間だ。広い人脈もリソースも持っている。もしきみの時間外の研究が強い興味を集められるものであれば——僕はそうだと確信しているがね、ジェイソン——そのための資金調達だってできる。きみはチームリーダーとしてフルタイムでその研究を行えるんだ。いい話じゃないか？　きみは野心家だ。私が手伝えば、きみは偉業を達成できる」

ジェイソンは唾をごくりと呑んだ。

「それは……心をそそられる提案だ、ドクター・レイニア」

コーガンはそれで満足したようだった。肩の力を抜く。

「ならどうだい、僕のオフィスに明朝十時に来たまえ。きみの研究の概要を聞きたい。何の準備もしなくていいよ、ただおしゃべりするだけさ。そこから先どうするかはまた考えよう。いいかな？」

力強くジェイソンの肩を叩いた。

「きみは優秀な科学者だ、ジェイソン。僕は組織のまとめ方を知っている。お互い手を組めば、歴史を変えられるよ」

ジェイソンは唇を引いて笑みを形作った。

「十時にうかがいます」

コーガンはジェイソンを通してくれた。

ラボの外に出ると、ジェイソンはすぐ抗不安薬の錠剤を嚙み砕いた。錠剤、ラスベガスの乾いた夜気――とじこめられてなどいない、自由で、広々として、月があって、危険はない、ここに危険はない――が初期のパニック発作を抑えてくれる。車で二時間走り回ると、恐怖が薄らいで困惑へ変わり、そしてコーガンの提案を現実的に検討できるところまで回復した。

もし――仮定として――コーガンと組んだらどうなる？　自分の正体と研究の中身をさらして？　本当に大きなプロジェクトとして資金を得られるのか？　チームリーダーになり、場合によっては新しいラボを率いて？　ジェイソンは、自分の研究が社会を揺るがすほどのものであるのを知っていた。世界をひっくり返す、と言ってもいいほどの。そうなれば研究のための物資が潤沢になり、給料は跳ね上がり、名誉と名声が手に入る。

思い浮かべられた――ドクター・ジェイソン・クーニック、自分の姿を。何十億ドルもつぎこまれる研究を率い、カニス・サピエンス、彼が発見した新種を研究しているところを。それはジェイソンの心の隅の、都合のいい夢を抱く虚栄心に満ちた部分に巣食っていたシナリオでもあった。

　そう思いを馳せながらも、だがその夢の根幹は腐っているのだとジェイソンは知っていた。もしコーガンがほしがるクイックについての証拠を渡してしまえば、ジェイソンはもう研究からしめ出されるか、それどころか閉じこめられて研究対象にされるだろう。ほかのクイックたちに振りかかりかねない未来の暗さはそんなものではない。自分が責任者として仕切ればクイックたちが尊厳を持って丁寧に扱われると信じたいが、実際には制御など無理だとわかっていた。母からも、マッドクリークで暮らした数年間でも、秘匿は絶対だと叩きこまれてきた。その掟は破れない。

　くそ！　ＪＶＴラボには未練がたくさんある。捨てるにはあまりにも惜しい。いつか去るべき時が訪れるまでにもっと多くのことをやり遂げられるはずだった。

　だがもうそんなことは言っていられない。家には帰らず、ジェイソンはラボへと車で引き返した。夜中の三時で、夜警しかいない。それから三時間かけて自分の個人的な研究データをクラウドにアップし、生体サンプルを処分し、私物をまとめた。

　それが済むと、ＪＶＴラボに辞職願のメールを、個人的な事情だと書き添えて送り、建物を後にした。

　運が味方してくれれば、二度とコーガン・レイニアに会うことはないだろう。

4　ビュッフェでビックリ

金曜の夜、ジェイソンはネクタイの結び目を三回確認してから、群れの集会のあるリリー・ビューフォートの家まで歩いていった。ネクタイがペイズリー柄の首縄のように感じられる。自分と議論した末、今夜はビジネスカジュアルの装いに落ちついた。ジーンズとボタンダウンのオックスフォードシャツにネクタイ。集会には仕事として来ているだけだと主張したい一方で、堅苦しすぎるのも避けたい。マッドクリークの住人たちはきっちりした格好はしない。

心底、嫌でたまらなかった。

リリーの家はジェイソンのキャビンからたかだか十ブロック先だった。歩くのがよさそうだ――とにかく神経をなだめるためだけにでも。社交的な集まりは大の苦手だし、クイックたちばかりとなるときっととても――やかましそうだ。犬の姿になったり、まさか、よもや……嗅ぎ合ったりするのか？　舐めたり、とっくみ合いをしたり？　考えるだけで身震いしてしまう。母親とここに住んでいた時にはこのような伝統はなかったので、何が待っているのか見当もつかない。それでも参加しなければ。どれほど恐れていても、どれほど本当は家で研究ノートに取り組んでいたいと思っていても、ここは踏ん張らなければ。

　明らかにされたのは、ジェイソンの聞き取り調査における高い失敗率がデイジーのダイナーのせいではない、ということだった。ジェイソンはキャビンにきちんとくつろげるインタビュー用の場所を作った。世界のどこよりプライバシーが守られる空間だ。だがそこでもまだ、有益なデータを得られる聴取は達成できずにいた。じつに不満が募る！　おかげで不眠症がさらに悪化した。解決法を案じて何時間も眠れなかった。ストレスで疲れ果てた心身をなだめようと胃薬をもう箱ごと消費している。

　問題は、クイックたちの知能が低いとか言語化能力が低いとかいうことでもなかった。違う話題ならクイックたちは絶え間なくしゃべりつづけた。だがジェイソンから過去の暮らしや飼い主について踏みこんだ質問をされたり、〝種火《スパーク》〟を得るきっかけが何であったのか聞かれるやいなや、事態は崖から転がるように悪化した。ペニーという名の神経過敏のプードルなど、わっと泣き伏したものだから、ジェイソンはその恋人の保安官助手チャーリー・スミスから蹴り上げられるところだった。別の被験者、サイモンという名のジャック・ラッセル・テリアは、質問から逃げようと開いた窓から外へとび出した。

　まさに窓から！　礼儀正しくしたのまれてもジェイソンがドアの鍵を開けないと思ったのか？　少なくともアンケートの一項目だけは記入していった。

　まったく！　会場まで歩きながらまた神経が昂ぶってきて、ジェイソンの内なる犬が興奮の唸りを上げた。これはよくない。クイックはヒトより感情に敏感で、怒りや苛立ちを嗅ぎつける。リラックスしなければ。

リリーの家に着くと、クリスマスのごとくライトアップされていた。玄関ポーチには白い妖精のライトまであった。車が乱雑に停まっていて、駐車マナーなどないかのように通りや芝生にはみ出した車もあり、ジェイソンの肌がざわつき、すべての車をきっちり停め直したくて手がうずいた。だが駄目だ。この車はジェイソンの問題ではない。ジーンズで神経質に汗を拭い、眼鏡を押し上げ、ジェイソンは家の中に入った。

群れのパーティは、一見するとごく普通に見えた。リリーの家はごった返していたが全員がヒトの姿だった。家族、カップル、年配者から若者まで。子供たちが普通の子供のように駆け回っている。テーブルには問題なく食べられそうな料理が並んでいて、生のレバーなどは見当たらない。

二瞥目くらいで、どんな人間でもここの奇妙さに気付くだろう。客たちがお互いの首筋や胸元を嗅ぎあっている。おしゃべりしながらうれしそうに尻を押し付けあっているものもいた。マッドクリークのクイックたちには、歓迎の挨拶として腕や胸を擦り付けあってにおいを移す習慣があるのだ。ほとんど唸り声のような呻きが聞こえた。笑いの中にはほぼ「キャン」という響きのものまである。

ジェイソンはくるりと向きを変えて逃げ出したくなった。これはあまりにも……受け入れがたいほど、犬っぽすぎる。

どうして。どうしてだ？　何故ここでもこんな疎外感を味わう？　人間の社会に馴染めたことは一度もない。ならクイックに対してはもっと仲間意識を持ててもいいはずだ。だがジェイソンは彼らの仲間でもない。クイックたちは自分の犬の性質を愛し、受け入れている。ジェイソンは自分の犬を嫌悪している。もう長いこと犬の面を抑圧してきたので、マッドクリークのクイックたちがあまりにも異質で、違う言語を話しているように感じられた。いや実際違うのだろう。ボディランゲージ――それは犬の言語だが言語には違いなく、そしてジェイソンは、その辞書を失ってしまったのだ。

「ジェイソン！」

リリーが部屋の向こうから彼を見つけてせかせかとやってきた。

ジェイソンは握っていた拳を意識してゆるめた。

「どうも、リリー。お招きありがとう」

「バカなこと言わないの！　群れのパーティなのよ。あなたも群れの仲間、そうでしょ？　もちろんそうね！」

「まあ、私は――」

「お母さんはどうしてるの？　アンナにもう長いこと会ってないわ！」

「母のことはご存知でしょう、道があれば尽きるまで突き進まずにはいられない」

「そうね、いつも旅行カバンを持ってたわ。今はどこに？」

　これは安全な話題だったので、ジェイソンは少しだけ肩の力を抜いた。

「カナダ北部です。最後に聞いたのはモントリオールの近く。冬にはこっちに寄ると言っていた」

「いいわねえ！　楽しくなるわ！　ほんと！　お父さんのほうは？　ええと……会った覚えがないんだけど」

　リリーが考えこみながら顎をトントンと叩いた。

　ジェイソンはまた神経質になり、背中を硬直させた。

「父はマッドクリークに来たことはない。私が生まれる前に母を捨てて去った」

「あら！　それで思い出したわ。ずっと昔にアンナから聞いたのね」そんな繊細な話題を持ち出しておいて、リリーはまったく悪びれていなかった。「まあまあ、あなたを大勢に紹介しなくちゃ！　そういえばね、あなた耳の検査をしたほうがいいわよ、この前あなたのキャビンに寄って、ずううっとノックしたのに！　車が停まってたからいるはずだと思って」

　ジェイソンの顔が熱くなった。

「それは、まあ。時々、私はダイナーまで歩いて出かけるので」

「いえいえ、ダイナーにはいなかったじゃない。直前まで私もダイナーにいたんだもの！」

　実のところこの前日、ジェイソンはリリーのノックを無視して研究室を去り、こそこそと寝室に隠れていた。あえて言い訳するなら、ひとと会いたい気分ではなかったし、リリーの噂は聞かされていたからこっちの耳が腐り落ちそうなほどのおしゃべり好きだということも、ジェイソンが持ち合わせるすべての社交スキルが枯渇するまで居座るだろうこともわかっていた。リリーは生まれながらのクイックで第三世代だから、ジェイソンの調査対象でもない。彼女と話したところで何の益がある？

「私は誰にも会わずに仕事に集中するたちなので」とジェイソンはきっぱり言った。

「何言ってるの！　あなたの犬は空気のように仲間を求めているのよ。もちろんつがいもね。ジャニーンには会った？　彼女は弁護士でね、それはそれは素敵な子よ！　ほら、あなたたちみたいな専門家同士なら、世界一愛らしくて頭のいいクイックの子供が生まれるかもしれないじゃない？」

「かもしれない」ジェイソンはカミソリのように鋭い笑みを浮かべた。「不運にも、射出機構に欠損問題があるが。残念ながら私に子は望めない」

リリーはぽかんと口を開け、まばたきした。

「あら。じゃあ……」

「失礼」

ジェイソンはひとりでニヤリとするとその場を去った。いい気味だ。かゆいところを掻けたような爽快さだった。父親のことなどずけずけ聞いてきたリリーにはいい報《むく》いだ。だが、馬鹿なことをしたのはわかっていた。夜明けまでにこのゴシップは町中に広がっているだろう。

　こちらを不審そうにじろじろ眺めているランス・ビューフォートと出くわした。

「やあ、ジェイソン」とランスが冷ややかに言った。右手をさし出す。

「どうも、ランス」ジェイソンはその手を握り返した。

　ランスはそれほど変わっていなかった。生真面目で深刻そうな顔だったが、高校の頃からそうだ。ジェイソン自身も真面目な子供だったので、それは気にならなかった。ただランスは視野が狭かった。マッドクリークとクイックたちだけを重要視して、まるで外の世界など存在しないかのようだった。大志を抱いていた少年として、ジェイソンはマッドクリークという名の砂場に頭を埋めて残りの人生をすごす気はなかったし、それを隠そうともしなかった。

「射出機構だって、ん？」とランスの青い目が鋭く切りこんでくる。

「まあ、そうだな……」

　ランスがニヤッと笑ってジェイソンの横腹をつついた。

「よく言った。俺も母さんに結婚しろとガミガミ言われてた頃に思いつけばよかったよ。ま、俺の医療記録の中身はバレてるから通じなかっただろうけどな。ああ、夫のティムにはもう会ったか？」と周囲を見回した。「ティム！　ベイブ！　少し来てくれ」

　ティムは数歩向こうで黒髪の女性とおしゃべりしていた。彼女に断りを入れてやってくる。

「やあどうも、ジェイソン！」と微笑んだ。

「会ったことがあるのか？」

ランスの言い方は疑り深く、まるで秘密の逢瀬でも勘ぐっているかのようだ。ティムがほんのわずかにあきれ顔をしてみせた。

「そうだよ。この間モリーとダイナーに行ったら、ジェイソンもいたんだ。それで挨拶をした」

「モリーはどこだ？」

ランスがまたきょろきょろ見回した。ビューフォート家はボーダーコリーの子孫だったとジェイソンは思い出す——古くからの牧羊犬。ヒトの姿になっても犬の性質がどれほど消えずに残るのかは驚くほどだ。研究論文にそれについての新しい章を作ろうと、ジェイソンは脳裏に書きとめた。

「ロニーが少し抱っこしてたいって」ティムが答えた。「それでモリーを受け取って、僕にマイキーをくれた。だから僕はマイキーをつれてたんだけど、そしたらガスに取られた。赤ちゃんをパスし合ってるみたいなもんだよ！　誰もに抱っこタイムの割り当てがある。それにみんな、赤ん坊は群れのにおいに慣れさせとけって言うんだよ」

少し汗ばんだティムからは輝くような幸福感があふれ出していた。ランスが腰に腕を回してきつく引き寄せると、ティムは慈愛の目でランスを見つめた。

ジェイソンはつい刺すような羨望を感じずにはいられなかった。ランス・ビューフォートがこんな温かな家庭を作るなんて誰が思っただろう？　だがそこでジェイソンは、お前は家庭向きの性格ではないだろうと自分をいましめる。温かろうが、そうでなかろうが。

咳払いをひとつした。

「では、私はそろそろ――」

「待て」ランスがぴしゃりと命じた。「きみと話がしたかったんだ。新しい住人から話を聞いて回っているようだな。それにきみは、クイックの仕組みとかそういうものを研究しようとしている？」

「そうだが」とジェイソンは眉を寄せた。

「ふうむ。よし、もっと詳しく聞きたい。来週寄るからじっくり話をしよう。きみが理解しているよう願うが、ドクター、どのような研究であろうときみは外部にその内容を発表することはできないぞ。だから、そんな研究に何の意味があるのかよくわからんな」

「ランス！」とティムがとがめた。

「知識そのものに意味があるんだ」とジェイソンは尖った微笑で言い返した。「それにとどまらず、運に恵まれたならば、命を救うような実用的な結果が得られるかもしれない。とはいえ、きみには知識はそれほど必要あるまい、地方の保安官にはな」

ランスが目を細め、胸をぐいとつき出した。

「ここマッドクリークで命にかかわるような事態がくれば、その命を救うのは俺の仕事だ。そしてお前の研究が外部の人々にとって有益なものだとは思えない――彼らはクイックではないからな。だから、また言わせてもらうが、一体何の意味がある」

　恐ろしいのは、それがジェイソン自身の思いとも重なっている点だった。どうやって自分の研究成果を広い科学界に問える？　科学界が無理なら、誰が彼の話を聞いてくれる？　第一世代のクイックたちはジェイソンからのアンケートにさえ耐えられない。専門的な科学の話など、誰も興味を示すまい。

　だがジェイソンは嫌味たらしく返していた。

「ほほう、きみはどうやら過去現在未来における科学研究全般の最高権威らしいな。道理でどの科学雑誌を見てもいつもきみの名前があるわけだ！　〝ランス・ビューフォートの認可あり〟ってな！　おっと、いやいや違った、きみは高校三年の化学のテストすら赤点だった」

「ジェイソン、聞け――」とランスが唸りながら始めた。

「そーこーまーで！」ティムが物理的にふたりの間に割りこんだ。「もういいって、ランス。それよりモリーを探しに行ったほうがいいんじゃない？　どこにも見当たらないんだよ、ほら――」

　ティムが言い終わるより早くランスが動き出し、一心不乱に愛娘の捜索に取り掛かっていた。ティムはゆっくりとジェイソンに向き直り、見開いた目で、なんてことを言うんだ信じられない――という唖然とした顔をしてから夫を追って去った。

ランスを挑発したことに罪悪感を覚えるべきなのだろう。きっと。だが感じなかった。それどころかジェイソンは気力の充実を感じていた。ランス・ビューフォートなどくそくらえ！　ひどい一週間だったし研究は行き詰まり、まさに今は歯ごたえのある強敵相手に激しくやり合いたい気分だ。無論、舌戦に限るが。物理的で暴力的な行為にたよる気はない、この瞬間はそれすら魅力的に見えても。肌がざわざわし、ジェイソンの犬の本能が目覚めて這い出したがっている。外に！　伸びて、走って、飛びかかって、唸って――。

　駄目だ。一体どうしてしまったんだ？　マッドクリークのにおいだか空気だかに、十二年間封じてきたジェイソンの犬の本能を表面に引き出そうとする何かがあるに違いない。そもそもどうしてこんな馬鹿げて下らないパーティに来ようなどと思ったのか……。

　ああ、そうだった。ミニーに新しい町の住人を紹介してもらおうとして来たのだ。研究のために。それだけが大事だ。それだけが重要なのだ。今から飲み物と料理を摂取して、それで当初の目的を果たせるくらいに気が鎮まるよう願おう。ジェイソンはビュッフェのテーブルへ向かった。

　皿に山盛りの料理を取った。食べていると、体の興奮がやっと冷めてくる。とんでもなくおいしかったのは焼きナスのディップで、ラベルによれば〈ティムのマッド・ベジタブル〉特製。ベーコンが入っている。うっとりするほどうまい！

　食べながら客たちを観察した。同性のつがいが多いようだ。この手の人間のパーティで普通に予期するよりもずっと。ティムとランス以外にも、保安官助手の制服を着たでかい男――名札によればローマン――と二枚目の男性パートナー（こっちは純粋な人間）がいた。もっと年上のクイック同士の女性たちは体がくっついているかのように離れようともしない。第二世代の若い女性カップルは片方が紫の髪にもうひとりが唇ピアスをしており、公然とキスしていた。それにふたりの少年たちが手をつないだままビュッフェのテーブルで相手に料理を食べさせあっていた。ジェイソンは覚書きとして心に留める。この傾向はカニス・サピエンス共通のものなのか？　そうなら何故？

データが揃わないうちに仮説を立てるのは悪手だが、推論するならば、ジェイソンは彼自身にもあるバイセクシュアルの傾向によるものではないかと思う。彼は男にも女にも惹かれた。ただし、特定の相手に。美しさは重要ではなかった。美形にも平凡な姿にも惹かれてきた。彼が惹かれるのは、性格も含めたその全体像、振る舞い方や声の響き、目、においなどがひとつに混ざり合ったものに対してだった。もし相手が彼にとって魅力的に思えたなら、それは単に、魅力があるからとしか説明できない。性別というのは副次的な要素にすぎなかった。

それはイヌ科の性質なのだろうか？　それともクイックになった過程と関連が？　クイックへの突然変異を起こす遺伝子の化学的なスイッチが、性別に対して開放的になるスイッチも入れるのだろうか？　あるいは異性を好むべきと命じる刻印を消去するのか？　答えを知りたい百万もの問いにこれも加えた。

食べ終わると、やっとミニーをつかまえた。彼女がジェイソンを皆に紹介して回ってくれる。ロットワイラーとして生まれて二年前に町へやってきたバレントという男がいた。ドイツで育ち、興味深いことにドイツ訛《なま》りがあった――アメリカに来た後でヒトになったにも関わらずだ。トニーという女性もいて、白髪で優しい顔をした彼女はまだ町へ来て六ヵ月、クイックになってからもさほど経っていない。さらにまだ何ヵ月かしか町ですごしていない新参たちが五、六人。ジェイソンは携帯電話に名前や連絡先を入力したが、住所はしばしば「ブロード・イーグル通りの赤い屋根のキャビン」とか「エッセル家に間借り中」のようなものだった。いざ見つけるとなると骨が折れそうだが、それでもジェイソンはすべて入力した。

「ローマン・チャーズガードからもう話は聞いた？　彼も第一世代よ」とミニーが指したのは保安官助手の制服を着たあの大柄で、正直恐ろしげな男だった。

「え？　それはいいね。リストに加えておこう」

リストの最後尾に、とジェイソンは決める。ローマン・チャーズガードが質問に気を害してジェイソンをぶちのめすような場合にそなえて。

「不動産屋のほうに、移住してきた住人の記録は保管されてないのか？」とミニーに聞いた。

「それをグラフ化すれば、過去に比べて本当にやってくる新規住人が増加しているかどうかがわかる」

ミニーが目を輝かせた。

「それはおもしろいわね、ね？　この先に備えるためにも便利よね。ギリギリでやりくりしてる状態なのよ、ほんと。ボランティアの手を借りて、固定資産税とかほかの税金から町が出してくれた資金で年に三軒のキャビンを建ててきたの。なのにもう足りなくて。グラフ化する作業、あなた手伝ってくれない？　得意な分野だと思うから」

ジェイソンは町の歴史編纂家《へんさんか》に立候補したつもりはなかったが、データが欲しければ自分でやるしかなさそうだった。

「いいだろう」とあきらめの息をつく。「だがこれから先、きみたちは移住者が来たら、日付と彼らの出身地、町へ来た経緯などを記録しておくべきだ」

「がんばるわ。あなたほんとに論理的なのねえ、ドクター・クーニック。私はそういうの向いてないんだけれど、指示に従うのは得意よ」

ほめられたのかけなされたのか、ジェイソンにはよくわからなかった。

「さっ！　町に来たばかりのマイロっていう子がいるから、あなた会ってみたいんじゃないかしら。ううん、私だって会ってみたいの。リリーがほんの何日か前に見つけた子なのよ」ミニーがごった返すリビングを見回した。「どんな子か知らないんだけど若いとは聞いたわね」

「彼は町に徒歩でたどりついたのか、それとも……？」

「そうじゃないの。マイロはホスピスで看護犬として働いてたのよ、びっくりだけど。リリーが見つけてね。どこにいるのかちょっとリリーに聞いてみたほうがいいかしら――」

「ホスピスで暮らしてたのか？」

「リリーはそう言ってたわよ」

ジェイソンはとまどって目をまたたいた。

「だが必ず、彼には特定の飼い主がいたはずだ」

「私が聞いた限りじゃいなかったみたいよ。ホスピスのスタッフ全員に引き取られた感じで」

「いいや」ジェイソンは引き下がらなかった。「彼にはこれまでに、特別な人間がひとりはいたはずだ。でなければクイックになれたはずがない」

「まあ私は聞いた話しか知らないから。じかに聞けばいいと思うわよ、もし――」

「静粛に！」

大きく高圧的な声で、全員が静まり返った。ランスの声だ、当然。リビング中央でオットマンに立ち、おかげで周囲の誰より頭ひとつ高い。小さな玉座の上のランス。愉快な眺めのはずだったがそうはならなかった。群衆の真ん中で全身に力をこめて立ったランスはたちまちに場の支配権を握った。ジェイソンですらそれを無視できない。

「会合を始める時間だ。集まってくれ。さあ前に出て！　今夜は色々と議題がある」

従順な羊の群れのごとく、全員がみっちりと輪になってランスを取り囲んだ。肩にモリーがもたれかかってすやすや眠っていたが、それでもランスは強面《こわもて》に見えた。

「これでいい。じゃあ」ランスは空いた手に持った紙を見やった。「春から夏の新しいクラスの時間割は郵便局に、登録表と一緒に張り出されている。教師がどれくらいの本や備品を注文すればいいかわかるように、参加者は登録しておいてくれ。二点目——春の衣料品特売は来週だ。寄付できるものが手持ちにあれば、町役場の箱に入れてほしい。フラニーが火曜にオークハーストとフレズノまで車で行ってグッドウィルで仕入れをしてくるから、一緒に行きたければダイナーの前に朝九時に集合するように」

どうやら大勢が行きたがっているようで、思わずというような歓声が上がり、多くの手が振られた。

「三点目——新しい群れの仲間だ。今夜は何人か紹介したい。まずはドクター・ジェイソン・クーニック。町の高校に通っていたから覚えているものもいるだろう。大学に行くために家を出て、科学者になった。とにかくその手のものに。なんだかんだで、町に戻ったばかりだ」

ランスがジェイソンに向けて眉を上げ、ジェイソンは馬鹿みたいな気持ちになりながら手を振った。わざわざランスを訂正してこの状況を長引かせるつもりはない——遺伝学者なのだが。いやいや、とにかくこの注目を今すぐ終わらせたい。

周囲を見回した。彼と目が合った途端にペニーがわっと泣き出した。ジェイソンは申し訳ない気分で手を下げた。

ランスが咳払いをした。

「よし。新しい住人はほかにもいる。マイロ」と見回す。「マイロはいるか？」

「私がつれてくるわ」

リリーが囁くふりで大声で言った。わざとらしい忍び足でビュッフェのテーブルへ向かうと、テーブルクロスをつまみ上げ、下をのぞきこむ。

「マイロ、ハニー。出てきてご挨拶できる？　ほらいらっしゃい、大丈夫だから」

ジェイソンは自分でも何を予期していたかわからなかったが、とにかくテーブルの下から這い出してきたその生き物は予想外だった。まず、若い。ヒトの姿では二十代半ばにしか見えない。第一世代にはきわめて異例と言えた。〝種火《スパーク》〟を得た時、おそらく犬として二、三歳になったかどうかの年齢だっただろう。ほとんどの犬は〝活性〟するほど飼い主との絆を強めるまで何年もかかるものだ。そこでジェイソンはミニーが言っていたことを思い出した——マイロが病院のスタッフたちに飼われていたという話を。ひとつも辻褄《つじつま》が合わない。

そうは言っても、マイロがごく最近クイックになったのは明らかだった。隠れたさそうに肩を小さく丸め、おどおどと視線を床に伏せている。体はこわばり、まるで一時しのぎで借り物の肉体にうまく馴染めていないかのようだ。

その上マイロはダークブロンドの短い巻き毛、ほっそりとして背の高い体つき、繊細な顔立ちに小さく尖った顎と、とてつもなく魅力的だった。明らかに居心地が悪そうな様子に同情して、ジェイソンの腹の奥が神経質にねじれた。

「こっちよ、マイロ！」

リリーが彼を引っ張ってきて、ランスの隣に立った。マイロは顔を下に向けたままだったが、伏し目がちな視線を皆の顔にさまよわせた。その視線が途中でジェイソンにしばらく留まってから、次へ移る。瞳はヘイゼルで、あまりにも悲しげだった。ジェイソンの心臓がギュウッと野太い音を立てる。

「これでよし、と。皆、彼がマイロだ」とランスが紹介した。

「はじめまして、マイロ！」と全員が唱和した。第一世代の数人が、新入りに会えてうれしいらしくぷるぷると尻を振っていた。

マイロは微笑んだが、ぎこちない笑みだった。リリーの手にあまりにきつくしがみついたものだから、リリーが顔をしかめた。安心させようとマイロの腕をぽんと叩く。

「大丈夫よ、マイロ。言ったでしょ、この町は幸せな大家族なんだから。あなたが暮らせるところを見つけてあげるからね、それでいつでも会いに行ってあげる。何の心配もいらないわ」

マイロはまた目を伏せ、さらに身を小さくしたようだった。ジェイソンの胸の中で何かが割れる。奇妙な感覚だった。ジェイソンは感情的なたちではない。むしろ真逆だ。だがマイロにはどこか……感情を呼び起こされるものがあった。ジェイソンはもぞもぞと足を動かし、さっさとマイロをビュッフェテーブルの下に戻してやればいいのにと思った。そこのほうが安心できるのだろうに。どうしてマイロをこんな目に遭わせる？

「マイロの泊まる場所が必要なの」リリーが大声で言って、まだマイロの腕をなでていた。

「このままうちにいてもらいたいんだけど、もう三人も泊めているから。それにキャビンの空きはないのよね、でしょ、ミニー？」

「一杯よ」ミニーがうなずき、雑誌で顔をあおいだ。「新しいキャビンが建つまであと二月かかる。マイロはそのキャビンの入居リストに入っているけれど、それまで泊めてくれるところが欲しいの」

「だから、ほんの何週間かだけのことなのよ」リリーが何でもないことのように言った。「それにこの子はお行儀のいい、とっても優しい子だから！」とマイロに励ましの笑みを向ける。

マイロはまだ床を見つめていたが。「ほんとにね、これっぽっちのぱっちも手間なんかかからないわ」

マイロの体を小さい震えが抜けた。全身から悲しみといたたまれなさがにじみ出て、ジェイソンは腹が立ってきた。どうしてマイロを前に立たせたままそんな話をしているのだ？　住居の手配など、もっと内々にすませるものじゃないか？

「うちには空き部屋がある」

深い声が言った。髪を刈り上げた大柄の、ローマン保安官助手だった。

「そうだな、ロー。うちに泊まってもらえる」と男性のパートナーが同意した。

マイロが睫毛ごしにちらっと彼らを見上げた。

「とても優しいのね、ローマン」リリーが言った。「でもあなたもマットも仕事に行ってる時間が長いでしょ？　今のマイロには、昼間誰かがついていてくれるところが必要なの」

マイロの視線が床へ落ちた。

「一週間ならうちのカウチに泊められる」と誰かが言った。「その後はおばさんが泊まりに来るけど」

「メイブルは？　昼間家にいるだろ」と誰かの声。

「うちのキャビンはもう八人いるけど、みんなが嫌ならうちでなんとかするよ！」とサイモンが口をはさんだ。

新入りの若者をどうするかの話し合いが全員で始まり、騒がしくなった。クイックたちの会話ではよくあることだが話題が脇道にそれ、もっと多くのキャビンを建てないとという話になる。そしてその間ずっと、マイロは話の中心に立って、小さく、さらに小さく縮こまっていった。

ジェイソンはマイロから目が離せずにいた。だから、数秒前から何が起きるか察知していた。

マイロがリリーからぱっと離れ、玄関へ向かって駆け出した。

ジェイソンのほうが三歩早い。マイロの寸前に玄関へ走りついたが、マイロがぶつかってきた時、両腕で抱きとめる以外にどうしようもなかった。マイロは一瞬硬直してから、ジェイソンの厚い胸板にぐにゃりともたれかかって、ペイズリー柄のネクタイに顔をうずめた。

「どういうつもりだ？」とジェイソンは皆を強く問いただした。

誰もが話をやめてジェイソンとマイロを見つめた。

「マイロ？」リリーが眉を曇らせてたずねた。「どうしちゃったの、ハニー？」

マイロは顔を上げなかった。ジェイソンの胸で震えている。

「どうしたかだと？」ジェイソンは嘲るように言い返した。「きみらは誰が彼を引き受けるか、まるで――まるで彼が――」

汚れ物か何かのように、と言いたかったが、マイロの前でそんな言葉を使ってこれ以上嫌な思いをさせたくない。なので、ジェイソンはぴんと背すじをのばし、顎を上げた。

「うんざりだ。私が彼を引き取る」

ミニーが驚き顔になった。ランスは眉を不安げに寄せて首を振っていた。

「あら。じゃ、それでいいわね！」と何も気にせずリリーが言った。

だがジェイソンの心の中は内戦状態だった。今、何を口走った？

脳の一部、白衣を着た部分は、どうしてマイロを引き取るべきか完璧に論理的な理由のリストをホワイトボードに書き出していた。被験者がそばにいるのは好都合だ、それもマイロのような最近〝種火《スパーク》〟を得たクイックが、家の中にいて、逃げ出される心配もいらないのだ。行動を二十四時間ずっと毎日観察できる。

脳の別の場所では、腕の中で震えている無防備な生き物を認知し、それにくっついてくる厄介、義務、責任、面倒な感情などを列挙し、脳内に特大サイズの「ノー！」の文字を打ち上げ

ていた。

不思議なことに、どちらの意見も優勢ではなかった。ジェイソンの心の芯には、彼には珍しいほどおだやかで確固とした信念が据わり、マイロには手をさしのべてくれる誰かが必要だと主張していた。ジェイソンがその誰かになるべきなのは明白だ。余分な寝室があり、家で研究をしているからマイロをひとりきりで長く放っておかずにすむ。マイロにとって静かでおだやかな環境だ。その上マイロにできる仕事まである——研究の被験者。

だが何より、ジェイソンの中の何かがマイロに揺さぶられていた。彼の心、か？　いや勘弁してくれ、心なんかじゃないはずだ！　こういうことだ——ジェイソンは、居場所がないというのがどんなふうなのか知っている。誰だってそんなふうに……誰もほしがらない厄介ごとのように、押しつけ合う目に遭わされていいわけがない。リリーや皆に悪気はないが、ただ無神経なのだ。

「マイロ、あなたはどう、しばらくジェイソンのところに行く？」

リリーがてきぱきとたずねた。

マイロは顔を上げなかったが、肩をすくめ、うなずいた。リリーはそれを肯定と取る。

「じゃあいいわ。ランス、次の議題に移れる？」また大きなひそひそ声で「マイロは注目の的になるのが苦手みたい」と言って、リリーは元の声に戻った。「それに、オーブンにブラウニーを入れっ放しなの。熱々で出したいのよ」

「ブラウニー！」と少なくとも三つ、はっと息を呑む音が聞こえた。

ランスはジェイソンとマイロを心配そうに見ていた。

「ちょっと待ってくれ、母さん。ジェイソン、そんな責任を引き受ける心構えはあるのか？」

「皆と比べて私の心構えが劣っているとは思えんね」

ジェイソンは高飛車に言い返したが、これまでの人生で一番空虚な言葉だったかもしれない。どうなりたてのクイックについて何の経験もないのだ、あの大惨事続きのアンケートだけで。どう見ても彼ら相手のコミュニケーション能力には欠けている。それでも、マイロを今さらつき放したり、ランス・ビューフォートの前で引き下がるつもりはなかった。

「私が様子を見に行くわ」リリーが言い張った。「しょっちゅうね！　私がマイロを見つけたんだもの。もう何ひとつつらい目に遭わせたりしませんとも」とジェイソンに警告のひとにらみがとんでくる。

ランスがあきらめの溜息を、ふうっと吐き出した。

「いいだろう。ただ――ちゃんとたのむ、母さん。ジェイソン、わからないことがあれば何でもリリーに言ってくれ。さて、じゃあ次の話に移ろう。新しいキャビンを建てる作業スケジュールを話し合わないと。サイモン、ボランティアの登録用紙は？」

会議は続いたが、ジェイソンはもうたくさんだった。なにより、きっとマイロもうたくさんだろう。マイロの肩に腕を回して、ジェイソンは彼を家の外へつれ出した。

5　運命の糸をつないで

マイロは家に帰るジェイソンの後ろをついてきたが、一言も口をきかなかった。人間の習性よりはるかにぴったり距離を詰めて歩いている。数歩ごとにジェイソンがつまずきそうになるくらい近く。

ジェイソンは立ち止まった。

「マイロ、いいかな、できれば――」

マイロがもっと身を寄せ、じっと路面を見つめた。

ジェイソンは溜息をついた。マイロの手を取り、後ろではなく並んで歩くよう誘導する。このほうがマシだ。ただ、夜の住宅街を男の手を握って歩くのは奇妙だった。ジェイソンは誰かの手を握って歩くことなどまずない。だがマイロはヒトとは言い切れないし、すでにジェイソンはマッドクリークで常識的な暮らしは無理だろうとあきらめていた。

キャビンに帰りついた頃には、深い疑念が湧き上がってきていた。一体何を考えていたのだ？　ミニーには誰とも同居はごめんだと言ったし、あれは本気だった。なのに初めての群れの集会で、情にほだされた馬鹿みたいに自ら立候補するなんて！　感情に流されたりしない、理性的で割り切った判断がジェイソンの自慢なのに。

（マイロは研究の役に立つ。それにたかが何週間かのことだ）

ジェイソンはマイロの手を離してキャビンのドアを開けた。中に入る時にもマイロはぴったりくっついてきた。ジェイソンは着ていた薄手のジャケットを脱いでドア脇のフックに掛けた。振り返ってマイロを眺める。

マイロはコートも着ていなかった。両腕を体の前に出し、シャイなティーンのように体を隠して立っている。手でもう片手の手首を握って。お下がりらしい青いウールのVネックセーターを着ていた。きっとはるか昔にビューフォート兄弟の誰かが着ていたものだろう、あの兄弟の青い目にはよく似合っただろうが、マイロが着ると金髪の色が褪せて見えた。大きすぎて腰周りがだぶついている。ジーンズもかなり大きく、ベルトできつく締め上げていた。古いコンバースのスニーカーを履いていたがその白はすっかり薄汚れていた。

新しい服が要る。そこまでジェイソンが面倒を見るのか？

マイロがジェイソンを見つめた。さっきより落ちついているようだ。今や、目には期待の光まであった。

「ここ、家？」と聞いて見回し、またジェイソンに物欲しげな表情を向ける。

「しばらくの間はね」ジェイソンは説明した。「新しいキャビンが建つまでの間だ」

マイロの表情が沈み、パチパチとまばたきしてから、また床を見つめた。

「きみはヒトになってどれくらい経つ、マイロ？」

マイロが肩をすくめた。

「ほう。ふむ」これはじつにやりにくい。「ではきみの寝室に案内するから、その後で熱いお茶でも飲もうか」

マイロがうなずいた。どうやら基本的な言葉は理解できるようだ。少なくともそう願いたい。

廊下を歩いていく。マイロはつながっているかのようにジェイソンにぴたっとくっついたままでいた。ジェイソンは、ベッドがある唯一の客室のドアを開けた。ラスベガスのコンドミニアムに住んでいた時も客室があって、引っ越す際に面倒で家具の処分をしなかったのだ。引越し業者に全部まとめて運んでくれと言っただけだ。なのでこの客室にベッドはあったが、むき出しのままだった。

「ああ、これじゃ駄目だな。シーツと毛布を取ってくる」

ジェイソンはリネンクローゼットから要るものを持ってきてベッドを整えはじめた。シーツの端をしきりに引っ張る。皺ができるのが嫌だ。きつく張り、手でなめらかにして、さらに引っ張る。表面が完璧に張ったままでいるようシーツの縁を折りこんだ。上側のラインをぴったりと揃える。その間ずっとマイロはジェイソンのそばに、ほんの数センチだけ離れて、ジェイソンがマットレスに呑みこまれて消えてしまうのではないかと心配するようについて回っていた。ジェイソンはなるべく無視したが、どうしても気になる。

強迫観念的になっているのは自覚していた。ぐっとこらえてベッドから一歩離れる。両手を合わせてわざとらしく陽気にこすった。

「これでよし！　片付いた。きみは、その、私物とか、荷物はないのか？　リリーのところに置いてあるとか？」

マイロはただじっと彼を見つめた。

「ないのか。そうか。ならいい、それでかまわない。パジャマの予備くらいきっとここにあるだろう」

まったく、連中はこの哀れな若者を群れに加えておいて、だぼついた服だけしか与えていないのか？　きっと〝新入り用キット〟か何かあるに違いない。パーティを途中で抜けていなければリリーから何か渡されたのかも。

「それで。これがきみのベッドだ」とジェイソンは、わかりきっていることをあらためて言った。動作で示そうと、指先でベッドを押す。

マイロがベッドに腰をかけた。何度か上下にはね、また立ち上がる。

「よし。紅茶を飲むかな？」

ジェイソンはうかがうように聞いた。ふたりでキッチンへ向かい、ジェイソンはやかんを火にかけると椅子を引き出し、テーブルときっちり平行になるよう置いてから指した。

「マイロ、それに座っていてもらえるか？」

ずっとぴったりくっつかれて、落ちつかなくなってきていた。

マイロが椅子に座った。ジェイソンはふたり分のレモンジンジャーティーを淹れてテーブルに持っていった。向かいに座ってマイロをじっと観察する。マイロは熱いカップを持ち上げ、ふうふうと息で冷まし、一口含むまでの動作を完璧にやりとげた。なりたてのクイックがどんな段階を経ていくのか、自分にはほぼ何の知識もないことにジェイソンは気付く。犬として暮らしながら人間を見聞きして、彼らはそこからどのくらい学んでいるものなのだろう？　クイックごとに大きく違うのだろうか？　文字を読むとか車の運転や口座管理などは、無論できない。マッドクリークにはその手のことを教えるクラスがある。だが、基本的な生活スキルをどのくらい身につけているものだ？　マイロほど新しいクイックを身近で見るのは初めてだった。

学術的な興味がこみ上げてきて、メモを取りたくて手がうずく。ジェイソンはノートを取ってくると、それを手に椅子に座った。マイロについて知りたい項目や試してみたいスキルについてリストを作りはじめる。マイロは紅茶を飲みながら、こちらが後ろめたくなるほど澄んで信頼しきった目でジェイソンを見つめていた。ジェイソンは最初の質問を慎重に選んだ。

「きみはどのくらいよく言葉がわかっている、マイロ？　話せるのか？」

マイロは肩をすくめ、それからうなずいた。

ジェイソンは失望に包まれた。ごく基礎のコミュニケーションもできなければどうやって話など聞けるのだ？

「よし、まずこれを決めておこう、きみがこう――」とジェイソンは大げさに肩をすくめてみせた。「する時は『わからない』という意味だ。そしてきみがこれを――」とうなずく。「する時は『イエス』の意味だ。それで、今のはどっちだね？」

マイロはまばたきした。肩をすくめる。「どのくらいよくわかっているか、は知らない。辞書みたいには無理。でも言われてることはわかる」それからマイロはうなずいた。「うん。しゃべれるよ」

しゃがれて、声帯が傷んでいるような声だったが、言葉の内容は意味が通っている。予想を裏切られたジェイソンは小さな笑いの粒がこみ上げてくるのを感じた。なんとか真顔を保つ。

「それはよかった。とてもいい。自分が〝種火《スパーク》〟を得たと初めて気付いたのがいつだったか、覚えているかい？　つまり、ヒトになれる能力を手に入れたとわかった時のことだ」

マイロの目が悲しみのようなもので暗く沈んだ。ゆっくりとうなずく。

「その話を聞かせてもらえるか？」

マイロは興味がなさそうに顔をそむけ、あくびをした。紅茶の残りを飲み干してまた今度はもっと大きいあくびを、何の恥じらいもなく、した。

「疲れたのか、マイロ？」

返事のかわりにマイロは自分の椅子を持ち上げてテーブルをぐるりと回ってくると、ジェイソンの隣に適当に置いた。その椅子に座り、ジェイソンの肩に頭をのせて目をとじる。

ジェイソンはふうっと息をついた。マイロがよりかかった腕は腕時計の側ではなかったので、時間をたしかめる。まだ夜の十時だが、マイロにとってはきっと気が疲れる一日だっただろう。明日の朝から研究を始めても遅くはない、とジェイソンは結論付けた。無理強いしても仕方ない。マイロからは今日の答えより長期の協力が必要なのだ。それにあらためて思えば、ジェイソン自身もいささか疲れていた。不眠の夜の疲労が激しく押し寄せてくる。残念ながら横になってもどうせ眠れまいが。

「わかった、マイロ。ベッドに行こう」

マイロが立ち上がった。またあくびをして、ジェイソンが几帳面《きちょうめん》に二脚の椅子を揃え、カップを洗って片付けるのを見ている。それからくっついてジェイソンの寝室まで入ってきた。ジェイソンは引き出しから古いフランネルのパジャマを取り出す。振り向くと、マイロがベッドにのびて目をとじていた。

「違う！　ここじゃない、ここは私の寝室だ。ほらおいで」

ジェイソンはマイロの手を引っ張って立たせた。客室までつれていくとパジャマを押し付ける。

「これでいい。よければこのパジャマに着替えなさい。着ないほうがいいなら別にそれでも……自分が眠るのに楽な格好なら何でもいい。問題ない。それでいいんだ。じゃあ、ええと、また明日の朝に」

ジェイソンはマイロを客室に残してドアを閉めた。自分の寝室に戻ってシャツを脱いでいると、マイロがすたすた入ってきてベッドにのぼった。

「マイロ！」

マイロは満足気に、純真な顔でジェイソンを見上げた。ジェイソンのベッドですっかりくつろいでいる。そして――マイロが微笑んだ。ジェイソンに向かってマイロが微笑みかけたのはこれが初めてで、まるで自分には勿体《もったい》ない贈り物のようだった。それほどまでに甘く、幸せな微笑み。澄みきった。そしてマイロはあまりにも……ジェイソンのベッドで気持ちよさそうにしていた。一瞬、そのままにしておこうかと心が激しく揺れる。ジェイソンのクイックとしての本能は、マイロにここにいてほしがっている。

だが駄目だ、最初が肝心。マイロを今夜ここで眠らせたらずっと居座られてしまう。

「駄目だ、私のベッドで寝てはいかん」ジェイソンはきっぱり言った。「あっちの部屋にベッドを用意しただろう。あれがきみの部屋だ、マイロ。きみのベッドだ。もう自分のベッドがあるんだ。うれしくないのか？　おいで」

マイロの腕をつかむと軽く引いて起こした。また客室へつれていく。

「ここだ、ほらな？　寝心地がよさそうじゃないか？」ジェイソンはマイロの肩に手を置くとマットレスに座るよううながした。「きみはもうヒトなんだよ、そしてヒトは自分のベッドで眠るものなのだ。自分ひとりで」

　必ずとは言えないが、今夜はそんな細かい話に立ち入るつもりはない。

「いいな？　マイロ？」

　マイロがじっとジェイソンを見上げた。表情は読み取れない。

「それでいい、と言ってくれないか？　口に出してくれると助かるんだ、マイロ。私にきみの頭の中は読めない。きみが理解したかどうか知りたいんだよ」

「いいよ」とマイロが答えた。

　マイロの愛らしさにジェイソンの心臓は激しく高鳴っていたが、表情は抑えた。

「よろしい。ありがとう。では、おやすみ、マイロ。明日の朝また会おう」

　背を向けて寝室を出ると、ドアを閉めた。マイロがついてくるのではないかと半ば予期し、なら止めようと廊下でしばらくうかがう。だがマイロは客室から出てこなかった。ほっとしてジェイソンは自分の部屋に戻り、フランネルのパジャマに着替え、ベッドに入った。

　残念ながら、眠りは訪れようともしなかった。不眠ほど嫌なものはない。いつもは不安のせいで眠れないが、今夜は気が高ぶりすぎていて雑念が多い。あまりにたくさんのことがあっという間に起きた。たった一瞬で、同居人と常駐の被験者を一度に手に入れた。……マイロを。

　部屋の暗闇の中だと、正直に認められる。ジェイソンはあの若いクイックに興味と……少しの威圧感を覚えていた。滑稽だが、本当のことだ。当然ながらジェイソンはあらゆる面でマイ口より上だが、マイロの素直さ、思ったことがすべて顔に出る率直さ、あのヘイゼルの目の深さには、ジェイソンを——たじろがせる何かがあった。試されているような、とでも言うべきか、ある意味。ジェイソンの側も本音を見せねばならないような。あまりに傷つきやすく脆そうなマイロに接しあぐねるような。

マイロにたよられ、マイロの自立の手助けをしなければならない。責任の重さにジェイソンは途方に暮れていた。鉢植えの世話すらまともにできたことがないというのに。

（いやそんな必要などない。リリーやミニーやこの町の全員が、マイロの面倒を見てくれる。講習もあるし、新参の扱いにも慣れている。私はマイロが滞在する場所の提供をたのまれただけだ、教育などたのまれてはいない）

たしかにそうなのだろうが、どうしてもそうは思えなかった。責任を感じ、るのだ。

マイロを指導することにも、利点がまるでないわけではない。マイロの成長を観察できれば研究の役に立つかもしれない。犬からヒトへの変容を、日々の暮らしの中でつぶさに見ていけば、顕微鏡では分析不可能な種の特徴や難解な化学現象への理解を深められるかもしれないのだ。

それに、誰かそばにいるのも悪くないと思っていた。ＪＶＴラボでの小さな社交の場を失ったせいだろうか。だがあの世界はあまりに人間臭くて、駆け引き、地位や資金を求める競争、つまらない社内のゴシップがつきものだったし、ジェイソンは自分の正体を用心して隠さなければならなかった。マイロとの関係はあれとはまったく違う。マイロはすでに、ジェイソンの内にあの……犬が……存在することを知っている。それを異常とは見ていない。

マイロがこっちのベッドにもぐりこみに来るのではないかと、ジェイソンは耳をすませた。ひとりでいるのが嫌なのだろうか。たしかに犬は群れる動物だ。知らない場所につれてこられて、いくつもの大きな変化を経験したばかりのマイロは、誰かの体温で安心したくてたまらないのかもしれない。

だが家は静まり返っていた。

溜息をついて、枕に頭を戻した。考えることもすることも多すぎる！　朝になったら質問事項を打ちこんでスプレッドシートを作ろう。何より重要なのはマイロの世話を誰がしていたのかはっきりさせて、その相手との関係についてマイロが覚えていることを聞き出すことだ。犬は、深くつながりあった最愛の飼い主が死んで、初めてクイックになる。その理由についてもジェイソンには有力な仮説があったが、証明はまだだ。悲嘆による化学反応と関連があるのではないかとにらんでいた。その関係の本も読んできた。悲しみは体に凄まじいストレスをかける。〝傷心で死ぬ〟ことすら現実にあり得るのだ。化学的・生理学的な変化が犬の変身遺伝子の活性化に一役買っているに違いない。鍵となるのは――。

ひっそりした音がジェイソンの耳に入った。思考がパタッと止まり、ジェイソンは耳をすませた。

泣いている。

マイロが泣いていた。低くくぐもった泣き声だったが、ジェイソンはとても耳がいいし、静かな家の中ではその音しかしなかった。すすり泣くような、同時に犬が喉から絞り出す呻きのような音。

これは。どうしたら。

ジェイソンは息をついてごろりと横向きになり、枕を直した。音を無視しようとしたが、あまりにもそれは……今、すぐそこで。別の枕で上側の耳を覆って音を防ごうとした。この過敏な聴力が時おり嫌でたまらない！　とにかく不眠症にいい影響がないのはたしかだ。

どうやっても音は聞こえてきた。「くそ、冗談じゃない！」とジェイソンはベッドに起き上がる。苛ついた呻きをこぼし、毛布をはねのけて立った。つかつかと、ドアまで、それから廊下を客室へと進む。

ノックした。

「マイロ？」

泣き声が止まった。ジェイソンは廊下で長々と待ちながら、マイロが泣きやんでくれるよう願った。だがまた泣き声が始まる。

ジェイソンはドアを開けた。ライトは消えているが、マイロの影は見える。毛布すらかけていない。ベッドに座り、マットレスの上で膝をかかえ、顔を膝に押し当てていた。ジェイソンのパジャマを着ている。暗闇に浮かぶうっすらとした輪郭が、待っていたようにジェイソンのほうを向いた。

ジェイソンの決意が崩壊した。

「わかった！　いい！　仕方ない！　私のベッドで寝ていい。ただし今夜だけだぞ」

マイロの尻がベッドの上でうきうきと揺れたが、本当かどうか自信がないようで、すぐ静かになった。

「ほら、おいで！」

するとマイロがうれしそうに跳び上がって立ち、ジェイソンを押しのけて出ていった。廊下を小走りに駆けていく。ジェイソンが部屋に戻ると、すでにマイロは毛布の中にいた。

「なんてことだ」とジェイソンは自己嫌悪に呟いた。なんて意志薄弱なんだ。

ベッドに入った。

マイロがくっついて来ようとしたが、ジェイソンはその胸を手で押し戻して数センチ遠ざけた。

「駄目だ！　絶対に駄目だ。そこにいなさい。それに今夜だけの特別だからな、マイロ。明日は自分のベッドで寝るんだぞ。いいか？」

「いいよ」とマイロが答えた。

ジェイソンは溜息をついた。この家にいる間にマイロが自分のベッドで寝る確率は十パーセントというところか、と見つもる。だがくたびれ果てていたので今はもうどうでもよかった。くたびれている？　ああ、そのとおりだ。突如としてくたくただった。寝そべり、いつもの思考の堂々めぐりが始まるのを待つ。だがマイロのいるベッドは暖かく、そばにマイロがいて無事なのだと――家のどこかでひとりで悲しんではいないという事実にほっとしていた。どこか……気持ちが安らいだ。

ジェイソンの体から緊張が抜ける。深い流れに引きずられて沈んでいくようだった。明日――明日になったら、この謎めいた客について、徹底的に調べよう。

6　いたわりの犬の物語

朝、ジェイソンが先に目を覚ました。ぬくもりに誘われてかマイロが夜のうちにジェイソンに背中をくっつけ、そのほっそりした背中と、そうほっそりしてもいない尻がジェイソンの左脇に押し付けられていた。じつに安らかで、一晩ぐっすりと眠れたジェイソンは驚くほど心身の充実を感じていた。

起き出すと特別にベーコンエッグを作り、仕度ができてからマイロを起こした。食卓につく時にマイロは昨夜と同じように自分の椅子をジェイソンの隣まで動かしたが、ジェイソンは注意しなかった。食べ終わってジェイソンが食洗機に皿を入れている間、マイロが数分姿を消した。戻ってくると、昨日着ていた服に着替えていた。自主的にそうしてくれてジェイソンはほっとする。

「新しい服を手に入れないとな。部屋の引き出しにしまっておけるように」

「家？」

マイロが探るように聞いた。何を言っているのかよくわからない。

「予備の服を、きみの部屋の引き出しに入れるんだ。昨夜言ったように、ここは当座の間だけのきみの家だ。何週間かしたら新築のキャビンに自分の部屋を持てるぞ。きっと気に入ることだろう」

マイロがリノリウムの床を見下ろした。だぶだぶのジーンズを指先でいじる。

ジェイソンは咳払いをした。

「午前中、少し研究を進めたいと考えていたんだが。ラボを見せてあげよう。いいかな？」

「いいよ」

ラボに入るとマイロはすみずみまで見て回り、時おりにおいを嗅いでいた。顕微鏡に興味を抱いた様子だったので、ジェイソンはちょっとしたレクチャーをして理解度を試すことにした。自分の指を刺して血を一滴取り、スライドグラスに垂らすと清潔なスライドをかぶせ、顕微鏡の下に置いてマイロにのぞかせた。マイロは長いことのぞきこんでいた。

「それは私の血液を拡大したものだよ、マイロ」とジェイソンは説明した。

マイロは顔を上げ、感心した様子で顕微鏡をなでた。

「犬の目よりいいんだ。耳もいい？」

ジェイソンは微笑した。理解が早い。

「このラボにはないが、ああ、犬より耳のいい装置もある」

マイロは当然のようにうなずき、また探検を続けた。すぐにでも質問リストに取りかかりたいジェイソンだったが、マイロに歩き回らせた。ラボにマイロが慣れてリラックスしてくれるならそれが一番だ。

それがすむと、マイロをインタビュー用のテーブルに座らせた。ビデオカメラを回し、ノートパソコンにスプレッドシートを表示し、マイロと向かい合って腰を下ろした。

指先で眼鏡を押し上げる。始めたくて気が急いていた。

「さて、マイロ！　きみにいくつか質問をしたい。きみができるだけくわしく答えることがとても重要だ。いいかね？」

「どうして？」

ジェイソンの指がキーボードの上で止まった。

「ええと……それはだな。私は大事な研究をしているんだ。わかるな？　きみが正直に、そして知っている限りのことをくわしく答えてくれたら、研究の役に立つ。いいだろう、マイロ？私の研究の手伝いをしたくはないか？」

マイロはジェイソンをじっと、表情を動かさずに見つめた。

「いいよ」と結局言う。

「よし！　では」ジェイソンはスプレッドシートをのぞきこんだ。「リリーと会った時、きみはホスピス施設で暮らしていたな。そのとおりか？」

マイロがうなずいた。

「口に出して答えてもらえないか？　カメラで撮っているから」

ジェイソンはビデオカメラを指したが、マイロは見向きもしなかった。

「そう」

「よし。ホスピスに来る前は、誰かの家で飼われていたのか？」

「ううん。シェルターにいた」

マイロが顔をしかめた。立ち上がり、椅子を持ち上げて、テーブルを回りこむとジェイソンの隣に椅子を置いた。また座ってジェイソンに自分の脚をくっつける。これでずっと良くなった、というようにほっと溜息をついた。

一方のジェイソンは、これでは困る。

「マイロ、研究中にこんなふうに座るのは適切じゃない。カメラのアングルからずれてしまうし、それに私も——きみの表情がよく見えない。テーブルの向こう側へ戻ってくれ」

マイロが首を回してジェイソンの顔を見た。それから、ジェイソンの肩に頭をのせた。

ジェイソンは両手でノートパソコンをきつくつかみ、呼吸をして動揺をなだめようとした。うまくいっていない——まさに頭からマイロと意見が対立するとは。過去のインタビューのようにすべてが瓦解するのが目に見えている。どうすればいい？　こんなにすぐ台なしにするわけにはいかない。

もっと強引に言い聞かせるべきなのか、誰がボスで誰が群れの頭《アルファ》なのかはっきりさせるために。ただ、マイロの態度は反抗的ではないのだ、ジェイソンの目を凝視したり体を大きく見せようとなどしていない。むしろマイロの体はくつろいで、ジェイソンの肩に頭を預ける仕種は従順だった。わけがわからない。

やはりわけがわからないことに、プライドさえ別にすれば、ジェイソン自身もこのほうが快適なのだ。

マイロをどけようと、ジェイソンは口を開いた。そのままとじた。

最終目標は——と自分に言い聞かせる——データを得ることだ。マイロから有用なデータを得なければ。マイロに上下関係をわからせるのは今回の目的ではない。それがデータの取得に不可欠な場合以外は。

このまま進めることにした。マイロが本当に話してくれるなら、これでいい。そのためなら逆立ちだろうとやってみせる。

仕方ないと息をつき、ジェイソンは立っていってカメラを動かし、マイロの椅子があった無人の床ではなく自分たちのほうへと向けた。また彼が腰を下ろすと、マイロがたちまち肩に頭をのせた。

「質問に戻るぞ、マイロ。きみは、ホスピスで暮らす前はシェルターにいたと言ったな」

「そう」

ジェイソンはそれを打ちこんだ。

「それで、シェルターの前は？」

「シェルターの前は、どこもない」

ジェイソンは眉をひそめた。

「すると……子犬の時からシェルターにいたということか？」

マイロがうなずき、ジェイソンの肩でその頭がぐらついた。それから声に出すのを思い出したように「そう」と言った。

「ふむ。そうか。シェルターで仲の良い人間はいたか？　きみがとても好きだった相手は？　いつも一緒にいてくれたりとか」

マイロが肩をすくめた。

「特別な誰かがいただろう、マイロ」

そうくり返しながら、ジェイソンは辛抱できなくなってくる。

マイロの指がジーンズの表面をいじり回しはじめた。ジェイソンの肩から頭を上げ、テーブルを見下ろしたが、その間も脚はぴたりとジェイソンに押し付けられたままだった。

「あそこでは……箱？　の中にいた。時々、あそこは犬や猫を殺すんだ。こわかった」

ジェイソンは喉元に込み上げる酸っぱいものを飲み下した。苛立ちは一瞬で蒸発していた。

「それは……可哀想に、マイロ」

マイロの指が太腿のデニム地を引っ張った。

ふと、ジェイソンはたずねた。

「きみは……シェルターで暮らしていた時、すでにクイックだったのか？　生まれつきそうだったとか。ヒトになれる能力があった？」

マイロは横目でジェイソンを見て首を振った。

「ううん」

「違う？　ヒトになれる能力をいつ身につけたのか、正確に覚えているのか」

「うん」

「話してもらえるか？」

「僕は一日中、ホスピスで。シェルターはもうなし……」

そこでマイロは途方に暮れ、うまく言葉が出てこないように不満の色をつのらせた。

「大丈夫だ、ゆっくり話せばいい。つまりきみは、ホスピスにいた時に〝種火《スパーク》〟を得たんだな。ホスピスに来てどのくらいの頃だ？　一年？　数ヵ月？」

マイロがぽかんとしてジェイソンを見た。しまった、まだ時間の単位に馴染みがないのだろう。ジェイソンは頭を絞ったが、代用にと思いついたもの——食事や月の周期、睡眠など——はどれも単純化されすぎているように思えた。それに、数えるという点では同じことだ。「五十回の眠り」の意味がマイロに伝わるだろうか？

ホスピスからマイロについての記録をもらうか、看護師に話を聞いてみればいいのかもしれない。マイロがホスピスで暮らしはじめた正確な時期はわかるはずだ。

「シェルターにいた頃にヒトになれなかったのはたしかだね？」とジェイソンは念を押した。

マイロがきっぱりとうなずく。

「ホスピスでしばらく暮らしてから、初めてそうなった？」

「そう」

「よくわかった、マイロ。また後でこの話をしよう。次は——」

だがマイロの背がいきなりしゃんとのび、興奮した様子で座り直した。両手を上げ、きつく握り拳を作る。

「ジェイソン、聞いて。ジャニス、ホルドソン、ビル、ミセス・アーバイト……」名前のひとつごとに一本ずつ指を立てた。「ミラー、顔に傷のある女のひと、リ・リ、パーカー、サム、リズ・ホワイト……」

十本指を立てるとまた拳を握り、名前を言いながら一本ずつ指を立てていく。さらに十本指が立つまで続け、拳に戻して三巡目に入った。

終わってみるとマイロは全部で二十五回指を立て、二十五人の名前を言っていた。ジェイソンの目を見つめる。

「その次が、リ、リ、リリー」

そう強調して二十六回目の指を立てた。それから、マイロは驚くべきことをした。今度は指を折りたたみながら、また同じ名前を逆順に読み上げていったのだ。

ジェイソンは唖然とまたたいた。すごい。人間だって普通は考えこまないと何かを逆順に言ったりはできないものだ。たとえアルファベットのように馴染み深いものであっても。だがマイロは楽々と名前を逆に並べ、一度たりともつまずかなかった。名前の中には初めて声に出したかのように発音が怪しいものもあったが、おおよその響きはわかった。

八本目の指まで戻ったところで、パーカーという名を言ってから、マイロは止まって指を振った。

「ここで、ヒトになる。パーカーのあと」

マイロはじつに得意そうな微笑みを浮かべ、輝く目が『すごくない？　おりこう？』と言っていた。実際、ジェイソンも同意見だった。

いやはやマイロはとんでもなく賢い。日付という概念がない――とにかくホスピスの頃は理解していなかった――ので、かわりに人の名前を月日の区切りに使ったのだ。だが一体これは誰の名前で、マイロはどうしてその名を時間と結びつけている？　とにかくどんな名前にせよ、その八番目、パーカーという名の誰かの後で〝種火《スパーク》〟を得たとマイロは言っている。

ジェイソンの腹が期待にざわついた。

「とてもよくやった、マイロ。本当に偉いぞ。だが、パーカーというのは誰なんだ？　きみにとって？」

マイロが両手を下ろした。

「パーカーは……いいひと。髪が灰色」マイロは自分の短い髪をいじって見せた。「トラックが好き。息子の写真あった。僕の耳をいじる。パーカーは、ここが病気」

マイロは脇腹を上下にさすった。

「ガン。ここにも」首を指す。「リンパに腫瘍」

表情から意気込みが消え、つらい思い出に目をしばたたかせた。

ジェイソンは寒気を覚えた。何という――一気に理解していた。

パーカーはホスピスの患者だったのだ。マイロが名を上げた全員が、ホスピスの患者に違いない。当然、リリーだけは別として。皆、マイロが知っていた人間で、なついてさえいたかもしれない。マイロはホスピスで暮らした日々の流れを、死んでいった患者の名前で覚えているのだ。ひとりずつ。

ジェイソンの喉が痛んだ。気分が悪くなりそうだった。

「ジェイソン?」

マイロは心配そうだった。なだめるようにジェイソンの肩をさすってくれる。それがジェイソンにはとどめだった——マイロが彼を慰めようとしている。

咳払いをした。

「今のは、うむ、とてもよくやった、マイロ」声がかすれていた。「私は、その、今朝はほかに片づける用事があるんだ。でもまた後で話そう。いいね?」

「いいよ」

ジェイソンは立ち上がった。手が震えていたので、白衣のポケットに突っ込んだ。

「よくやった、マイロ。とても素晴らしかった。すぐ昼食を作るからな」

足早にラボを出て、メインのバスルームに閉じこもった。シンクの水を出し、呼吸しようとする。胸のすぐ上に鋭い痛みがあって、心臓発作じゃないかと思うほどだ。抗不安薬のザナックスを薬棚から出して飲み、胸骨をさすって気を鎮めようとした。

哀れなマイロ！　初めはシェルターでいつも怯えながら暮らし、同じ建物の中で動物たちが殺されているのを知りながらいつ自分の番なのかと思っていた。シェルターの動物たちは皆それを、あるレベルで理解しているのだろうか?　クイックでなくとも?　なんて恐ろしいことだ。

それからマイロはホスピスで暮らすようになり、そこで絆を深めた――あるいは深めようとした――相手はひとりまたひとりと死んでいった。

ジェイソンの胸が締めつけられた。

同情しているのだ、と気付く。馬鹿な！　どうしてそんな？　駄目だ。マイロのことなどほとんど知らないのに。悲劇的な身の上だ、それはたしかだ。だがつらい目に遭ってきたものなどたくさんいる。ジェイソン自身の生い立ちだってほのぼのとしたおとぎ話ではない。面談中にそんなことで動揺してはならないのだ、科学者だろう！

ジェイソンは顔を洗い、水道の一番冷たい水を、自制心を取り戻せるまで顔にかけた。タオルで拭う。

彼にはできる。純粋に論理的な視点から言えば、マイロは理想的な研究対象だ。もしかしたら悲しみというのは、ジェイソンがもともと仮定していたより大きな役割を、クイック化の遺伝子スイッチを入れる〝化学物質のカクテル〟の中で果たしているのかもしれない。多くの犬たちよりも深い悲しみに接してきたマイロが、結果としてとても若いうちに〝種火《スパーク》〟を得たのだから。

一方で、負の感情だけでなく、マイロがほかにどのくらいポジティブな絆を得ていたのか把握しておいたほうがいいだろう。シェルターで誰かと仲良くしていた様子はないが、たとえばホスピスの看護師などは考えられる。もしくは当の患者の誰か。短い関係でしかなくとも、マイロと患者の間に深い絆が生まれるということはあり得るだろうか。もしかしたら死期間近という状況ゆえに、患者たちはことさらに——どれだけ短くとも——犬に強い想いと愛情を注いだのかもしれない。それがすべてを濃密なものにし、何週間や何日という短期間で深い絆を可能にしたとか。調べる価値はある。

まだまだ学ばねばならないことが多い。とにかくありがたいことに、マイロは積極的に話をしてくれるようだ。コミュニケーションがうまくいかない部分を埋めようと努力もしてくれている。それが——それがすべてだった。

気を取り直して、ジェイソンはバスルームを出ていった。自分とマイロの食事を作りに。

水曜の朝、ランス・ビューフォートは保安官事務所のオフィスで申請用紙に記入をしていた。ドアがノックされる。

「保安官?」

「どうした」

リーサがドアを開けた。ふわっとした金髪が、オフィスの中へスキップする一歩ごとに揺れる。心配顔だった。

「たった今、通報が」

ランスはペンを置いて顔を上げた。

「そうか。何について?」

「物資を取りにオークハーストに向かう途中、サイモンとルースが道で犬を見かけたんですって。見覚えがある気がするけど自信はないって、ルースが。それで、うちから誰か回収に出てもらえないか電話してきたの。その犬は弱りきって具合が悪そうで、遠くまで歩けそうにないぐらい足を引きずってるんですって。かわいそうに!」

ランスはすでに立ち上がっていた。

「わかった。41号線か?」

「そう、930マイル標識の近くよ。ローマンかチャーリーを呼ばなくてもいいの?」

ランスの助手たちはたよりになる。だがローマンはキャンパーたちが騒いでいるという通報をチェックしに一時間ほど前に行かせたし、チャーリーは巡回パトロール中だ。

「いい、俺が行く」

ドアに向かったランスを、リーサが下がって通した。ランスは事務所の出口近くにあるコートラックから保安官のジャケットを取った。

「マクガーバー先生に電話しておきましょうか?」とリーサが聞いた。

「いい考えだ。至急手当を要する犬をつれていくと知らせておいてくれ」

「まかせといて」

「それと、母さんには電話するな。まだ教える必要はない」

「私が？　まさか」

リーサがしれっとして甲高い声でさえずった。つまり間違いなく、ランスの姿が消えた瞬間にリリーに注進する気満々だということだ。

ランスはムッとして息をついたが、言い立てても時間の無駄だろう。事務所を出た。

保安官事務所の白と金のＳＵＶ車に乗って町の外へ向かいながら、ルースの話をじっくり考えた。見覚えのある犬とは？　クイックの誰かか？　町の住人？　そうなら、犬の姿のままハイウェイなんかで何をしているのだろう。心配だ。ランスがそもそも心配性でないとはまったく言えないが――心配はつきものだ――それにしても気が騒いだ。

肌寒い五月の日で、冷たい雨がパラパラと落ちてくる。９２９マイル標識のすぐ近くでその犬は見つかった。灰色で大きく毛むくじゃら、ウルフハウンドに少し似ている。重い足取りで頭を下げて町のほうへ、もう一歩も動けないのに進むしかないというふうによろめいていた。たちまちランスの心が痛む。同時に知っている犬だと気付く――少なくとも知っている気がする犬だった。車を路肩に寄せて急停車した。

車を降りて、左右をたしかめてから道を渡る。犬が足を止めてランスを見た。近づいてみると、犬の全身がぶるぶる震えていた。

「ウィルバー？　きみか？」

ランスは問いかける。低く、焦った声で。

犬はクゥンと鳴くと、ほっとした様子で道に崩れ落ちた。

ランスは車の後部からウールの毛布を取ってきて犬を包んだ。ずしりと重かったが、なんとか抱え上げて道を渡る。後部に乗せた。犬の体を車内に寝かせ、上げたバックドアを雨よけにして、ランスは身をのり出してにおいをよく嗅いだ。犬の毛皮には吐瀉物のにおいが残り、泥や、追い詰められた切迫感のようなにおいもあった。だがランスはたしかにウィルバーのにおいを識別する。

ウィルバーの具合をたしかめ、毛に包まれた体に手をすべらせた。見てわかるような傷や骨折は見つからない。ウィルバーは荒く喘ぎながら目をとじて横たわっていた。

ランスはベルトにつけた無線を使った。

「リーサか？　犬を保護した。ウィルバー・リヴェンで間違いないと思う。何年か前まで町に住んでいた。具合が良くない。ビルに、十分で着くと伝えてくれ」

『わかったわ！　大事につれてきてね、ランス』

ランスはバックドアを閉め、運転席へ戻ると、車をターンさせた。十分後、マッドクリークのメイン通りにある動物病院に着いていた。ビル・マクガーバーと助手のフロイド――筋骨たくましいピットブルの第二世代――が車を停めた途端に駆け寄ってきた。

ビル・マクガーバーはこの町で唯一の獣医（実質は医師）であり、純血の人間だった。彼はフレズノの獣医学校に行っていた時、近くの大学に通っていたクイックのジェイン・マクガーバーと出会ったのだ。ふたりは恋に落ち、ビルはこの町で開業した。群れの良き友であり、町にとってかけがえのない存在だ。ランスは彼が気に入っていて、いい友人だとも思っていた。

「まずチェックさせてくれ」とビルが、バックドアを開けているランスに言った。車内に身を乗り出してウィルバーの瞼《まぶた》を上げ、目をたしかめると、口腔《こうくう》をのぞき、手足をさわった。

「とても体温が高いな。中へ運ぼう」

ビルが脇へ下がって場所をゆずると、フロイドがウィルバーをかかえ上げた。一言の文句もこぼさずウィルバーを持ち上げたが、たくましい筋肉が固く張りつめていた。ランスは彼らを追って医院の中へ、そして診察室へと入った。

「どこが悪いんだ、ビル？」

「まだわからない」

ビルが顔をしかめ、体温計を振り出した。それをランスが知りたくない場所に差しこむ。ランスは横を向いた。

「体温41・3度だ。よくないな。脱水も起こしている。フロイド、すぐ点滴準備だ。まず乳酸《L》リ《R》ンゲ《S》ル液、抗生物質、炎症対策でステロイドも投与し、血液検査をする」

「準備します」とフロイドが出ていった。

「どうして犬の姿なんだ?」とランス。

「わからんよ。でもとても具合が悪い。そのせいでヒトに変身できないのかも」

それはおぞましい考えだった。ウィルバーは、マッドクリークへたどり着くまでどれほど長い距離を歩いてきたのだろう。善良な男だった。長い年月マッドクリークに住み、ランスが高校生だった頃はフットボールの少年チームのコーチを手伝っていた。そして数年前に町を離れた——その理由をランスは思い出せない。

助けを求めてマッドクリークへ?

「治りそうか?」とランスは聞いた。

ビルはウィルバーの心音を聴診器で聞いていた。それを耳から取る。

「わからないよ、ランス。血液検査をしてみないと。とにかく今は、熱を下げることとその原因を探るのが大事だ。感染症であった場合、手を打たなければ命に関わるかもしれない。後で連絡するよ、それでいいか?」

もう帰れということだが、たしかにビルの言うとおり、ここでランスがいつまでも凝視していたところでウィルバーやビルの助けになるとは思えない。

「わかった。たのむ、ビル。何かわかったらすぐ連絡を」

「ああ」

ランスは医院を出てSUVに乗りこんだ。異臭が残っている。哀れなウィルバー。誰か、知らせたほうがいい相手は町にいただろうか？　ここにいた頃にウィルバーが誰と仲良くしていたのか、ランスは記憶がない。リリーなら覚えているだろうか。ウィルバーのことは知っていたはずだし、間違いない。ランスより一世代分長くウィルバーとつき合いがあるのだから。

ランスはリーサに電話して行き先を伝えると、母親の家へ向かった。

7　天使とおとぎ話

ジェイソンは続く数日、マイロと着々と成果を上げていった。マイロは初日に並べた名前の人々についてすべてジェイソンに話した――どんな見た目だったのか、発言や行動、どんな病だったか。患者たちの病気についてマイロはきわめて詳しく、ジェイソンを驚かせるほどだった。医師や看護師の話で聞き知って医学的な専門用語にもかなり通じていた。そしてそれぞれの患者のどこが悪かったのか、自分の体の部分を正確に指すことができた。

マイロがどうして患者の悩みや症状にそこまで注意を払っていたのか不思議だったが、ジェイソンがその理由をたずねても、マイロは質問自体を理解できずに肩をすくめただけだった。

当初はつっかえながらだった話し方も、たちまち上達した。はじめのうちジェイソンはマイロの言葉を訂正せず、自然な進歩を観察するつもりだった。だが伝えようと一生懸命に、集中しきった表情を浮かべ、必死で言葉を探しているマイロを放っておけなかった。ジェイソンはマイロの言葉を反復して、その際に時制を直したり副詞や代名詞を補ってやるようになった。マイロが探している言葉の候補を出したりもした。マイロはジェイソンの唇を見ながら聞いていて、それから自分でもくり返した。口真似がじつに上手で、正された箇所をしっかり覚えて身につけていった。

正直な話、ジェイソンはマイロの進歩ぶりとその知性に度肝を抜かれていた。生まれながらのクイックなら、純血の人間と同等の能力を持ち得ることは承知している。ジェイソン自身も第三世代であり、ＩＱがきわめて高い。ただてっきり、第一世代はごく単純な生き物だろうと――心根は純粋だが知性はそれほど高くないと思っていた。その思いこみをマイロに根っからひっくり返される。

その一方で、ホスピスの患者との絆がどの程度深いものだったのかはっきりさせようとしても、マイロにはその概念自体がつかめなかった。そこで二日目に、ジェイソンはより良い指標を取り決めにかかった。

「こういうのはどうだろう、マイロ。あるものに対して、感じ方は三つあるんだ。好きか、大好きか、嫌いかだ。何か苦手な食べ物はないか？」

「バナナ。変なにおいがするから」とマイロは鼻に皺を寄せた。

「よし。つまり、きみはバナナが嫌いだ。さて次は、どの程度バナナを嫌いなのかについて考えよう」

マイロが指で数えることになじんでいるようだったので、ジェイソンは十本の指を立てた。右の小指を揺らす。

「1なら、きみはバナナを好きではないが、食べられる、ということだ」次に左手の小指を揺らした。「10なら、バナナのことが吐きそうなくらい嫌いで、バナナを食べるくらいならこの世から消えてしまいたいくらいだ」

マイロが笑って、ジェイソンの三本目の指をさした。

「よろしい！　きみのバナナの嫌い度は3だ。バナナより嫌いな食べ物はあるか？　この辺に入りそうな？」とジェイソンは数字が上の指をひらっとさせた。

マイロが少し考えこんだ。

「うんちだね。シェルターの犬が食べてた。あれはおすすめしないよ、ジェイソン」

ジェイソンは笑いを噛み殺した。

「たしかに、あまりためしたいものではないね。いい答えだ」

次に大好きと好きの度合いについても話し合った。マイロが大好きなのはベーコン、チーズ、ソファ、ジェイソンのベッドで眠ること、そしてテニスボール。好きなのはマッドクリーク、リリー、テレビ、ブロッコリ、オートミール、サンディという名前の看護師。ただしブロッコリの〝好き〟は1だけ。

一時間もすると、マイロは名を挙げたあのホスピスの患者たち全員を〝大好き〟だったということがわかった。どのくらい大好きだったのかを数値で表すのには苦戦していたが、およそ5から7あたりに入れていた。もっとも、誰だろうと悩むことかもしれない、とジェイソンは思う。死んでしまった誰かへの愛を、どうやれば数値で表せる？

またひとつ成果が得られた。


三日目が終わる頃、マイロは面談のテーブルについてジェイソンの質問リストに答えるのに飽きてきた。いつものようにジェイソンの隣に座っていたが、ジェイソンのたゆまぬ集中を崩そうとするようにキーボードの上に手を置いてしまう。

マイロがしかめ面をした。

「なんでそんなにたくさん聞くの？　研究って何する？」

「つまり、私の研究が何のためのものかということか？　私が何を成就しようとしているか？」

マイロが楽しそうに笑った。

「そう。じょうじゅ。ヘンな言葉」

ジェイソンはエクセルファイルの更新を保存するためにショートカットをなんとか押そうとしていたが、マイロがジェイソンと指を絡め、きつく握った。マイロとの接触にすっかり慣れたジェイソンは特に意識もしない。マイロの体温はあたたかく、ふれていると人型のヒーターのようだった。

「うむ、マイロ、それを聞いてくれてうれしいよ。ヒトとして自分の周りで起きていることに興味を持つのはいいことだ。それに、私の研究にもし興味を抱いてくれたらありがたい」

マイロが、今さら何言ってんだ、という視線をくれた。

「ジェイソン、僕、全部、質問に答えてる」

そんな意図もないだろうにマイロはちくりとやり返すのがやたらと上手だ。ジェイソンはつい笑みをこぼしていた。

「そうだな、きみはもう私の研究に興味を示していたな、まさしく。さて今の質問に答えると、この研究の目的はだね、マイロ、きみのような普通の犬がどうやってヒトになる能力を手に入れられるのかを解明しようとしている。そのきっかけとなるのが何なのかを」

「ああ、それ？　それならもう知ってる」とマイロが何でもないことのように言った。

ジェイソンはクスッと笑う。

「そうか、それはいいな、マイロ。だが本当には理解してないと思うよ。私が言ってるような意味ではね」

「どういう意味では?」

マイロはジェイソンの手をぐっと握り、落ちつかない足をテーブルの下へぶらぶらと揺らしはじめた。

「私が言っているのは、実際の科学的プロセスなんだ。体の内側で何が起きているのか」手を上下に振ってマイロの肉体を示す。「細胞の中で。そして、おそらくより重要な、体内の化学反応とDNAについて」

マイロは困りきった顔をした。

「ああ、それはわかんない。でもどうしてなれるのかは知ってる」

「どうしてヒトになれるというんだ、マイロ?」

マイロが大変な秘密を言うように、顔を寄せて囁いた。

「星に願いをかけたから」

ジェイソンは逆方向を見て、窓の外を眺めるふりをした。こみ上げる笑いをやっとのことでこらえる。聞き手として、マイロを面と向かって笑うのは不適切だ。だがマイロがあまりにも真剣すぎて……かわいらしくはある、もしジェイソンに何かを愛らしいと思うような感受性があれば。そんなものはないが。

マイロが窓の外を指さしながら続けた。

「夜、外に出ていって、いいお星さまを選ぶ。それを見上げて、願いをかける。僕はそうやってヒトになったの」

明らかにマイロは空想と現実の差違、そして原因と結果の因果関係を理解できるだけの教育を受けていない。本当に願いをかけていて、それがかなったと信じてはいるのかもしれないが。

それにしても奇妙だった。犬が——どれほど利口で感受性豊かでも——星空を見上げて願いをかけたりなどするだろうか。そもそも願いをかけるなんて行為を理解できるものなのか。『もっとごはんが食べたいな』という願いくらいはあるだろうが、こんな抽象的な願いがわかるのか？　ただのたわ言としか思えないが、マイロが嘘をつかないのをジェイソンは知っている。

「これは大事な点なんだ、マイロ」ジェイソンは慎重に聞いた。「きみはたしかに、ヒトの姿に変われるようになる前に、そうした兆《きざ》しが出るより前に、星を見上げて願いをかけたのか？　肌の下がムズムズしたり、のびたいという体の衝動を覚える前に？　思考や言語の理解ができるようになったとはっきり自覚する前に？」

マイロは考えこんだ。

「前から、人間の言ってることは時々わかってたよ。でも僕はただの犬だった」

ジェイソンは鼻で相槌を打った。

「では誰にそのようなことをしろと教えられた？　看護師の誰かがそんな話をしていたのを聞いたのか？　患者の誰かとか」

マイロの口元がどうやってか同時に上下に動き、悲しげな微笑を作った。

「天使がそうしろって言ったの」

「は？」

「天使がパーカーを迎えに来た時。僕はとても、とても、とっても悲しくて」

下唇が震え、マイロはパチパチとまたたいた。下を向いてジーンズのほつれ糸をつまむ。

「彼女が言ったの。『あら小さな子犬、泣かないで。星に願いをかけなさい、願いがとても強ければかなうでしょう』って。どういう意味なのか頭に伝わってきた。どうやるのか。それでサリーに散歩につれてかれた時、空にお星さまを見つけて、願いをかけた」

なんと。これはじつに……。ジェイソンは指で額をさすった。悲しい話だ。同時にちょっとばかりどうかしている。一体どんな返事をしたものか。

「マイロ……まずはだな、天使などというものは存在しないのだよ」

マイロはぼんやりした目でジェイソンを見つめた。

「でも見たよ」

「見た」

「ホスピスで。誰かが死ぬと、おむかえにくる」

ジェイソンはチリリとした苛立ちを感じた。おそらくホスピスの看護師たちが天国だの天使だのくだらない話をしていたのを、マイロは丸ごとすっかり鵜呑みにしたに違いない。そうだ。

犬なのだから。人間の言うことは何でも信じたはずだ。

「自分の目で天使を見たんだな？　どんな姿かもちろん説明できるだろうな？」

マイロが鼻先に皺を寄せた。思い出そうとするように、ジェイソンを通りこして遠くを見ている。

「天使はここで見るんじゃなくて」と目を指し、「ここで見るんだよ」と腹を叩いた。

「天使を。腹で見る」とジェイソンは平板に言った。

マイロが首をかしげ、唇を嚙んだ。上目遣いにジェイソンを、いたたまれなさそうに見る。何か間違ったことを言ってしまったのはわかるけれどもそれが何かわからないというように。

ジェイソンは深い息を吐いて、忍耐を心がけた。そのうちマイロに空想と現実の違いを教える機会も来るだろう。マイロが悪いわけではない。

「そうか。それで、天使から星に願いをかけるよう言われたと。そしてきみは何を願った？　ヒトになりたいと？」

「ううん」とマイロは即座に言った。

「違うのか。なら何を願った？」

マイロは膝を見下ろし、またジーンズの布を指先でいじりはじめた。椅子の上の体をわずかに縮め、ジェイソンにふれていた太腿も離す。すっかりきまり悪くなって、もうその話はしたくないらしい。それに大体、マイロがどんな馬鹿げた願いをかけようとどうでもいいだろう？

それが実際にマイロの変容に関与しているわけはないのだから。

「別にいい、私に言う必要はないからな。だから、うむ、もういいんだ。この話をしてくれてありがとう、マイロ」

「チーズ食べたい」とマイロは言うと、立ち上がってふらりとキッチンへ向かった。


その午後、玄関ドアをなれなれしいノックが叩いた。ジェイソンが出ていくと、リリーがプラスチックの大きなコンテナをかかえて立っていた。さっさと入ってくる。

「もっと早く寄るつもりだったんだけどなんかバタバタしちゃっててね！　残りは車の中よ。ジェイソン、取ってきてくれない？」

勝手に上がりこんできたリリーに荷物運びがわりに扱われるのはいい気はしなかったが、低く唸っただけでジェイソンは言われたとおりにした。

さらに二つのコンテナを持って戻ると、リリーがリビングに立って周囲を見回していた。

「マイロは？」

「私のすぐ後ろにいたはずだが。マイロ？」

返事はない。ジェイソンはラボに戻ったが、マイロはそこにもいなかった。寝室を見たがそこも空で、だがジェイソンの犬の感覚に引っかかるものがあった。ベッドの下をのぞく。マイロはそこにいて、背中を壁にぴったりつけていた。

唇を噛み、すがるようにジェイソンを見つめる。

「その……マイロ、リリーが会いに来ているぞ」

マイロが首をすくめ、身を縮めた。怯え切った亀のようだ。

その様子を眺め、ジェイソンは何が問題なのかと考えをめぐらせた。

「きみは、リリーが好きだと言っていただろう」

マイロがまばたきした。

「マイロ？」ご機嫌でのびのびしたリリーの声がドア口からかかった。「あなたが着られそうな服を持ってきたのよ。出てきて、見てみたくない？」

マイロがジェイソンを見つめた。唇をまた少し噛んで、どうしたらいいかわからない様子だ。

そして、ジェイソンは理解した。哀れみが押し寄せてくる。こんなこと……静かにマイロに語りかけた。

「リリーはきみをつれて行きはしないよ、マイロ。彼女は立ち寄っただけだ。きみはこれからも私と一緒にこの家にいる。いいね？」

「ピーナッツバタークッキーもあるわよー」

リリーがそう誘った。くるりと背を向け、リビングへと戻っていく。

ベッドの下から這い出したマイロが、足取りをはずませて彼女を追いかけた。

リリーはクッキーの入ったタッパーを開け、マイロもジェイソンも夢中で頬張った。それから彼女は箱の荷ほどきを始め、たちまちのうちにキャビンの居間はウォルマートの竜巻に襲われたようになっていた。ソファの上には一面に様々なサイズや種類、衛生状態の衣類や古い靴がずらりと並べられていた。コーヒーテーブルの上には風呂用品、ブラシ、本など、ジェイソンにしてみればかけらも役に立たない代物が勢揃いしていた。

「これ好き」マイロがはずんだ声で言って、ぎょっとするほどけばけばしい紫色のボタンダウンシャツを持ち上げ、艶のある生地を指の間にすべらせた。「これ、6の好き！　やわらかい。ほらさわってみて、ジェイソン！」

「私はいい、マイロ。ポリエステルの手ざわりは知っている」

ジェイソンは腕組みした。

マイロの表情が少し曇る。

「それはきみには少し大きいんじゃないか。これはどうだ？」とジェイソンはそこまで毒々しくない茶色の長袖Tシャツを取り上げた。

「新品みたいじゃない、これ？」リリーが口をはさむ。「サイズもよさそう。着てみたら、マイロ？」

「いいよ」

マイロがジェイソンの古いスウェットを脱ぎ捨てると、ほっそりした薄褐色の胸と筋肉質な腕があらわになった。茶色のTシャツをあっちこっちと手で動かし、舌をつき出して集中し、小さな首の穴にどう挑むべきか考えているようだ。

下腹がちらりと熱を帯び、ジェイソンはきっぱりと顔をそむけた。

「じゃあ……」とリリーに言う。「そうだな。ああ。この服は、町の所有物ということか？」

カウチの脇に膝をついていたリリーがぴょんと立った。赤いパーカーをつかんで鼻に近づけ、クンクンと嗅ぐ。

「そうよ！　中には転々としてきたから群れの半分のにおいがついてるのもあるわ。これを最後に着たのはペニーね。ほら、嗅いでみて！」

鼻先にパーカーを突き出され、ジェイソンは一歩下がった。

「必要ない。信じるよ」

「もちろん洗濯はしてるわよ。でも私の鼻は鋭いから」

「そうだろうとも」

「それで思い出したわ！　もしあなたが少し時間を使って持ち物に目を通して、町にちょっとでも寄付してくれたらとてもありがたいんだけど。何でもいいのよ、あなたとマイロが着ないと思ったもの全部もらうわ」

「うむ、私は少々忙しいのだが――」

「都会の古着屋にも行ってるのよ。ほかにもちょうど今、ネットじゃオールド・ネイビーがすっごいセール中だし！　でも無料のものはあればあるだけありがたいの。私たち、金銭的に差し迫ってるから。ランスがそう言うの――〝差し迫ってる〟」とランスの低い唸りをそっくりに真似た。「おもしろいでしょ？　まるで何かが追っかけてくるみたいに」

「おもしろいね！」

そのマイロの返事は、頭にかぶってまだ下げられないでいるTシャツでくぐもっていた。手伝ってやりたい衝動をこらえ、ジェイソンはうずうずする指を拳に握った。マイロが自分でやり遂げなくては。

「そうね、マイロには三着ずつ必要でしょ――シャツ、ズボン、下着、靴下。あとはコートと、靴は二足要るわね、濡らしたり泥だらけにした時用に」

リリーは身を乗り出し、わざとらしく声をひそめた。

「みんな絶対やるのよ！　雨期は本当に頭が痛いわ！」

ジェイソンは並んだ服を苦々しく見やった。ほとんどの服がしわくちゃで古すぎるし、中には裂けたり染みがついたものまである。金銭的に差し迫っている？　これまで一度も考えたことがなかったが、マッドクリークはどうやって町にたどり着いたクイックたちを養っているのだろう。集まるクイックたちは金も持たず、仕事のスキルに恵まれているわけでもない。どうせマッドクリークに働き口があるわけでもないが。保安官のように町に必要な常勤の仕事やダイナーや地元の店の従業員以外は。

自分がマイロを買い物につれていく、と言いたかった。それくらいの金はある。たしかに身の振り方を決めるまでは貯金で食いつなぐしかないのだが、服に数百ドル出したぐらいで破産はしない。だがマイロをフレズノへ買い物につれていくような暇がどこにある？　丸一日研究を休むなど考えただけでぞっとする。それにマイロには今すぐ服が必要だ。ジェイソンがいくらか自分のものを引っ張り出してきたものの、骨太の彼に比べてマイロはずっと細く、サイズが合っていない。

マイロはやっとTシャツに頭を通し、袖を見ようと両手を前に上げて立っていた。袖が二、三センチ短い。

「これなら着られるわね！」リリーが威勢よく言った。「とても似合ってるわ、マイロ。ほかのは？　気になるのはある？」

マイロはラインナップを見回してから、色鮮やかなピンク色のプロム用ドレスに向かって、うっとりした目で「わあ」と歩き出した。

ジェイソンはあわてて進み出ると中性的なシャツを数枚、それに山吹色のセーター、サイズの合いそうなジーンズをかき集めた。

「これを試してみなさい、マイロ」

すでにマイロはドレスを手に取っていた。けげんそうにジェイソンを見る。ジェイソンは首を振った。

「日常使いにはそれは不便そうだろう？　な？　こっちを着てみるといい」

マイロはあきらめの溜息を、世界はとても残酷だけど仕方ないのはわかってる、と言いたげについた。ジェイソンが選んだ服を受け取って試着しはじめる。一着ずつ。何日もかかりそうだ。

「これは、その、こうしたものを町はどうやって提供しているんだ？」ジェイソンは物品の山を手で示してリリーに聞いた。「それに、食事もだな。あとキャビンと」

リリーが聖母のような純粋な微笑を浮かべて肩をすくめた。

「どうにかやりくりしないといけないから何とかしてるわ。食料品はフレズノのコストコでまとめ買いして、全員が時間と労力をできる範囲で提供してくれてる。寄付もね。ティムのところではたくさん野菜を育てて、みんなで植え付けや収穫を手伝ってるし」

そこで眉をひょいと上げてジェイソンに鋭い視線をくれた。

「みんなというか、大体のひとがね。一部には自分のことだけで忙しいひともいるようだけど」

ジェイソンはそれを流した。

「町には何の産業もないだろう？　工場か何かの誘致を考えたことは？　どんなクイックでもできるような仕事の」

リリーが鼻を鳴らした。

「工場ですって！　ランスが発作を起こすわよ」

ジェイソンは顔をしかめた。ランス・ビューフォート。ここでもか。

「だがランスがどう思うかだけの問題ではないだろう。町に働き口が必要なら――」

「見て！」

マイロがかなりピチピチの、黒い半袖Tシャツを試着していた。

「あら素敵、すごくいいじゃない、ねえジェイソン？　ほらあ」

リリーがパチパチと目配せしてくる。この女はどうかしてる。

ジェイソンはあえてマイロをちらっとしか見なかった。

「よさそうだ、マイロ。それはもらっておくといい」

マイロは頭からシャツを脱ぐと次の服に手を出した。「体を隠さなきゃいけないのはとってもたいへん」と誰にともなく呟いている。

「工場が嫌なら、観光業は？」とジェイソンは案を出した。

「いいわね！　ランスに相談するといいと思うわ。もっと観光客を呼びこめるアイデアならきっと聞きたいでしょうよ」とリリーがにこやかに言った。

「私の専門とはとても言えない。研究もあるのにほかの事に取り組む時間もない。ただ――」

「お話すんだらこっち見て」とマイロが言った。

ジェイソンはこれ幸いとお話を、いや話を切り上げ、振り向いてマイロを見た。ジェイソンがさっき渡した山吹色のセーターは、いかにも似合いそうな色だと思って手にしたのだ。今、マイロはそれを着ていた。リブ編みのしなやかなセーターがちょうどぴったり体を包み、そのマスタード色がマイロの……すべてを引き立てていた。

ジェイソンは唾を飲んだ。「完璧だ」と言葉が口から勝手にこぼれて、自分でおののいた。

マイロがうれしそうに笑いかけた。その目のせいで、なんだか室温が十度も上がったようだ。

リリーが満足げな溜息をついた。

「私ってほんと間違えないのよね。絶対に。さて、マイロ！　そのセーターを着たままでいいからちょっとこっちに来て、ソファに座らない？　授業の予定を立てなくちゃ」

純粋なる科学的興味から、ジェイソンは授業予定を話し合うマイロとリリーを観察した。マイロは月曜、水曜、木曜の夜にリリーの家で読み書きの授業を受ける。リリーが『ヒトの基本101』と呼ぶ別のクラスは、土曜の午前中。このクラスは新しいクイックに、人間の前での〝犬バレ〟の防ぎ方を教えるものだ。

彼とマイロの研究スケジュールにかなりの負担になるし、ジェイソンから教えられるような内容もあったが、ジェイソンは口出しをこらえた。マイロがここで暮らすのもあと少しのことなのだし。友人を作ったほうがいい。

その考えが、ジェイソンを不安にした。胃がひっくり返り、アドレナリンがあふれ出す。そこに立って話を聞いているうちにどんどん気分が悪くなる。息が苦しく、パニック発作直前のようになっていた。こんなに動転したのは数日ぶりのことで、あまりに急激な反応が怖い。ロッキングチェアに沈みこんで深呼吸をした。

マイロが大丈夫だとどうやって信じられる？　こんな異常な町でマイロが無事にやっていけると信用できるわけがあるだろうか。結局のところ、リリーは最初の群れの集会でマイロを競りにかけて売り飛ばしたも同然なのだ。まったく無自覚で無神経に。もしクラスで、彼女がマイロを傷つけるようなことを言ったら？　マイロはこれまであまりにも多くの混沌と悲しみをくぐり抜けてきたのだ。しかもとても感受性が豊かで、些細なことにも気付いてしまう。

その上――何だこの、部屋の有り様は？　リリーが散らかしたものたちが突然に圧迫感を増し、不気味にすら思えた。頭がくらくらして気絶しそうだ。

マイロももう飽きてきた様子だった。リリーは読み書きの授業のレベルや教科書についての話を続けていたが、マイロはソファから立ち上がってジェイソンの前へやってきた。ロッキングチェアに座ったジェイソンの膝によじ登るとぐにゃりともたれかかり、ジェイソンの鎖骨に頬をのせ、両腕をだらりと垂らした。大きな、揺れる息を吐き出す。

マイロは温かかった。とても。ジェイソンの胸の締め付けがゆるんだ。そのままじっと座っていると、たちの悪い緊張と神経過敏がゆっくりと体からほどけていく。

リリーが言葉の途中で口をとじた。ふたりの様子を、読み取りづらい表情で眺めている。ジェイソンの手足に感覚が戻り、気分が回復して――同時に気恥ずかしさも戻ってきた。リリーもマイロも、発作のことに気付いていないといいのだが。

マイロの背中をポンポンとぎこちなくなでた。

「どうやら疲れてしまったみたいだな。もう今日のところは十分だろう」と冷静かつてきぱきとまとめようとしたが、まったく様にならない。「では、マイロは土曜の朝からクラスに出ればいいのか？　それとも期が変わるまで待つべきか？」

「すぐ始めましょう」リリーが考え深げに顎を指先で叩いた。「周りより二週間分の遅れがあるけれど、追いつけるでしょう」

「当然だ」ジェイソンは尊大に言った。「マイロは並外れて賢い。クラスの誰ひとり足元にも及ばないだろう」

マイロが、ジェイソンの胸元に向けてまた深い溜息をついた。

「じゃあ！　これで大体いいわね」リリーが得意げに言った。「この服を片づけたいんだけど、これじゃ誰も手伝ってくれないかしら、あらら？」

「手伝う！」

ぐったりしていたマイロが、充電が満タンになった電気自動車のようにエネルギーをみなぎらせてはね起きた。服を拾ってプラスチックのコンテナに押しこんでいく。

リリーは何も言わなかったが、見せ付けるようにシャツを一枚取り上げ、たたんで、丁寧にコンテナにしまった。それをじっと見ていたマイロは、彼女の動きを真似ようとした。たたみ方はひどいものだったが、手つきだけは堂に入っている。

「リリーのことはきみにまかせて、私は昼食を作ってくるよ、マイロ」

部屋とリリーのわけ知り顔の目つきから逃げ出せて、ジェイソンはほっとした。あの女は間違いなくネジが外れている。今はただ、ジェイソンのベッドで一緒に寝ているなどとマイロがうっかり漏らさないことを祈るだけだ。それこそ何を言われるかわかったものではない。

8　マイロの魔法の手

木曜の朝、ジェイソンはとりわけ強烈な幸福感と充足感で目を覚ました。マイロとベッドを分かち合うことにあっという間に慣れてしまった自分を不安に思うべきだ。だが実際は、ジェイソンはついに眠れるように——それもぐっすり眠れるようになっていた。誰かの体温が、ジェイソンの内なる犬を落ちつかせてくれる。長年の不眠症に悩まされてきたジェイソンにとって、深い眠りというのは聖杯なみに貴重なものだった。

目をとじたまま、マイロの髪に吐息をついた。毎晩十分に距離をあけて眠りにつくのだが、いつもこんなふうに、マイロの背中がぴったり押し当てられた体勢で目を覚ます。ジェイソンの体もそれに応じるようになっていた。横向きで寝る癖などなかったのに、今では肩を下に、胸にマイロの背中が当たり、膝にマイロの尻が寄り添って、お互い少し膝を曲げた状態で目を覚ますようになっていた。二枚のスプーンのように――ジェイソンが大きい側のスプーンなのがせめてもだが。

しかも今朝は新たな展開があって、主張の強いそれは、ありがたいことにジェイソンの下着の中にしっかりと収まっていた。マイロにはこれが何だかわかるまい――ジェイソンは朦朧《もうろう》と考える。起きてから対処するとしよう。

気にせず、ジェイソンはまたうとうとした。次に気付いた時には唇に息がかかっていた。目を開けるとマイロがこちらを向いていて、ジェイソンと同じ枕に頭を乗せていた。ジェイソンの腕がマイロの腰に乗っている。

ジェイソンは少し体を引き、まばたきして、すっかり覚醒した。

「おはよう」

「おはよう」マイロがニコッとした。「眠ってると、なんか、顔がやわらかいね」

「やわらかい？」

ジェイソンはその珍しい形容詞に微笑んでから、今の自分にやわらかくもなんともない部位があるのを思い出した。意識を向けてみる。たしかに朝勃《あさだ》ちはまだ存在していて、今やマイロの腹に向けて自己主張していた。

よう。

「ううむ……」
言葉が出ない。立ってコーヒーを淹《い》れにいくべきだろう。
だがマイロは警戒した様子もなく、それどころか何の異常も感じてない様子だった。彼はじ
つに純粋無垢なのだ。しかもこのベッドは居心地がいい。それにジェイソンのほうも完全に己
を抑制できている。これは私情など何も含まない、単なる生理的現象だ。ならもう少し寝てい
ジェイソンはあくびをしてくつろいだ。マイロもくつろいでいるようだ。手をジェイソンの顎にのばしてふれた。
「やわらかい。ここが、悩んでない」そしてジェイソンの口角にもふれる。「ここも」指が頬をすべった。「僕はやわらかいほうが好き、ジェイソン」
その言葉は馬鹿げていて奇妙で、艶っぽい含みは何ひとつなかったが、マイロの指の感触は別だ。それはジェイソンの胃の下側に熱い、くらくらする渦を呼び起こす。ジェイソンはまた体をこわばらせ、唾を呑んだ。胸の中で心臓が音を立てそうに激しく鳴り出し、勃起が疼《うず》く。突如として、抑制が利いている気などまるでなくなり、むしろ宙を激しくきりもみ落下している最中のような気がした。
マイロの小鼻が広がり、物珍しそうに眉が寄った。深いヘイゼルの目でジェイソンの目を見つめていたが、毛布を透かし見るかのようにふたりの下半身を見下ろした。眉の曇りがますま

す深くなった。

ジェイソンは一転してすっかり目が醒め、状況の不適切さを認識していた。圧倒的に不適切。じつにまずい。ジェイソンはベッドから転がり出すと、毛布に足を取られて尻餅をつきかかった。

「ジェイソン？」

「私は……うむ、コーヒーを淹れてくる。朝食も！」

わざとらしい明るさで、ジェイソンはそう言った。パジャマのズボンの張りを隠そうと両手を前に垂らす。

「どうしたの？」マイロは心配そうだった。「それなに？」とまさにジェイソンが隠そうとしているものを指さす。

いやいや、こんな説明をするつもりはない——今もこの先も。たのむからこの手の知識はリリーのクラスにまかせたい……。

「何でもない」苛々と言い返した。「それにごく個人的なことであるのだから、遠慮願おう。すべてを話し合う必要などないのだよ、マイロ」

マイロは目をぱちくりして、ひどく疑り深い顔になった。やむを得ない。

「コーヒーを淹れてくる」

ジェイソンは背を向けてローブをつかんだ。ついでに冷水のシャワーだ。

　ジェイソンはコーヒーを淹れてごく冷たいシャワーを浴びたが、朝食にはデイジーのダイナーへマイロをつれていくことにした。一週間ずっとキャビンにとじこもっていたので、少しは外に出て気分を変えたほうがいい。それに、朝のあのちょっとした事態で、ジェイソンはマイロと自分が――比喩的かつ物理的にも――近づきすぎていることをはっきり悟った。

　マイロがここですごす時間は残り少ない。たとえ新しい家に移り住んだ後もジェイソンの研究に協力してくれても（心からそう願いたいが）、マイロにはラボ以外での暮らしがある。ジェイソンは、マイロの世界を広げて、適応できるよう準備をさせなければ。

　袖口のボタンを留めながらキッチンへ入っていった。マイロはシンクの前に立って憧れの目で窓の外を見ていた。

「マイロ、今朝は朝食を食べに出かけよう。ダイナーまで。どうかな？」

　意外なことに、マイロはカウンター脇で体を縮め、不安げに唇を噛んだ。

「どうした？　出かけたくないのか？」

　マイロの切羽詰まった目が窓を仰いだ。気分の良い春の朝で、ジェイソンですら内なる犬が外で陽を浴びたがっている引力を感じる。

「ダイナーに行ったあと、僕はどこに住むの？」とマイロがたずねた。ほとんど聞こえないいくらいに小さな声で。

　ジェイソンはたじろいだ。心臓がはねる。今朝のことでマイロに不安を感じさせてしまったのだ。無理に笑顔を作った。

「ダイナーで朝食を食べた後は、ここにまた帰ってくるよ。まだきみはここに住むんだ、マイロ。少し出かけるだけだ。何も変わらない」

　マイロは、嘘ではないと安心を求めるようにジェイソンの顔を見つめた。

「おさんぽと同じ？」

「うむ……そうだな。そのようなものだ。散歩に出るのと同じだ。どうせなら、そうしたければ朝食の後で公園を散歩してもいい。それからここに帰ってくる」

　マイロの顔がやわらいだ。

「いいよ」と言ってから、いいことを思いついたように表情が輝く。「公園でいっしょに遊ぶ？　いっしょに犬になれるよ！」

　ジェイソンはまばたきした。しまった。マイロはじつに期待いっぱいだった。ジェイソンはぎこちなく鼻の眼鏡を押し上げた。

「マイロ……それは、いいや、私はそういうことはしない。きみが考えるとおり、たしかに私には犬になれる能力がそなわっている。だが、そうはしない」

　マイロの表情が沈んだ。

「どうして？」

ジェイソンは背中を立て、顎をくいとつき出した。

「何故かと言うと。私はヒトでいるほうを好むからだ。この認知能力――脳というものだよ、マイロ――そして手を操る能力、それに研究と、ほかにも……ヒトでいることが必須なのだ。私は犬として振る舞いたいとは思えない」

「でも……楽しいんじゃない？」とマイロが首を傾げた。

「かもしれない。だがこれは、単に私がしたくない行為なのだ。とはいえ、もしきみが……そうしたいのであれば、朝食の後、すればいい。もっとも人前で変身はできないから、先に一度ここへ戻らないとならないが」

窓の外を見たマイロの口元は、考えこむように結ばれていた。

「いっしょに遊べないなら、いい」と結論を出す。

マイロが食い下がらなかったので、ジェイソンはほっとした。

「よろしい。いいだろう。では我々はとにかく……今日はそれを行わない。ダイナーへ行く前に、外着に着替えてきたらどうだ？」

「うん」

マイロが足取りをはずませて出ていった。

ダイナーへのお出かけにと彼が選んできた服は、どぎついピンク色とオレンジ色の大きな水玉模様のボタンダウンシャツと、二回りは大きいロイヤルブルーのつるつるのランニングパンツと、初日から履いていたコンバースのスニーカーだった。リリーが持ってきたコンテナの中からこのシャツと短パンをこっそり取っていたに違いない。ジェイソンが一緒に選んだ服の中には間違いなくこんなものはなかった。

ジェイソンは口出ししないことにした。マイロの格好を見るのはどうせほかのクイックたちだけだ。

「では、いいかな。準備できたか？　行こう」

玄関に駆けよって、マイロがドアを見つめた。けげんそうに喉元に手をやる。

ああ――。時々、マイロが人間になってどれほど間もないのか忘れてしまう。

「首輪も綱もいらないんだよ。きみはもうヒトなんだ」

マイロがニコッとした。「うん」とドアを開け、とび出していった。


どうやらマイロをもっと早く町につれてくるべきだった――すっかり興奮して歩道ではねている。前へ走っていっては駆け戻ってきた。懐かしい旧友のように木に抱きつく。バラの茂みに長々と見とれて、うっとりと花の香りを吸いこんでいた。

幸せいっぱいの様子だった。ジェイソンは後ろめたくなる。マイロと暮らすようになってからずっと研究にかかりきりだった。あれは本当にたった六日前のことか？　もっと経っているような気がする。マイロは協力的だったが、飽きてもいたに違いない。若くて活力に満ちあふれているのだ。これからはもっと気晴らしを与えようと、ジェイソンは心に決めた。なんといってもマイロはジェイソンにとって素晴らしい研究材料であるのだし。有力な被験体の機嫌を取り結ぶためなら時間を割いてもいい。それに、マイロはもっと楽しむべきだ。ジェイソンのように面白みのない男と暮らすのはかわいそうだと、つい思わずにはいられない。

　到着したダイナーで、マイロはまたジェイソンを驚かせた。群れの集会ではあれほど引っ込み思案でテーブルの下に隠れていたので、ここでもきっと同じだろうとジェイソンは思っていたのだが、予想は外れた。食堂の席は朝食を楽しむ町の人々でほぼ埋まっており、マイロはその全員に挨拶したがった。「やあ」「どうも」「ねえ、僕はマイロ！」テーブルからテーブルへと移っていく。皆も負けない熱意でマイロを歓迎してくれた。たくさんのハグと嗅ぎ合い。マイロはハグが大好きらしかった。

　ジェイソンは入り口に立ち、気まずく眺めながら、止めたほうがいいのかと考えていた。デイジーがニコニコしながらやってくる。

「いらっしゃい、ジェイソン！　あらまあ、マイロったらすごく元気そう。あなたと住むのが楽しいのね。本当にいい子！」

「ここに、その、振舞いに気をつけたほうがいい相手は今いるかな？」

「大丈夫！　今は群れの仲間だけよ。平気だから心配しないで。奥の席でいいかしら？」

空のブースへ向けて手を振ってから、デイジーはその動きが痛むように顔をしかめた。

「かまわないよ」ジェイソンは声を大きくした。「マイロ？　朝食を食べるから、まずは座らないか？」

マイロが誰かの席からフライドポテトをかすめ取った。さらに二本つかんでからジェイソンのところまではねてくる。席に着くと、ジェイソンの向かいではなく隣に座った。肩がさわるくらい近くで、足を大きく広げているので太腿がふれ合った。

定められた席にマイロをおとなしく座らせるのを、ジェイソンはとうにあきらめていた。マイロはいつも接触したがる。それが必要なようだった。ジェイソンとしても実のところ嫌なわけではない。本音を言うなら、たしかに落ちつく。彼の内なる犬も前よりずっとおだやかで安らいでいた。リリーが来た日の瞬間的な動揺を除けば、マイロが来てからパニック発作も起きていない。それどころかきわめて快調だ。

マイロはぶんどってきたフライドポテトをむしゃむしゃ食べていた。

「マイロ、ほかの人の皿から食べ物を取るのは失礼なことだ」ジェイソンは丁寧に説明した。「自分で注文するまで我慢しないと。注文すれば、デイジーがきみの食事を持ってきてくれるから」

マイロは食べかけのポテトを申し訳なさそうに見下ろした。

「でも、僕はもうヒトだし」

犬のマイロがテーブルの横に座って人間たちの食事を羨ましそうに見ているだけの様子が思い浮かぶ。ジェイソンはつい微笑した。

「そうだ。今のきみはヒトだ。つまり、きみは自分の好きなものを食べていいが、まずその料理をたのんで、それが運ばれてくるまで待たないといけないということだ。そのフライドポテトはほかのひとのものなんだよ」

マイロはますます申し訳なさそうな顔をした。立ち上がると、とぼとぼとフライドポテトを取ったテーブルに戻っていく。半かじりのポテトを皿の上に戻した。「ごめんね」という呟きがジェイソンの耳に届いた。

ジェイソンは手で顔を覆って、マイロが戻ってくるまでに笑いを鎮めねばならなかった。あまりにマイロがかわいらしくて、こんな自分が情けない。何より威厳が台無しだ。

マイロがすとんとブースに座った。

「棒のポテト大好き」と声を上げる。「前にホスピスで三本食べさせてもらったことがあるんだ！　棒のポテト、ここで食べられる？」

「あれはフライドポテトと呼ばれている。ああ、いいとも、たのむといい」

「フライドポテト、とても好き。８の好きだ」

「なら、たくさんたのまないとな」

微笑んでジェイソンはメニューを眺めた。

デイジーが注文を取りにやってきた。

「いらっしゃい、ジェイソン！　いらっしゃい、マイロ！　なにを食べるの？」

「私はパンケーキのフルーツ添えを」とジェイソンは言った。「マイロ、パンケーキを食べてみないか？」

「チーズバーガーがいい！　チーズ好き」とマイロが即座に答えた。

「そうなの？」デイジーがマイロに微笑んでから、顔をしかめた。パチパチッとまばたきする。

「チーズバーガーにはフルーツをつける？　それともポテト？」

「ポテト！」とマイロとジェイソンが口をそろえた。

「マイロにはフライドポテトを倍に」とジェイソンは付け足す。「それと水を二つ持ってきてくれ」

マイロがカフェインから強い――そしてあまりかんばしくない――影響を受けるのを、ジェイソンは経験から学んでいた。

「わかったわ」

デイジーが注文を受けて戻っていく。席を立ったマイロがそれを追っていった。

「マイロ！」

呼んだが無視される。溜息をついて、ジェイソンも立ってマイロを追いかけた。デイジーについていって食べ物をもらおうとか考えでもしたのだろうか?

マイロが何をしているのか見えて、ジェイソンはその場で立ち尽くした。カウンターの向こうまでデイジーを追っていったマイロは、そこで彼女の頭にさわっていた。デイジーはじっと立ち、両手を垂らしてされるままになっていた。マイロはごく集中した顔つきでデイジーの頭のあちこちを手のひらでなでている。それから両手で頭をはさむと、指でこめかみを揉みほぐしはじめた。

デイジーが揺れる息を吐いた。

ジェイソンはカウンターまで歩みより、身をのり出した。「マイロ?」とそっと聞く。

「しーっ。今、助けてるから」

「そうか。それは……」

何と言っていいのかわからず、ただ眺めるしかなかった。

デイジーの体からこわばりがとれて、力が抜けていく。手でマイロの腰回りをつかんだ。

「それ、とても気持ちいいわ、マイロ」溜息をついた。「今日はほんとに頭痛がひどかったから」

「しいっ」とマイロは言って、揉みつづけた。

明らかに割りこめない雰囲気だったので、ジェイソンは彼らを残して席に戻った。ふたりのクイックたちと食事をしていたガスがテーブル席から立ち上がると、コックがカウンターに出した料理の皿を受け取った。注文したテーブルに運んでいく。それからガスはコーヒーポットと肉汁《ブロス》のポットを持って店内におかわりを注いで回った。誰もマイロとデイジーに声をかけない。それどころか、店全体が静まりかえっていた。

ガスが新しいカップを持ってきてくれたので、ジェイソンはブロスではなくコーヒーを注いでくれと合図した。ガスがブラックコーヒーを注いで立ち去る。そのコーヒーを飲みながら、ジェイソンはなるべく――こんな気持ちにはなるまいと……。

どんな気持ちだ？　いい気分ではない。今は……心がざわついている。この外出はまったくジェイソンの計画どおりにいっていなかった。計画というか――想像？　期待？　楽しく食事をして、場合によっては少し散歩をしてからラボに帰るものだと思っていた。マイロがジェイソンのすべての言葉を熱心に聞き、ありがたがるものだと。不思議がいっぱいのレストランの作法や町歩きを導いてくれるジェイソン。

ところが実際には、店に入るとすぐあのハグや挨拶があり、そして今はこれだ。マイロはデイジーを知らないはずなのに！　なのにまるで親しい友人同士のようにふれあっている。どうやってデイジーに必要なものがわかったのだろう。どこからあんなふうに……行動する自信が生まれる？

ジェイソンにとっては謎でしかない社交と交流の輪に、マイロはどうして易々《やすやす》ととけこめる？　そこにはジェイソンの心を波立てる――ほとんど軋《きし》ませるような何かがあった。少しかかって、やっとその正体をつきとめる。マイロは誰のことも好きなようだ。すなわち、彼がジェイソンを好きであることに特別な意味はない。

それにデイジーがマイロの腰を抱いてぴったりと立っているのも気にさわった。そんなところで！　ダイナーの中で！　たしかにクイックたちは肉体で親愛の情を示したがるものだ。だがぱっと見では、そこに立つふたりは、二十代でかわいい金髪娘のデイジーと美形の若者のマイロだ。ジェイソンから言わせてもらえば少々いかがわしく見える。

（ほう。毎晩マイロと同じベッドで眠るのがいかがわしく見えないとでも？　今朝、朝勃ちして起きたお前が健全だとでも――）

コーヒーをごくりと飲み、ジェイソンは思いのほか強い力でソーサーにカップを下ろしていた。その音が静かなダイナーにまるで銃声のように響きわたる。マイロが肩ごしにジェイソンを振り向き、デイジーがそっと彼から押し離れた。

「ありがとう、マイロ。もう痛くないわ。とっても良くなった」

引き下がらず、マイロはまたデイジーの頭に手のひらを当て、舌をのぞかせてじっと集中した。「良くなった」と満足げに宣言する。「あまり熱くない」

「ありがとう。そろそろ仕事に戻らなきゃ」

「いいよ」

マイロはブースに戻ってくるとジェイソンの隣に座り、前のようにまたくっついた。

「おなかすいた！」と宣言する。

「マイロ、どこであんなことを学んだんだ？」

声を低く保って、ジェイソンは問いただした。

マイロがジェイソンのカップを取り上げてごくりと飲む。顔をしかめた。

「それは私のコーヒーだ、マイロ。きみは自分の飲み物が来るまで待たないと。それにコーヒーは好きじゃないだろう」

「コーヒーは5の嫌い」とマイロはうなずき、大げさな渋面になった。

ガスがマイロのためにブロスのカップを運んでくると、ニコニコと笑いながらマイロの頭をなで回した。

「ほんとにすごいな、きみがデイジーにしたことは」

「うん、助けになる。ブロスありがとう」

ガスは去っていった。

「マイロ？　どこであんなやり方を学んだか教えてくれるか？　デイジーにしたことを」

「いいよ」マイロがうなずく。「ホスピスに看護師のひとがいてね、患者の頭が痛い時にああやってたの。ああやると痛いのが奥に縮んでいっておとなしくなるんだよ。今は指があるから僕にもできる！」

マイロは得意げに親指をかかげてみせた。

ジェイソンは顎をさする。

「そうか。だがそもそも、デイジーに頭痛があるとどうしてわかったんだ?」

マイロが、冗談かと勘ぐるような不審の目つきをジェイソンに向けた。デイジーがやってきてフライドポテトの皿とケチャップのボトルを置く。

「バーガーにもポテトがつくけど、ちょうど揚がったし、マイロがおなかすいたって言ったのが聞こえたから」

彼女は手の甲でマイロの頬をなで、優しい目で見つめた。マイロがニコッとして見上げる。ほかの客の相手をしにデイジーは歩き去った。

なれなれしい態度にジェイソンは歯噛みした。今デイジーはマイロに色目を使ったのか? そんなことをするにはマイロがあまりにも純粋無垢だとわからないのか。

「マイロ? どうしてデイジーが頭が痛いとわかった?」

これまでの経験から、マイロが時々ほかのクイックたちと同じように質問をごまかそうとするのは知っていた。だがジェイソンが食い下がればマイロは必ず答えようとしてくれる。

マイロはジェイソンを見やり、唇を噛んで考えこんだ。ジェイソンは手をのばしてそっとマイロの顎をつついた。

「痛いからやめなさい」

「痛くないよ」

「かもしれないが、見ていると痛そうで、心配になるから」

「いいよ」マイロは唇を噛むのをやめた。溜息をつく。「ただ、わかるんだ。誰かが痛がってるって、わからないものなの？」

「そうだな。たとえデイジーの頭痛に私が気付いていたとしても、助けようとは考えつかないだろう。アスピリンを渡す程度ならともかく」

マイロはじっと考えこみながらフライドポテトを食べた。

「この棒――フライドポテト、ほんとにおいしいよ」

ジェイソンもフライドポテトを食べた。たしかにおいしい。熱々で塩気が利いて、脂っこすぎない。

「ジェイソンはとても利口だよね」とマイロが言った。「一日中研究のことを考えてる。だから頭がいっぱいで、ほかのひとのことを見る隙間がないんだ」

その声はごく淡々としていて、ただ事実を悟ったという様子だった。

だがジェイソンはそこに描かれた自分の姿が気に入らない。他人のことぐらい見えている！事実、マイロに対してなどよく心配りができているつもりだ。

「そんなことはない。日常的に研究のことを考えているからといって、ほかの者たちの欲求に私が鈍感だということにはならない。たとえば、きみに必要だとわかっているから、好きなだけ私とふれあわせているじゃないか」

ふたりの間を手で一振りして、今も肩と膝がふれあっていることを指摘した。

そうだろう？　こんな言い方はやや無神経かもしれないが、マイロの言葉にムッとさせられていた。そんなふうに見られていたとは。

マイロが、あっけにとられてジェイソンを見た。それから笑った。唸りを含んだ小さな笑いだったが、間違いなく愉快そうに。

「何だ？」とジェイソンは問いただした。

マイロがいつもの表情に戻った。肩をすくめる。

「さあ？」

「わかってるんだろう！　一体何がおかしいんだ？」

マイロはブロスを飲み、数本のフライドポテトをつまんで食べはじめた。テーブルの下で足が落ちつきなくぶらぶら揺れている。

「マイロ？」

マイロが溜息をついた。食べかけのポテトを皿に戻して半身をジェイソンのほうにひねり、じっと顔を見つめた。

「たくさんすぎる質問をするのっていいことかな？　いいと違うと思うよ」

「いいことじゃないと思う、だ。それに、私は答えを聞く必要があるから聞いているんだ」

マイロが肩をすくめた。

「いいよ。じゃあ答える」と息をつく。「ふれあいが必要なのは、ジェイソンのほうだよ。僕じゃなくて」

それだけ言うと、マイロは体を戻し、落ちつき払った顔でまたフライドポテトを食べた。

ジェイソンは反論しようと口を開いた。とじる。デイジーがテーブルに料理を運んでくると、食欲が失せていささか茫然自失としてはいたが、ジェイソンはパンケーキを食べた。

ふれあいが必要なのはジェイソンのほうだと？　彼が？

マイロの言うとおりだ。多すぎる質問は利口ではないのかもしれない。

9　山盛りの厄介

金曜の夜、マイロは群れの集会にひどく行きたくなさそうで、集会の後はジェイソンのキャビンに帰ってくるし、誰もマイロについて議論して住み家や何やらを押し付けてきたりはしないとジェイソンはくり返し約束しなければならなかった。

それが嘘にならないようにとジェイソンは願った。リリーをちょっとどこかにつれこんで、マイロがどれだけ繊細なのか言い聞かせ、彼の将来計画については少人数だけで話し合うべきだと言っておいたほうがいいだろうか。だがそんなことを悩む自分にはっとする——まるで過保護な親とか……とか、何かじゃあるまいし。馬鹿らしい、と切り捨てた。

大体リリーとそんな話を始めたら二時間は離してもらえないだろうし、考えるだけで気が遠くなる。

「群れの集会に参加したほうがいいと思うよ、マイロ」

ジェイソンはそう説明しながら、今日はもう終わりだとインタビュー用のビデオカメラを止めた。

「どうして?」

マイロが聞く。インタビュー用の椅子の座面の上で膝をかかえていた。不安から自分を守る体勢なのだと、ジェイソンはもう知っている。テディベアがわりに膝を抱きしめるように、あるいは脆い中心部分を無意識に隠そうとするように。

「それはだな……それは……きみはほかのクイックたちとすごすのが楽しいようだからだ。それにきみは、私以外にも友達を作らねば」

「ジェイソンは僕の友達なの?」とマイロがきょとんとしてたずねた。

ジェイソンはカメラをいじり回していた手を止めた。

「そうだよ、マイロ。もちろん私ときみは友達だとも」

マイロはひっそりと、満足気に微笑した。その微笑が消える。

「でも友達は、家と同じじゃないね」

「それは、そうだな。そのとおりだ。友達は大勢持てるが、家は一軒だけだ」

「それかひとつも見つからないかも」とマイロがそっと呟いた。


リリーの家に到着したマイロは、皆と話したそうにしながらもジェイソンのそばを離れなかった。

「大丈夫だよ、マイロ。ここに置いて帰ったりはしないから。挨拶してくるといい」

マイロは弾む足取りで、顔を輝かせて駆けていった。ジェイソンが見守っていると、マイロが皆をハグして回っていく。群れの仲間がよくやる胸や腕をさする挨拶より、ハグを好むようだ。誰もが心底うれしそうにハグを返していた。

見つめているとジェイソンの喉が苦しくなった。ジェイソンが心配する必要などない。このマッドクリークで、マイロはピーナッツバター入りのおやつのように大歓迎されるだろう。新居のキャビンに引っ越せばルームメイトもできるし、一緒にすごす新しい友人たちが幾人もできる。

一方のジェイソンには、研究がある。そもそもそれが理想の形だったはずだ、と自分に言い聞かせた。マイロに関してできるだけのデータを取った後は、実験や照合を行って自分の理論を修正し、証明する手段を考えねばならないのだし——それを望んできた。そしていずれは自分のDNAの本格的な研究に立ち戻るのだ。

「ドクター・クーニック?」男が不安そうな表情で近づいてきた。「私はビル・マクガーバーだ。町の医者の」

「ああ、どうも」

ジェイソンは相手の手を握り返した。純血の人間、と見つもる。そしてそれほど歳もいっていない。三十代前半というところか。

ジェイソンが昔マッドクリークに住んでいた時、母につれられて予防接種に、そして風邪をこじらせた時にも一度、医者に行ったことがある。だがあの医者は年寄りだった。きっともう引退したのだろう。

「少しお時間ありますか?」とビルが真剣に聞いた。

「まあ……ああ、もちろん」

ビルが玄関ドアのほうへひとつうなずき、彼についてジェイソンも外へ出た。ポーチへ出て一歩目を踏み出すより早くまたドアが開き、ランス・ビューフォートがふたりに加わった。ジェイソンは初めて不安を覚える。町の医者と保安官に囲まれて、何が起ころうとしている?

「何か問題か?」とぶっきらぼうに聞いた。

ビルがランスをチラッと見てから、ジェイソンへ顔を戻した。

「あなたは研究者だと聞いた、ドクター・クーニック。だがもしや、実地の解剖学や医療の訓練を受けてはいないだろうか？　いやラボの経験だけでもありがたいんだ、血液検査などだけでも」

ジェイソンはとまどってまばたきした。

「それは……ああ、少しは。学校では血液検査の基本は習った。何年も前のことでもう不慣れだが。採血は慣れている、自分の研究で使うのでね。後のことは……緊急時に骨折を固定したり傷口を縛ったりする程度の解剖学的知識はあるが、医療行為と言えるようなものでは」

ビルの口元は険しく、目は厳しかった。

「こんなことを聞いたのは、私がマッドクリークの唯一の医者で、それも言うなればピンチヒッターのようなものだからなんだ。私が学んだのは獣医としての知識であって、人間の医学ではない」

「あんたはいい医者だ、ビル」とランスがきっぱり言い切った。

「自分の能力も限界もわかっているよ」ビルが首を振る。「残念ながらクイックの秘密がある以上、町にほかの医者を雇い入れることはできない。今現在サンフランシスコで医学部に通うクイックの娘はいるが」

「イーディス・バーカーだ。賢い子だよ」

ランスは自慢げだった。ジェイソンには無意味な名だ。

「だが彼女が町に帰ってきてクリニックに加わるまであと三年かかる」とビルが溜息をついた。ジェイソンが知らない何かがここにはある。ランスの中には不安と懸念が渦巻いていた――いつもにも増してだ。袖をたくし上げた腕は毛が逆立っていて、ストレスを受けているようだ。ビルは人間なのでそれより読み取りにくいが、動揺して見えた。

「今すぐ医者を見つけなければと思うような理由があるのか？」とジェイソンは問いかけた。

玄関ドアが開いてマイロが外をのぞく。「ジェイソン？」とおずおず呼んだ。

「大丈夫だ、マイロ。少し話をしているだけだよ。すぐ中へ戻る。きみを置いて帰ることはない。約束する」

マイロがうなずいて中へ引っこんだ。

ビルとランスがまた目を見交わした。ランスが話し出す。

「町の全員に知らせたくはないことなのだが……二日前、あるクイックが町に到着した。きみがウィルバー・リヴェンを覚えているかどうかは知らないが、我々の学生時代にスポーツのコーチを手伝ってくれていた。それがだな、水曜に彼は犬の姿でマッドクリークへと歩いてやってきて、それからずっと具合が悪い」

「高熱」とビルが引き取った。「悪寒。食欲不振、重度の脱水症状、そして脱力状態。心拍数も高いが、おそらく脱水と痛みからくるものだろう。はじめは細菌による感染症を疑ったが、白血球の数はそれほど高くない。ウイルスかもしれないが、そうなら彼の体はまるで抵抗できていない。こんなのは初めて見たよ、今の彼はもうきっと……」

　ビルがまたランスのほうを見た。

「きっと?」とジェイソンがうながす。

「それが、その、彼の認識に欠けが生じているように思える。ヒトに変身して戻ることができない。起きている時に話しかけようとはしてみたんだが、時々チラッと理解したような様子もあるものの、大体は自分が誰か、どこにいるかもわかっていないように見える。それどころか……」ビルが唾を呑んだ。「言葉も理解できていないようだ」

　ジェイソンは鼻の上に眼鏡を押し上げた。内心では彼の犬が不安になってうろうろ歩きまわりたがっている。それを抑えつけ、論理的であろうとした。

「つまり、彼は脳にダメージがあると言いたいのか?」

　肩をすくめて、ビルが自信なく首を振った。

「わからないんだよ。とにかく私の手には余ることだ。たとえＣＴスキャンやＭＲＩが町にあったとしたって何を探せばいいのかすらわからないと思う。そんな設備もないがね。高熱で能力を失うということがあると思うかい?　到着した時、ウィルバーの体温は41度あった。クイックは人間より平熱が高いものだが、それにしても高い。どれくらいそんな状態が続いていたのかもわからない」

「あり得ることだ。つまり、一般論として、高熱による脳のダメージはある。きみが言うのは、彼は――ただの犬のように振る舞っているということか?」

　ビルが少しだけほっとしたような表情を見せた。

「そうなんだ。それがとても心配なんだよ。彼がまるで、ただの犬のように振る舞うということが」

「元からただの犬ではないのはたしかか?　その犬がウィルバーという名のクイックだというのは間違いないのか?」とジェイソンはランスを見た。とても信じられない。

「間違いないに決まってるだろう!」ランスが苛々《いらいら》とはねつけた。「俺は群れのにおいをひとり残らず覚えているし、母だってそうだ。彼女がたしかめた。間違いなくウィルバー・リヴェンだ」

　ある考えがジェイソンに浮かぶ――心を魅了する、そして同時に空恐ろしい考えが。

　カニス・サピエンスがただの犬に退化するということがあり得るのか?　もし可能だというなら、これはジェイソンの研究にとって重大な意味を持つ。ほとんどの場合、遺伝子の突然変異に可逆性はない。

　同時に、ごく個人的な観点としては、これほどおぞましい現象はどこにもなかった。

「ウィルバーは今どこだ?」と固い声で聞いた。

「クリニックだよ。イブプロフェンと抗生物質を加えた生理食塩水を点滴している。細菌感染症でないとはまだ言い切れないのでね。点滴を止めると熱がぶり返すんだ」

何かが気になって仕方がない。いや頭を悩ますことなら山ほどあったが、何かとんでもないことがジェイソンの意識の淵にあって、とらえきれずにいる。

「とにかくだ、ドクター・クーニック、明日の朝クリニックへ来て患者を診てくれると助かる。あなたが医療分野のドクターでないのは承知しているが、人手が足りないし、正直言って私にはどうしようもないんだ。何でもいいので助言がもらえれば、こんな検査をしたらどうかとか……」

「マッドクリークでは、我々は団結する」ランスが説教をぶつように宣言した。「外部の力をたよることはできないから、だから——だから……」

おかしな表情になってランスの言葉が途切れ、鼻がひくついた。首をのけぞらせて派手に「プシュン！」とやる。くしゃみと同時に顔を肘の内側に押し付ける気遣いはあったが、そうであってもジェイソンの目には宙に飛び散った黴菌《ばいきん》がまざまざと見えた。

ジェイソンは後ずさり、ポーチの階段を一段降りた。全身が恐怖に鷲摑《わしづか》みにされていた。

ランスが首を振った。

「悪い。団結し、持てる能力を町のために使う必要がある、と言いたかったんだ」

その声はかすれていた。

「ランス、きみはウィルバーと接触したのか？」

ジェイソンは平静な声でたずねた。ランスが眉をしかめる。

「当たり前だ。俺がウィルバーを道で保護した。どうしてだ？」

だが理解したビルの顔から血の気が引いた。ランスの額に手を当てる。

「まずい、ランス、大変な熱だ！」

「だが俺はこれまで一度も……マジか」不意にランスが怯えた表情になった。「クソッ」

「伝染すると思うのか？」ビルがジェイソンに聞いた。「うちのスタッフも危険か？」

「そうだ」言葉を濁したところで意味がない。「そう考えて対処すべきだろう。少なくともそうでないと証明されるまでは。症状のある者、ウィルバーと接触した者はすべて隔離すべきだろう。ランスも含めて」

「俺には仕事がある！」

「ほかの皆を危険に晒《さら》すつもりならな」とジェイソンははねつけた。

「だがウィルバーからランスに感染していたとしても、同じ状態になるとは限るまい」ビルが頑固に言い張った。「ウィルバーは、ほら、今の混乱状態はあまりに長いこと高熱のまま放置されてきたせいかもしれないのだし」

「そのとおり。だがその仮説をこの町の全員で試すのか？」

ランスがジェイソンを見やった。その顔には恐れと感謝が入り混じっていて、自分の窮地であるにも拘わらず、町になりかわってジェイソンの助力をありがたがっているかのようだ。その顔を見るとジェイソンは己が自己本位な気がする。これほど何かを大事に思ったことなど一度もない。

　ビルがランスを安心させようと話しかけた。

「なあ、大丈夫だよ。だがもっとはっきりわかるまでは慎重の上にも慎重にいったほうがいい。きみは何日か家にいて、ほかに誰とも接触しないようにしてくれ」とジェイソンを見た。「ティムは人間だ。彼に危険はないはずだろ？」

「見当もつかない。だがきみは、ランスと同じくらい長く患者と接触してきたようだが、何らかの症状は？」

　ビルが手の甲で自分の額の熱を測った。

「いや、なさそうだ」

　ジェイソンもビルの額をたしかめたが、熱くはないようだ。

「ウイルスの中には別の種へ感染するものもあるが、多くのウイルスは違う。人間がこれに感染しない可能性は高い。ただし、その答えを知るのは時間だけだ」

　しかもジェイソン自身はクイックなのだから、ランスと同様に感染の危険性は高い。（マイロもだ……）そう思うと口の中が乾いた。

「いいだろう。では、私からの提言だ。集会を中止にして、寒気や高熱を感じたら必ずクリニックへ連絡するよう厳重に言い渡して皆を帰すんだ。ランスは自宅で、ウィルバーはクリニックでの隔離処置とする。ウィルバーを看る者の数を限り、近づく時はマスクと手袋をさせてその後で消毒もするように。きみもだぞ」

ジェイソンは感染症の専門家ではないが、ウイルスの検体を仕事で扱ったことがあるので手順はわかっていた。ランスと目を合わせる。今のジェイソンの提案が実現するには、ランスの賛同が必要だ。

ランスは青い目で彼を凝視し、顎をこわばらせていた。不承不承《ふしょうぶしょう》うなずく。

「気に入らないが……そうだな、後悔するより安全策のほうがいい。今後何日か代理を勧めてくれとローマンに連絡しておく」

ビルが鼻を鳴らす。「どうせきみは携帯から仕切る気だろ」

場をなごませようとした言葉は空振りだった。三人ともが数秒、気まずく立ち尽くした。

ビルがまず話し出した。

「ランス、ここで待っていてくれるなら、ティムを呼んでくるから運転してもらえ。あまりよくないと思うんだ――」

「そうか、モリー！」

ランスが呻いて、愕然と口を開けた。ビルが言いづらそうに、

「ああ、そうだよ。ロニーかトゥリーに、モリーを何日か預かってくれるよう聞いておこうか？」

ランスにとって苦渋の決断なのが、ジェイソンにもわかった。考えるだけでも胸が引き裂か

れそうだというように顔を歪めている。だがしばらくして、ランスはうなずいた。それから横を向き、顔を隠す。

「すまない、ランス」とぼそぼそ言うと、ジェイソンはビルについて家の中へ戻った。

そこにいる誰もが楽しそうな様子で、突然、ジェイソンにとってその光景が不自然に感じられた。部屋の向こうにマイロを見つけてまっすぐ突き進む。マイロは皆と一緒に立って、保安官助手ローマンのパートナーであるマットが愉快な話をしながら頭上で指を立てて『角があるみたいに威張るバカ』の万国共通の真似をするのを見ていた。

ジェイソンはそっとマイロの腕をつかんだ。さっさとここを出ようと言いたいのは山々だが、周囲を慌てさせたくもない。

「帰る時間だ、マイロ」と囁いた。

「でも……」マイロがきょとんとして見回した。「もっとみんなをハグしないと！　それに紫色のやつも食べたい。あとジャガイモと。ジャガイモが三種類もあるんだよ！」

だがジェイソンの胸の中には不安が充満し、考えられるのは、危険、危険、危険という言葉だけだ。

「今夜はもうハグはなしだ、いいね？　もう行かないと。一緒に帰ってくれないか、マイロ？」

マイロは眉を寄せて、本気かどうか読み取ろうとするようにジェイソンの顔を見つめた。どうやら本気だと結論付けたようで「いいよ」とがっかりしてあきらめる。

「よかった。ありがとう。行こう。帰り道で説明するから」

リリーの家を出て、拗ねているというほどではなかったが、マイロの機嫌は良くなかった。いつもよりジェイソンから離れて歩いている。

ジェイソンはマイロの手を取り、引き寄せた。

「帰ることになってすまなかった。だがあそこに病気の者がいたんだ、マイロ。だからあのまいたらきみにうつるかもしれなかった。それか私に」

マイロはぴたりと立ち止まり、進もうとするジェイソンにレンガの壁のように抗った。

「病気？　誰が？」

「ランスだ」

ジェイソンは歯を嚙む。どうやらマイロは事情のすべてを聞くまで動きそうにない。溜息をついた。

「何日か前、とても具合の悪いあるクイックがこの町に来た。そして今、ランスも具合が悪い。つまりこの病気はひとからひとへ——というかクイックからクイックへ感染するようだ。町の誰もかからないように注意しないとならない。今夜の集会も早めに解散することにした。このことを、ポーチでランスやマクガーバー先生と話していたんだよ。これでいいか？」

マイロがジェイソンの手を離し、くるりと向きを変えると決然とリリーの家へ歩き出した。

「マイロ、駄目だ！」とジェイソンはその腕をつかむ。

「僕は助けられる！」

マイロが反抗的に言い返した。その目でジェイソンに懇願している。

ジェイソンはひと呼吸ついて気持ちをなだめると、マイロの上腕に両手を置いた。優しくさする。

「聞いてくれ、マイロ。私を信じてくれるか？　クイックの体のことを私がよくわかっているということを信じてくれるか？」

一瞬当惑顔をしてから、マイロは「うん」とうなずいた。

「よし。今回の病気は、ホスピスの患者たちやデイジーの頭痛とは異なるものだ。きみでは助けられない。そして、やってみようとすれば、きみにも病気がうつる。それが真実だ、マイロ」

「治せなくたって助けられる」とマイロが言い張った。

ジェイソンはまばたきする。

「確かに、きみがひとをリラックスさせるのが上手いのは知っているよ。だがそんなことをするときみも病気になってしまうし、それではきみにとっても、私にとっても、あるいはランスやほかの誰にとっても何にもならないんだ」

少しの間、マイロはジェイソンの顔をまじまじと見ていたが、あきらめて力を抜いた。

「わかった」

「よかった。ではそういうことだ。家に帰ろう。明日になればもっと詳しい状況がわかる」

ジェイソンはマイロの手を取り、ふたりのキャビンまで引いていった。ちらちらと後ろを見ているマイロの様子を何とか気にしないようにしながら。

10　不安な訪問

マイロがベッドの中に入ってくるようになってからおよそ初めて、ジェイソンはその夜よく眠れなかった。集会で知ったことを脳内でこねくり回さずにはいられない。馬鹿げたことだ、事実のすべては把握できていないのだし、先々のことをあれこれ悩んでも無駄だ。だが……犬の姿に閉じこめられたクイックたち、先祖返りという言葉だけでもずっしりと重かった。ジェイソンの遺伝子研究にとって重要ということだけでなく、個人的に重くのしかかってくる。ジェイソン自身の身の安全という点で、そして今となってはマイロを守るという意味において。

午前二時あたりに、不安はそれだけでなく、マイロがこっそり出て行って皆を〝助けよう〟として事態がこじれるのも心配なのだとジェイソンは自分に認めた。マイロの存在を確かめに、うとうとしては起きている。三時頃にはマイロが眠ったままごろりと身を寄せ、ジェイソンの胸に背中を押し付けてきたが、ジェイソンはそのまま放っておいた。それどころか、ベッドにいると確かめられるようマイロの腰に片腕を回した。マイロの体をつなぎとめてやっと、ジェイソンは深い眠りにつくことができた。意識が闇に沈み、目を覚ますと朝の九時だった。

自分ひとりだったので慌てふためく。だがマイロはキッチンにいて、パジャマ姿でシリアルを食べていた。

「あ」とジェイソンを見てマイロが言った。「すごいよく寝たね」

寝起きの声はもごもごしていて、マイロ自身も起きて間もなさそうだ。

ジェイソンはマイロと肩を擦り合わせたい、あるいはハグしたい衝動をこらえた。ふれあいなど彼は必要としていないのだから！　そんなものなしでもう長年すごしている。単に、癖になりやすい仕種だというだけのことだ。

「眠りにつくまでしばらくかかってね」と説明した。

マイロは、自分は飲まないというのにコーヒーを用意してくれていて、うれしい驚きだった。ジェイソンは自分にコーヒーを注ぐ。完璧だ。

「コーヒー、上手に淹《い》れられたな」と微笑んでほめた。

マイロが微笑み返した。「今日は研究するの？」と親指についたミルクを舐める。

そのとおり、と答えかかったが、昨夜のことを思い出した。

「どうだろうな。ドクター・マクガーバーに電話してみないと」

「病気のひとがいるから？」とすぐさまマイロがたずね、ジェイソンの顔をまっすぐ凝視した。

「昨夜彼とした話の関係だ、ああ。きみが心配するようなことは何もない」

ジェイソンはコーヒーと携帯電話を持って別室に行き、電話をかけた。ビル・マクガーバーのほうではできるだけ早く来てくれればありがたい、という様子だったので、ジェイソンはウィルバーの様子を診て血液サンプルを採るためにクリニックへ行くことにした。その血液を早く顕微鏡で観察したくて気が急く。残る問題はだ――マイロをどうしよう？　土曜の朝だし、マイロはリリーの家で授業の予定がある。だがジェイソンはマイロを群れに、特にビューフォート一家に近づけたくはなかった――この病気が伝染性かどうかはっきりするまでは。正直、リリーにクラス自体を中止してほしい。

それ以外の選択肢は限られていた。マイロをひとりで置いていくわけにはいかない。どうしたらいいか決めかねているうちに、マイロが居間に入ってくるとジェイソンの背中にぴったりと張り付いた。肩甲骨に頬を当てる。そのふれあいがジェイソンの心を落ちつかせた。胸にあった恐怖の塊がゆるみだす。

ジェイソンは腰に回されたマイロの手をポンポンと叩き、一瞬、この接触に浸った。マイロのぬくもりでたしかにジェイソンの内なる犬が安らぐ。この何年も試してきた薬や様々な手法にほぼ効き目がなかったことを思うと、これは奇跡的と言っていい。

「マイロ、私はドクター・マクガーバーに会いにクリニックへ行かねば。きみも一緒に来て、待合室で待っててくれ。いいかい？」

「いいよ」マイロはためらい、身をこわばらせた。「あの。僕、注射されるの？」

ジェイソンは微笑した。「いや。きみの診察じゃない。心配いらないよ」

ふたりはシャワーを浴びて着替えた。マイロは黒いTシャツとジーンズ姿で、いつもの派手きわまりない色彩からは好ましい変化だ。歩きで行ける距離だったが車で向かうことにした。今日は時間を無駄にしないほうがよさそうだ。

クリニックへ着くと、待合室が無人だったのでジェイソンはほっとした。ここで待つ間マイロを誰とも接触させたくない。受付は年嵩《としかさ》の女性で、どことなく見覚えがある。クイックだが第一世代ではなさそうだ。

「ご用ですか？」と彼女が入ってきたふたりにたずねた。

「ドクター・クーニックだ。マクガーバー先生に呼ばれて来た」とジェイソンは言った。

「あと僕はマイロ。特に理由はないけど来たよ」

マイロがカウンターに近づくと女性をハグしたいかのように身をのり出した。彼女はにっこりして前腕を上げ、擦り合った。

「あらかわいいのね！　どうも、マイロ。私はドリスよ」

「どうも、ドリス！」

「マクガーバー先生に、あなたたちが来たって知らせるわね」

ドリスはジェイソンを無視してマイロにウインクし、デスクの電話をつかんだ。

「このひとはドリス」マイロがそう彼女を指さしてジェイソンに教えた。「病気じゃない。マッドクリークにはまだ会ってないひとがたくさんいるね！」

「うむ……マイロ、私はマクガーバー先生と話をしてくるから、その間ドリスとここにいてくれないか。いいか？　ここにいるんだぞ」

「ジェイソンなしで帰ったりしないよ！」

馬鹿なことを言うというふうに、マイロはくるんと目を回した。

「それは……よかった。それと、具合が悪そうな誰かが来たら……」

マイロが小首を傾げ、目に心配の色を浮かべた。そしてジェイソンは、話すなとか近づくなという注意はいくらしても無駄だと悟った。

「来たら……私を呼びに来てくれ、いいな？　すぐにだ。まかせていいか？」

「いいよ」

「3番って書いてあるドアから入って、ドクター・クーニック」とドリスから声をかけられた。

「先生がすぐお会いになりますから」

入っていくと、小さな診察室にビルがいた。くたびれて陰鬱な顔だった。

「昨日からウィルバーの容態に変化はない。点滴のおかげで少しは元気になってきているが、まだ犬のように行動している。我々が何を言っても理解しているふしはない」

「ふうむ。分析に使える彼の血液サンプルはあるかな？　初期に採血したものと、最新のものがあれば理想的だ」

ビルがうなずいた。

「ほんの何分か前、きみに渡す分を採血したし、水曜に採った最初の検体がまだ半分残っている」

「ありがたい。きみの血液サンプルももらいたい」

「だが私は元気だよ。今日も熱はない」

ビルは気が進まない様子だった。

「わかっている。だがもしウィルバーの血液中に何か発見できたら、同じものがきみの血液中にも存在しながら無症状なのか、それともきみの血液中には存在しないのかたしかめておくのは有益だ」

「かもな……」ビルが納得した。「フロイドに採血してもらうよ」

部屋を出て行ったビルは、自分の名が貼られた小瓶を持って戻ってきた。「ブードゥには使わないと約束してくれよ」と手渡してくる。

「何だって？」聞き返してから冗談の類《たぐい》だと気付いたが、遅かった。

「いや、気にしないでくれ」

他人のジョークに気がつかなかった時はいつもそうだが、自分が馬鹿に思えた。ジェイソンは眼鏡を押し上げて話題を変えた。

「ランスから連絡は？」

「今朝ティムと話したよ。あまりいい感じではないね。家に行ってみるつもりなんだが、一緒に行かないか？」

ビルの声は切羽詰《せっぱつ》まって必死だった。どうせ本当の医者じゃないんだし、と指摘してやりたくなったが、昨夜ランスからマッドクリークでは誰もができることをすると言われたことを、そしてリリーからこの町が何とかやりくりしていると言われていたことを思い出す。ビルには誰も相談相手がいないのだ。ジェイソンは責任感のほのかなうずきを感じた。

「患者と接触するなら、私には防護服が必要だ」と答える。

「備品室へ行こう。基本的なものならあるし、何か必要なものがあれば教えてくれれば注文も可能だろう」

「わかった」

備品室からジェイソンはいくつかの品を取った――手袋、紙製のガウン、透明なビニールの防護服、鼻と口を覆うマスク、紙の靴カバー、そして髪カバー。自前の眼鏡が、目にとんだ飛沫はなんとか防いでくれるだろう。

ジェイソンはビルにも防護服を着させた。クイックから人間に感染するのかどうかまだはっきりしていないのだ。

ウィルバーが寝かされている診察室へ入っていった。ウィルバーは隅にある敷物の入った檻に横たわり、前足に点滴がつながれていた。頭を上げて一回だけ尾を振ったが、具合が悪くて起き上がれない。ジェイソンはウィルバーを診たものの、この犬がひどく弱っているということ以外大して何もわからなかった。

ふたりは廊下へ出ると、ジェイソンは防護服を剝いでゴミ箱へ押しこんだ。

「ではランスのところへ行くかい？」とビルが聞く。

「それがいいだろう」

新しい防護服を取ってきてから、待合室へ入っていった。マイロはドリスとおしゃべりしながら受付カウンターの上に半分寝そべっている。ジェイソンを見ると体を起こし、自然な笑みを浮かべた。ジェイソンの心臓がトクンと小さく鳴った。この微笑がマイロが皆に振りまくものでなくジェイソンひとりに向けられたものだったなら、どんな気持ちになれただろう。

「ティムとランスの家に、車で行く」とジェイソンはマイロに説明した。「だがきみは車の中で待つんだぞ。いいか？」

「いいよ」とマイロが答えた。

ジェイソンはビルが運転するバンについてブロード・イーグル通りを登っていった。キャビンの前の轍《わだち》のある砂利道に車を停める。そのキャビンの裏手には温室があって、五月の明るい陽光をはね返していた。ビルも車を停めて降りた。ジェイソンに一言も発する間を与えず、マイロも外に出ていた。

マイロは車で待たせておくつもりだったのだが、何も言えないでいるうちにキャビンからティムがとび出してきた。ポーチのステップを駆け下りながら目元を拭う。狼狽して見えた。

「ビル！　今クリニックに電話したんだよ。ランスの具合が悪いんだ、ああもうどうしたら」

「何があったんだね？」とビルが聞いた。

「一晩中ひどい熱で震えて、悪寒もあって。トイレに何度も吐きに行ってた。言われたとおりアスピリンを飲ませたけど吐いちゃったかもしれない。今朝はおだやかに眠ってたからベッドにそのまま寝かせておいたんだよ」

ティムは声を震わせて濡れた目を拭った。

「ビル、僕が様子を見に行ったら……ランスは変身してたんだ。〝チャンス〟になってて。それで……それですごく具合が悪そうで、それに……どうしてあんなに弱ってるのに犬に変身を？　体に負担がかかるんじゃないの？　だいたいどうして変身なんてしたがるわけ？」

「わからないよ、ティム。だが心配するな、なんとかするから」とビルが安心させた。

ジェイソンからしてみれば根拠のない楽観にすぎない。血液分析を行えばある程度は事態が把握できるだろうという確信はジェイソンにもあった。ただし、治療となると話は別だ。ティムの言うとおり、一晩中苦しんでいたランスが犬に変身する理由などない。そうするしかなかった場合以外。どうしてランスの肉体が変身を求める？　思いつく理由のすべてが不吉きわまりない。

マイロの肩に手を乗せ、家に近づかせないようにした。今やマイロをつれてきたことを後悔していた。

「ランスを診察しよう」とビルがジェイソンに言った。

「ああ。支度をするから待っててくれ。きみも防護服を着るべきだ」

「防護服？」ティムが不安そうに聞いた。

「予防措置をとったほうがいいだろうと、ジェイソンがね。せめて事態がよくわかるまでは」

とビルが答えた。

ティムが身震いを始める。口を手で押さえた。

「モリーは……大丈夫なの？」

ひどく小さな声だった。

マイロがそっと、だが断固としてジェイソンの手からするりと抜けると、ティムへ歩み寄った。ハグで包みこむ。言葉すらかけずに。

「マイロ――」

ジェイソンは言いかけてやめた。マイロを完全に支配することなどできるわけがない。きっとここでできる最大限は、ランスからマイロを遠ざけておくことだろう。人間であるティムとビルに病が感染していないよう祈るしかない。

当初ティムは驚いたようだったが、その腕がマイロに回され、ハグを返した。マイロの背中できつく手を握って、ティムは苦悶の表情だった。

「ランスを診察してくる間、マイロと一緒にここに残ってくれないか？」ジェイソンは車から間に合わせの防護服を取り出しながらティムにたのんだ。「彼を接触させたくない」

ティムがうなずいた。

防護服を着込み、手袋と顔のつなぎ目を白い医療用テープでふさぎ、帽子と紙のマスクを着けた。ビルも、自分の車のそばで同じようにしていた。入る準備が出来た頃、マイロがティムから体を離してけげんそうにジェイソンを見た。

「マイロ、きみはここで待っっててくれ」

「ランスは病気なの？」

「マイロ、ここにいるんだ！」

ジェイソンはきつくくり返した。マイロに高圧的に出るなんて自分が悪役になった気がしたが、わかってもらうしかない。

「僕と一緒にここにいて。いいよね、マイロ？」とティムがハグの手に力をこめる。

「いいよ」

マイロはそう答えたが、納得したようではなかった。

ジェイソンとビルが入っていくと、この家で飼われているバーニーズ・マウンテン・ドッグが寝室の前の廊下をうろついていた。心配そうにドアに向かってクンクン鳴いていて、室内にいるものを恐れるかのようだ。ジェイソンと不安な視線を見交わしてから、ビルがドアを開けた。

寝室には犬の姿のランスがいた——大きくて真っ黒なコリー。隠れようとするように隅に縮こまっていた。

「ランス？」とビルが低く呼びかけた。

ランスは肩ごしにこちらを見て、怖がるように口元を舐めた。頭を下げる。

なんてことだ。

ジェイソンの鼓動が異常なほど速まる。なんという……ランスは物事をまったく理解できていないのか？

「ランス？　私がわかるか？」

そうたずねて、ジェイソンは両手を見えるようにしながらゆっくりと一歩前に出た。

ランスはジェイソンをじっと見つめ、舌を出してハッハッと緊張した息をついている。

「ランス？　僕だ、ビルだよ」

ビルも一歩近づいた。

ふたりがそばに寄ってもランスは騒がなかった。目は伏せなかったが、彼らのことを認識しているかどうかはわからない。

「きみの熱を測らないと。いいかい？」ビルが手袋に包まれた手をランスの肩にのせた。

苦しげに、ランスは立ち上がった。ふらふらだ。前足が弱りきっているように震えている。

ティムの話どおり具合が悪かったなら、その上に変身までして、脱水症状も起こしているだろう。

それでもランスがビルに協力して体温を測りやすいよう向きを変える様子には、知性が見えた。ビルから何を求められているかわかっているのだ。これならまだ希望がある。その上ビルに直腸体温計を挿入されたり、瞳孔や耳をのぞきこまれたり聴診器を当てられても、嫌がっていないようだった。

ビルが体温計を引き抜いた。

「40度だ。アスピリンは吐いてしまったようだな。すぐに点滴を始めないと」

「賛成だ」ジェイソンはうなずいた。「きみの言うことを聞いているように見えるな」

ビルはうなずいた。「ランス、僕の言っていることが理解できるか？」

ランスがビルのほうへ頭を向けた。クン、と悲痛に鳴く。

「イエスと取っておくよ」ビルが溜息をついた。「きみは自分の意志で犬に変身したのか、ランス？」

ランスが喘いだ。弱々しく頭を振る。

ビルが唇を暗く引き結んだ。

「くそ。ただ、せめて話は伝わってるようだな。ありがたい」

そう、ありがたいことだ。ひどい状況だがもっと悪い状況もあり得たのだ。そしてランスが知能を保ちつづけることができたなら、このウイルスだか何だかが消えれば、ヒトに変身して戻れるかもしれない。

「点滴のためにランスをクリニックへつれていくのか？」

「ここでもできるが、目を配れるから町のほうに置いておきたい。クリニックにケージの部屋があるから、あそこを隔離病棟として使えそうだと考えてたんだ」

「だがその部屋が患者でいっぱいになってしまったら？」

そんな可能性を示唆したせいでビルににらまれた。

「うちで六人までは預かれる。それ以上になった時は、神のみぞ知るさ」

「ランスから血液サンプルを採りたい。帰り次第、ウィルバーのものと一緒に分析しよう」

「ありがとう」ビルが心をこめてジェイソンに礼を言った。「どういうことかつきとめてくれれば、我々一同、ずっと恩に着るよ。それか何かの思いつきでも何でもあれば……何でも聞かせてくれ」

「まずは採血してしまおう。それからまた、あらためて考えよう」

ジェイソンにも採血はできるが、ビルが代わってくれたのでおとなしくゆずった。ランスとの接触が少なければ少ないほどありがたい。ランスは抵抗を見せず、ひるみすらしなかった。壁にもたれてまだ震えている。ビルが検体の瓶をジェイソンに渡した。

「ランスを車に運ぶのに手が必要か？」とジェイソンはたずねた。

「ひとりでなんとかなるだろう。ドアを開けて、ティムとマイロを遠ざけておいてくれたら助かる」

ランスをなだめるように何か囁くと、ビルは身を屈めて重い犬を抱え上げた。ジェイソンは先に立ってドアを開けてやった。

家の外に出ると、ジェイソンはティムに大声をかけた。

「マイロをつかまえておいてくれ、たのむ！」

それからビルのバンへ向かって、後部のドアを開けた。中には大きな檻が入っていたので、その戸も開ける。

「どこにつれてくの？」

ティムが心配そうに聞いた。マイロの腕をつかんではいるが、ランスのそばに駆け寄りたそうな様子だ。

ビルがランスを優しくケージに下ろした。

「クリニックにつれていく」とおだやかに答える。「熱と脱水対策で点滴をしないと。一緒に来てもいいよ」

ティムがすぐさま車へやってきて乗りこんだ。それを追いかけて行く寸前で、ジェイソンは何とかマイロをつかまえた。

「ランス？」とマイロはたずねながら、バンをじっと見ている。

「マクガーバー先生がランスの面倒を見てくれている。私ときみは、ラボで検査をすることで手伝うんだ」

バンが後退し、それから一気に走り去っていった。

車の姿が見えなくなるまでジェイソンはマイロの腕を離さなかった。防護服を脱ぐ時間すらなかった。しまった。これが本当に危険な病原体だったなら、今の手順はＤマイナスという低評価ものだ。あまりにあっという間の出来事で、しかも正式な防護服や消毒液、そして人手も足りていない。だがジェイソンはランスに直接ふれていないし、手袋が汚染されていないことを願おう。防護服を脱いで車のトランクへ放りこんだ。

車内にあった消毒用ローションを自分とマイロになすりつけた。マイロの腕やほっそりした手にローションをすりこんでいると気が鎮まってくる。汚染を食い止めるために具体的な手を打つことで、心にこびりつく不安がやわらいでいた。そんな単純なふれあいでマイロのほうもリラックスしてきた。

タッチセラピーは大変結構なものだが、今はラボに帰ってあの血液を分析しなければ。マッドクリークを襲うものの正体を突き止めなければ。

11　やだ！

それはウイルスだった。

ウイルスというのはあまりに小さくて電子顕微鏡でしか見えないため、ジェイソンはウィルバーの血液を、大学院で一緒だった、今はワシントンの疾病対策センター《CDC》で働くエリザベス・スタッベンへ送った。

返事を待つ間、ジェイソンはウイルスが存在していることはつきとめていた。ウイルスによく見られる特定のタンパク質——ヘマグルチニンなど——を血液から検出したのだ。ウィルバーとランスの血液からは大量に。ビルの血液サンプルには含まれていなかった。

仮説A——このウイルスはイヌから人間への変異を可能にする遺伝子を、直接的にか間接的にか不活性にして、元の状態へ戻してしまう。

仮説B――このウイルスはイヌの遺伝子を一気に増殖させ、人間の遺伝子を圧倒してしまう。

仮説C――このウイルスは直接的にか間接的にか、高次の（人間的）認知機能を損なう。その状態になると、肉体はひとりでにイヌに戻る。

仮説D――高次の認知機能と変身能力は、肉体がウイルスと戦うために生じた化学的変化によって一時的に無効化されている。

もしDが正解であるなら、ウィルバーは、さらに言えばランスも、時間が経てばいずれすっかり回復するだろう。だがジェイソンはあまりそこに期待はしていなかった。もっと調べてみなければ。純然と臨床的には刺激的なケースだったし、ジェイソンの大事なDNA研究にとっても間違いなく大きな影響を与える事柄だ。だが同時に――。

ガシャンと大きな音がした。顕微鏡から顔を上げると、マイロがどうやら倒したばかりのカメラの三脚を見下ろしていた。

「マイロ、どうしてそんなことをする？」

「おなかすいた！」

マイロが唇を尖らせた。ジェイソンを見ようともしない。声は反抗的だ。ドアのほうへ向かおうとして、インタビュー用テーブル脇の椅子を倒した。大きな軋《きし》みを立てて床へひっくり返った椅子には目もくれない。

「マイロ！」

マイロは拗ねて出ていった。ジェイソンは顕微鏡に注意を戻そうとしたが、すっかり気が散ってしまっていた。溜息をつき、トングでスライドをはさんでシャーレに戻し、蓋をした。手袋と紙のマスクを外し、ゴミ箱へ放りこんで、マイロに何か食べさせようとラボを出た。

マイロだって自力で何も食べられないわけではない、ちゃんとできるのだ。シリアルや簡単なサンドイッチとか、缶の中身をボウルにあけて電子レンジで温めるくらいのことはできるようになっていた。だが今のマイロは機嫌が悪い。あんな振舞いはこれまで見たことがなかった。

マイロはキッチンにいた。開けたパントリーのドアノブに手をかけ、ドンドンと戸を壁に叩きつけながら、拗ねた目で中の食料を見つめていた。

「マイロ、今すぐやめるんだ！」

ドアを叩きつけるのはやめたが、ジェイソンへ顔も向けない。マイロの肩はこわばり、全身から不機嫌がにじんでいる。髪が膨らんで根元から逆毛が立っている。何かで気が立っているのだ。

ジェイソンは息をついて、まず自分を落ちつかせた。冷静に話しかける。

「マイロ、私には終わらせねばならない作業がある。だが簡単に何か作ってあげよう。ハムのサンドイッチはどうだ？　フライドポテトを温めてもいい」

「食べたくなんてない。なんにも！」

マイロが怒鳴った。猛々しくパントリーのドアを閉め、ジェイソンを押しのけてキッチンから出ていった。

ジェイソンはマイロを追ってリビングに入っていった。腹が立ってくる。

「マイロ、一体どうした？　子供みたいな態度で！　私はウイルスを調べなければならないんだ！」

マイロがくるりと回ってジェイソンと顔をつき合わせた。全身が怒りで張りつめている。ヘイゼルの目は激情で色が暗くなり、煮えたぎるチョコレート色になっていた。

「あんたは――あんたは、あんたは！」

怒り狂って言葉が出てこない。喉が詰まったような声だった。体の横で握りしめた手が震えていた。

ジェイソンは面食らってまばたきした。これはまた。マイロはすっかり我を失っている。ジェイソンは今日のことを頭の中で振り返り、何がこの激しい反応を引き起こしているのか突き止めようとした。

ああ。

「ランスをいたわりに行くのを私が許さなかったから、怒っているんだな？」

ジェイソンはそう言ってみた。マイロがこんなに怒るとは思っていなかったが、苦しんでいる者を救わずにいられないマイロの衝動の強さは理解しはじめていた。執着、と言ってもいいほどに。自分がシェルターから救われたという過去のせいかもしれないし、避けがたい死への対処のためにホスピスに引き取られたという事実のせいかもしれない。もしかしたらマイロにとって自分の価値というのはそれしか――。

「ジェイソンはそんなに賢いのに時々すごいバカ！」

マイロが怒りの最高潮の、小馬鹿にした顔でジェイソンをにらんだ。

「なんだと？　それで怒ってるんじゃないのか？　ならどうして――」

「危険だって、ジェイソン言ったよね！　クリニックで、僕も病気になるかもしれないからって。『ドリスのそばにいろ、マイロ』」とジェイソンの声を真似た。「なのに自分は中に入ってった。ランスから病気がうつるかもとも言ったよね。『ティムのそばにいろ、マイロ』。なのに自分はキャビンに入ってってランスに会った」

マイロの目に涙がきらめき、顔がまだらに赤くなっていた。ドンドンと足を踏み鳴らす。

「これでジェイソンも病気だ！　やだ！」

ああ――そういうことだったのか。ジェイソンの腹に純粋な感情――温かな驚き、申し訳なさと沸き立つような喜びが満ちていく。マイロがそこまで気にかけてくれていたとわかって。

「私のことを心配してくれたんだな」と静かに言った。

マイロがごしごしと目をこすって、また、今度は半分気の抜けた足踏みをした。

「ジェイソンも死ぬ！　苦しい」

「ああ、マイロ、違う、そうじゃない」

どうしようもなく抑えが効かなくなって、ジェイソンは歩み寄るとマイロを両腕で抱きよせた。心がまるで斧を振り下ろされたココナッツのように割れて、手に負えない液体があふれ出してきそうだった。

マイロがジェイソンにしがみつき、シャツをつかんだ。怒って、必死に。

「いや、大丈夫だ。私は予防策を講じていたんだ、マイロ。心配しなくていい」

「え？」

「予防策だ。私が色々着ていたのを見ただろう？　手袋やマスクやその他もろもろ？　この病気は小さくて、空気中を広がっていくんだ。ああやっていろいろ着込んで、ウイルスがうつらないようにしてたんだよ」

マイロがジェイソンの首筋に顔を向けた。濡れた頬が肌にふれると、電流が走ったようだった。

「じゃあ病気にならない？」

マイロの問いがジェイソンの頸動脈に向けてくぐもる。

「いいや。まあ、おそらくはね。もっと正式な手順があるんだが、ここではそこまで——」

マイロが呻いた。細かい説明はしないほうがよかったかもしれない。ジェイソンは口をとじるとマイロをきつく、服ごしにその体温が熱く感じられるほどに引き寄せた。マイロは熱い――いつも以上に。興奮したせいだ。

「マイロ、落ちついて。私はランスやこの町を守りたいが、きみを守るのもとても大事なんだ。そしてもちろん、自分の身を守るのもね」

信じられない。これはまったく……感じたことのない何か。自分の心がそこにまるごとさらけ出され、膨れ上がって、マイロへの思いで（比喩的に）脈打っている。頭のほんの片隅ではマイロにどれだけ、こんなにまで心をとらわれたのか、それがどれほどあっという間に――一瞬に――起きたのか感心していた。

もちろん、マイロは愛らしい。誰にだってわかることだ。笑っている赤ん坊や春の水仙や見事な夕焼けを嫌う者はいないが、マイロはそういう、存在するだけで素晴らしいもののカテゴリに入っているのだ。

だとしても、こんなにたやすく虜《とりこ》にされるなんて滑稽そのものだ。自分はもっと硬派だと信じていたのに。

マイロについて言えば、彼はただ仕方ないからそばにいるのだと、ジェイソンは思っていた。と言うか、心が根っから優しいからジェイソンにも優しいだけなのだと思っていた。それだけだろうと。マイロだって、自分よりもジェイソンのほうにふれあいが必要だからさわっているのだと、自分でそう言ったのだ。

だがこうして今、マイロはジェイソンを失うかもしれないと怯えている。ならジェイソンに対して何かの気持ちがあるということだろうか？　少しだけでも？

マイロが鼻をジェイソンの顎に擦り付けた。愛情の、あるいは情熱の仕種。そしてジェイソンは内なる犬につき動かされて鼻を擦り付け、マイロの顎をなぞっていった。マイロの唇にたどりつく。そして、ジェイソンはその唇にキスをした。

そんなつもりではなかった——絶対に。意識しての行為ではない。性的なことなどまったく頭になかった。まったくは言いすぎか、マイロを抱きしめていては。だが本当に、誘惑しようなんてつもりは毛頭なかった。マイロとの関係はそういうものではないのだから。

ただし肉体のほうは、ふたりの仲について別の意見を持っていた。マイロの、ふっくらと熱い、涙で少し塩気のある唇を感じ、もっと欲しくなる。きつく唇を押しつけると、マイロも押し返した。いつの間にかふたりの体はぴったりと、太腿も股間も胸板も合わさって、マイロの腕がジェイソンの首にしがみつき、ジェイソンの手はマイロの腰にかかっていた。

マイロがこれまで誰にもキスしたことがないのも、はじめのうちこれがどんな行為かよくわかっていないのも明らかだった。だがジェイソンから唇にさっと舌を這わされたり、吸ったり味わったりされているうちに、マイロはガソリン漬けの松の木のように熱く燃えたった。呻きと唸りの音を喉で立て、ジェイソンの口に貪欲に唇を開け、体によじ登ろうとジェイソンの腰に長い脚を回した。

はっと、ジェイソンは事態に気付いた。小さく突いて体を引き剝がす。マイロのほうはまだ体勢を戻して行為を続けようと熱心で、その目は大きくて暗く、喘ぎをこぼしながら両手をのばしてきた。だがジェイソンはその肩に手をのせて互いの距離を保った。

「マイロ、やめるんだ！」

マイロが止まった。口をとじ、欲情しながら、きょとんとまばたきする。参った、じつに美しい。（その上欲情して――たしかに発情して。どうしよう、一体何をしてしまった？）

「これは、そうじゃなくて……悪かった――こんなつもりじゃなかったんだ」

口が回らない。心臓が跳ね回って言葉がつっかえてしまう。

「どうして？　僕、好きだよ。これすごく好き」マイロが熱っぽく言った。「ジェイソン、僕はこれ大好きだよ！」

内心、ジェイソンは唸っていた。じつに心が揺れる。どうしようもないほど。マイロをまた抱きしめて奪えるなら、この一度だけでも刺激に身をゆだねられるなら、何と引き換えにしてもいい。だが。これはまちがっているのだ。

「だめだ。私はきみの保護者なんだぞ、マイロ。こんなふうにきみに……つけこんだりはできないし――これはだな、セックスなんだ。そしてセックスというものはつがいの間だけで行われるべきものだ。つがいが何だかはわかるか？」

マイロはじっとジェイソンを見つめたが、両手をゆっくりと下に垂らした。

「家?」と探るように聞く。

「うむ、ある意味では、当たっている。つがいができたら、普通は相手と同じ家に住んでふたりで家庭を作るものだ」

「でも、ジェイソンとマイロはだめなんだね?」

固く、読み取りづらい表情だった。マイロはそうなることを望んでいるのか? それとも無理であることを確認したいだけなのか?

たとえマイロが本当にジェイソンを求めているつもりでも。ジェイソンは、マイロがどれほど家を求めて焦がれているか知っている。そして家を、帰る場所を求めるというのは、身近な相手だから好きになったりなついたりするのとはまるで次元が違う話だ。

さらに、ジェイソン自身のこともある。マイロにはひどく感情を揺さぶられるし、そばにいればいるだけ惹かれているのは間違いない。だがそれも恋愛感情とは違うものなのだ。

マイロは純粋無垢だ。ここはジェイソンが大人としてわきまえねば。大体、そもそも、マイロと彼にどんな共通点がある? たとえここで押し切られても、この先長い目で見たらふたりはどうなる? ジェイソンは前からずっと、自分にもし特定の相手ができるなら人間だろうと思ってきた。少なくとも、生まれつきのクイックで、同等の知性を持つ誰か。たとえばオペラが好きそうな。

（お前はオペラなど嫌いだろう）

せめて、ジェイソンの研究を手伝えそうな誰かだ。ほかの科学者、学究の徒。遺伝子や細胞についての学術雑誌を読み、研究について議論を交わせる誰か。

（お前は十年間もＪＶＴラボで科学者たちと一緒に働いてきただろう。ロマンス花ざかりの場だったとはとても言えない――）

ジェイソンは目をとじて息をついた。ややこしすぎる！　あまりにややこしいし、気を散らされる。研究に集中できなくなってしまいそうだ。特に今は町に起きた病気の一件が、ジェイソンにも彼の予定にも重くのしかかっているというのに。それに、まずは自分よりマイロの気持ちを思いやらなければ。拒否でマイロを傷つけたくもないが、マイロに過ちを犯させるわけにもいかない。

まったく。こんな感情的な厄介事をこれまで避けてきたのも当然だ。神経がすり減らされる。目を開けると、マイロが悲しげに顔を曇らせて床を見つめていた。ジェイソンの胸が罪悪感でズキリと痛む。

「マイロ、きみはヒトになったばかりなんだ。つがいとか交際とか――セックスのような重大な一歩は、色々と学んでから踏み出すべきだ。この町には、きみが私以上に好きになる相手がいるかもしれない。きみにもっと似合いの相手が」

「似合い？」

マイロは好奇の目でジェイソンを見上げた。

「つまり、相性が良いということだ。一般的にだな、生涯の相手と結ばれるには、お互いに何かしら共通点があるとか、重要な部分が似ているといい。たとえば、ふたりとも子供がほしいとか、もしくは子供はいらないとか。ふたりとも家でのんびり映画を見るのが好きだとか、ふたりとも外出が好きだとか。言っていること、わかるか?」

マイロはジェイソンの顔をじっと眺めた。「ふたりとも賢いとか?」

ジェイソンの体の奥が震えた。喉の塊を呑み下す。どうしてマイロはいつもこうやって物事の核心に切りこめるのだろう。

「ああ。それもたしかに大事な要素だ。いいか、きみには新しいことばかりだろうし、私にとっても、保護者というのは慣れないことなんだ。だから……キスしてすまなかった、マイロ」

ジェイソンは自分が一体何を言おうとしているのか頭を絞る。

「とにかくだ、今日、きみを怖がらせたのは悪かった。何をしているかちゃんと説明するべきだった。私のことは心配しなくても大丈夫だよ。患者に近づく時はとても用心しているから。私はどこにも行かないし、きみを置き去りにもしない。何の問題もない。いいか?」

マイロが溜息をついた。ジェイソンの手の下で肩ががっくりと沈む。疲れ果てたかのように。

「いいよ」

「大変な一日だっただろう。少し横になって昼寝したらどうだ?」

マイロはうなずいた。くるりと回って自分の寝室に向かう。ジェイソンは血液サンプルを分析してウイルスを調べる仕事に戻った。だが唇に残るマイロの唇の温かさが、そしてマイロを抱きしめた時の手のひらや胸に残るうずきが、消えるまでには何時間もかかりそうだった。

12　緊急事態対策会議

翌朝七時、はやばやと、ジェイソンとマイロの乗った車は町役場として使われているメイン通りの建物の前に停まった。ジェイソンは二、三時間しか眠れていない。

あの無分別なキス以来、マイロは静かだった。時おり目を覚ましてはラボをうろうろと出入りし、夜にはジェイソンにサンドイッチまで作ってくれた。ジェイソンは顕微鏡の前に座ったままそれを食べた。

役場へ入っていくと、そこにはティム・ビューフォート、ビル・マクガーバー、ロニー・ビューフォート、保安官助手のローマン・チャーズガードとパートナーのマット、さらにミニーがすでに揃っていた。

ビルが立ち上がった。

「ドクター・クーニック、来てくれてありがとう。やあ、マイロ」

「どうも」

マイロも挨拶した。皆の深刻きわまりない雰囲気に気付いたのだろう、誰にも近づかずにただ丸く並べられた椅子の一つにするりと座った。

ジェイソンはブリーフケースを椅子に置いた。

「プロジェクターはあるかな？　見せたい画像がある。ないならノートパソコンを使うが」

「取ってくる」

ティムはよれよれに見えたが、立ち上がって出て行った。すぐに小さなプロジェクターを持ってくると、ジェイソンのノートパソコンの画面が白一色の壁に投影されるよう設定する。

「話を始める前に、患者たちの状況を聞かせてもらえるか？」とジェイソンはビルにたのんだ。

ビルがうなずき、顔を拭った。

「ああ、ウィルバーについては昨日の朝から大して変わりはない。点滴を続けている限り熱はおさまっているが、ほとんど眠ってばかりだ。我々のことを認識してる様子も、言われた言葉を理解している様子もない。立てないほど身体が弱り、口からはもう何も食べようとしない。内臓が弱っているんじゃないかと心配だ。いつまで持つものか……今、クリニックにはほかに三人の患者がいる。もともとケージを入れていた部屋を片付けて隔離病棟にした。今のところそこにランス、リリー、そしてうちの助手のフロイドが入っている」

ジェイソンの心が沈んだ。リリーも発症したか。じつにぞっとする事態だ。彼女は町の誰もと交流があった。

「リリーはウィルバーとじかに接触していたのか？　フロイドもそうだろうと思うが」

ジェイソンが聞くと、ビルがうなずいた。

「ああ、ランスがウィルバーを運びこんだ日、あとでリリーがランスと一緒に来てウィルバー本人だとたしかめた。フロイドはウィルバーの世話をしていた。すまない、伝染病だとは考えなかったんだ。すぐにウィルバーを隔離しておくべきだった」

ビルの声は打ちひしがれていた。

「後からわかったことだから仕方ないよ、ビル」とティムが声をかけた。

「全員が犬の姿になっているのか？」とジェイソンが聞く。

「ああ」

そのビルの一言には、疲労と苛立ちがこめられていた。

「その隔離について話があるんだけど。僕はランスを家につれて帰りたい」ティムが断固として言った。「犬の姿だろうとなんだろうとかまわない。ケージに入れておくなんて耐えられないよ」

「家から家へ車で回らなければならないとなると全員に目が行き届かないし、ランスには点滴が必要なんだ、ティム」

ビルの疲れた口調からして、すでに堂々巡りの議論らしかった。

「うちで点滴すればいい」

「拘束しておかなくては針を抜くかもしれない」

「ランスはそんなことしない！　何のためかくらいわかってるよ！」

「その話は後にしてもらってもいいか？」ジェイソンはそううながし、鼻の眼鏡を押し上げた。焦りが高まってきていて、あまりいいきざしではない。「色々と話さなければならないことがある。町にほかに症状の出たものは？　高熱や悪寒など？　嘔吐や下痢？」

「耳には入っていない」ビルが答えた。「だが一つ相談したいことがある。多くの噂が飛び交っているが、公式には何も発表されていない。隔離措置を行うのなら町の皆に知らせなければならないし、踏むべき手順や、緊急連絡先、問題となる症状など、まとめなければ。たとえばだが、私が家にいるジェインやサマンサのところに病原菌を持ち帰ってしまう危険性はあるのか？　ふたりともクイックなんだ」

「うちの家には五歳以下の子供が七人もいるんだ」ロニーが加わった。「モリーも入れてだ。あの子たちに危険があるのかはっきりさせてくれ。それにランスとリリーは治るのか？」

ローマンの力強い声も割りこんできた。

「ビル、そのようなルールを決めてくれれば、町の全員に知らせて従ってもらうようにする。常勤スタッフとしてチャーリーとリーサがいるし、必要ならボランティアも募れる」

「待ってくれ」マットが口をはさんだ。「現状で、感染したのは初期対応に当たった者――ランスとフロイドだ。ローマンやチャーリーたちを同じ危険にさらしたくない」

「これが俺の仕事だ、マット」ローマンが断固として言った。

「でもあんたは感染しなかったよな、ビル。だろう？　ティムもだ」

マットの言いたいことがわかったので、ジェイソンも話に加わった。「ビル、まだやはり自覚症状はなしか？」

「ああ、何も。もちろんストレスはあるし、あまり寝てない。だが発熱や鼻づまりなどはない」とビルが首を振る。

ジェイソンはうなずいた。

「予想の範疇だ。きみの血液サンプルを調べたがウイルスのタンパク質は発見されなかった。現時点でもっとも有力な仮定は、このウイルスはイヌ科にしか感染しないというものだ。ヒトがイヌ由来の病気にかからないのは珍しいことではないし、今回のウイルスはイヌ起源であり得る。もちろん、まだ初期だし、確定的なことは言えない。万全の予防措置はして動くべきだろう」

まだあまりにもわからないことが多い――そして時間がまったく足りない。

「よし。つまり現状では、おそらく人間には感染の危険はないということだ」マットがそうまとめた。「ならば我々は、この緊急事態に対して人間を現場に出すべきだろう。クイックたちではなく」

「事務所の全員がクイックだ」ローマンがあっさり言った。「そしてランスが欠けた以上、町を守るのは俺の責任だ」

「少し待ってくれ」とジェイソンは言った。「誰が何をするかの話の前に、ラボの検査結果を伝えておきたい」

「ああ、たのむよ、ジェイソン」ビルがうなずき、肘で身をのり出した。

ジェイソンはウイルスのスライドを表示する。

「ウィルバーの血液中に高濃度のウイルスの存在を確認したので、血液サンプルをＣＤＣの知り合いに送って電子顕微鏡で見てもらった。それがこれだ。私はＣＡＳＰ-１と呼んでいる。カ《Ｃ》ニ《Ａ》ス・サ《Ｓ》ピ《Ｐ》エンス病原体１の略だ」

　ＣＡＳＰ-１は長い８の字の形をしていた。ヘマグルチニンの繊毛が縁を覆っている。ジェイソンが見つけた中ではＳＡＲＳウイルスが一番近いが、ＳＡＲＳはやや中細りとはいえ丸形で、被膜がもっと厚い。ほとんど子供が落書きしたヒナギクのようにも見えたが、はるかに凶悪なものだ。

　続けてＣＡＳＰ-１とＳＡＲＳ、メキシコ豚インフルエンザ、人間の風邪ウイルス、ＣＣＶ――人間には感染しない犬コロナウイルス――を左右に並べた比較スライドを見せた。

「ＣＤＣにいる知人、ミズ・スタッベンによれば、初めて見るウイルスだ。既知の病原体のデータベースに照会してくれるそうだ。あそこには犬を含めたあらゆる種の何千というウイルスの記録がある。それでも彼女によれば、どれとも合致しない可能性が高い。ウイルスは常に変異している。特に新しい種に感染した際には。このウイルスがカニス・サピエンスと出会ったのはこれが初めてなのかもしれない。あるいはウィルバーの体内で変異を起こしたのかもしれない。あるいはウィルバーではなく、ほかのクイックからウィルバーに感染したか」

ティムがぞっと身を震わせて両手に顔をうずめた。

「そんなのって」

「まだ悲観する必要はないさ」とビルがティムの肩を叩いた。

だが事態はかなり悲観的なものだと、ジェイソンにはわかっていた。ティムの頭にあるのはきっと、このウイルスがカニス・サピエンスのみに感染する病原体であるならば、外部の知恵は当てにできないということだ。そしてその予想は正しい。

「つまり俺の言ったとおりだってことだ！」マットだった。「俺たちは町のクイックを守らなければ。こいつに近寄らせないように、接触した者を徹底的に隔離する必要がある」

ジェイソンは咳払いした。

「今、ランスのDNAを分析中だ。このマッピングが終われば私のDNAと比較し、カニス・サピエンスへの変異に関与する遺伝子がランスの検体内で不活性化されているかどうか確かめられる。これでランスが変身できない理由がわかるし、恒久的なものかどうかもおそらくつきとめられるだろう。だがまだカニス・サピエンスの遺伝子のすべては特定できていないので、時間がかかる」

長い時間が。ジェイソンはその部分は口にしなかった。

「その間、患者のためにできることがあるだろうか？」とビルが聞いた。

「ウイルスに対しては安静にして水分を取り、アスピリンなどで熱と炎症を抑えていくほか大してできることはない。今必要なのはワクチンだ。そしてそのためには抗体が必要だ」

ティムがさっと背をのばし、前髪を払って、今日初めて希望の色を浮かべた。

「抗体がどこかにあるの？」

「ウィルバーからはどうだろう」とビルが提案した。

ジェイソンは首を振った。

「彼の血液を見る限り抗体はまだ生まれていない。血液中のウイルスの数が減少せず、増大しているんだ」

「ならどこから？」ティムが追い詰められた口調で聞いた。「このウイルスが人間には危険じゃないなら、僕らが感染すれば、抗体ができてランスに投与できるってことにはならない？」

ティムの必死さに、ジェイソンの胸は鋭く痛む。ダイナーでティムと赤ん坊のモリーに会ったのはほんの数週間前のことだ。じつに幸せそうな彼らに。それが今や、ティムは夫を永遠に失うかもしれない危機に面している。

ジェイソンの体が突然冷え、鼓動が急加速した。マイロのそばに行ってさわりたいという激しい衝動にせっつかれる。だがマイロは椅子に座って一心に話に聞き入っていたし、ジェイソンとしても皆の目の前でマイロを精神安定剤代わりに使うような真似はできない。それがどれだけ彼の内の犬を落ちつかせてくれるとしても。

「それがうまくいくとは思えない」仕方なくジェイソンはそう述べた。「ウイルスが人間の体内にとどまって増殖しなければ、抗体が作られるには至らない。残念ながらウィルバーがどこで感染したかもわからない。まずこのウイルスが犬のかかる病気で、どこかでウィルバーに伝染したと仮定しよう」と壁に手を振る。「ただの犬の中にはウイルスに勝ち、抗体を作った犬がいるかもしれない。だがウィルバーから感染場所の話を聞き出せない以上、それを探す手段がない」

「町にいる犬に感染させてみては？　純粋な犬に？　その犬が抗体を作れるかどうか見るんだ」とビルが提案した。

　ジェイソンがうなずく。

「ああ、試す価値はある。通常の犬があのウイルスで軽症で済むという保証はないが、うまくいくかもしれない。もし犬が抗体を作れたなら、その血液を輸血したり、ＣＡＳＰ－１のワクチンの製造すら可能になるかもしれない。私のラボならウエスタンブロット法という手法を用いて血液中の抗体分析ができるだろう」

「いいじゃないか！　早速とりかかろう！」とロニー・ビューフォート。

「いい案だと思う」とローマン。

残る皆も同意した。

「難点はだ、時間がかかるということだ」とジェイソンは説明する。「犬の体内でウイルスが増殖し、その犬が発症して抗体を作り、抽出できるようになるまで十日はかかるだろう。さらにCDCの知人に、安全性を確保するために血液にどんな処理をすべきか聞かないと。完全に私の専門外なんだ」

ビルの顔は深刻だった。「ジェイソン……我々には十日も残されていない」

「どのくらい時間が残っているかは誰にもわからない」とジェイソンは理屈をこねた。「このウイルスの症状がずっと残るのか、どれだけ長く残るのかもわかっていない」

「わかるまで待っていられないよ！」ティムが声を上げた。「ビルの言うとおりだ、ランスはあと十日も持たないよ。あのままじゃ戻ってこられない。駄目だよ！　何とかしないと。それもすぐに」

「ほかの方法で抗体を手に入れるのは、ウイルスの感染元がわからない限り無理だ」ジェイソンは答えた。「ウィルバーがどこからやってきたか、何の手がかりもないのか？」

皆が救いを求めるように互いの顔を見回した。

「ウィルバーのにおいを追ってみては？」ローマンが案を出す。「チャーリーは追跡が得意だ。

ウィルバーがどこから来たのか、たどってつきとめられるかもしれない。そこに抗体を持つ犬がいるかもしれない」

「でもウィルバーが町に来るまで何週間も移動してきてたら?」ティムが反問した。「チャーリーが歩きで探したんじゃ延々とかかってしまうよ」

その時、不意にビルが「ちょっと待ってくれ」と口を開いた。何か思い出したようだ。「ウィルバーがクリニックに来た時、全身スキャンをしたんだ。それでマイクロチップが入っているのがわかって、妙だなと思ったんだよ」

「マイクロチップ?」とロニー・ビューフォートがぞっとした様子で問い返す。

「俺にもある」とローマンが口をはさんだ。

「だな、ローマン。でもきみは第一世代だろ。ウィルバーは生まれつきのクイックだぞ」

「いつごろ入れられたマイクロチップだ?」とジェイソンはたしかめた。

「それが、かなり最近なんだよ。まだ痕が赤く目立っていたからね」

「そこから何か情報は読み取れないか?」

「できるよ。ドリスにスキャンしてデータを照会してもらおう」

携帯を取り出してビルがクリニックに連絡した。

「どうしてウィルバーにマイクロチップなんか……?」とティムが、むしろ独り言のように呟いた。

「しばらく病気だったのなら、犬としてどこかで保護されたのかもしれない」とローマンが考えこむ。

ドリスからの返事が来るまでは、特に話すこともない。ジェイソンはCDCの知人のエリザベスから新情報が入っていないかと携帯でメールをチェックした。何もない。マイロのほうをまた見やる。マイロはジェイソンを見つめていて、その目は真摯で心配そうだった。マイロをそばに置いてその手から落ちつきを得たいと、ジェイソンはまたうずきを覚えていた。馬鹿らしい。顔をそむけると、しかめ面で携帯をいじりつづけた。

ビルの携帯が鳴り出す。彼は電話に出て、じっと耳を傾けた。「ありがとう、ドリス」

電話を切ったビルの顔は明るかった。

「マイクロチップの情報が登録されたのはほんの二週間前だった。登録住所はアリゾナ州ドレイクの保護シェルター〈ホールド・マイ・ポゥ〉になっている」

ティムがすくっと立った。

「よし！　そこに行こう、ね？　行っていいよね？」

「まずは計画を立てないと、ティム」とビルがなだめた。

「わかってるけど、でも……そこに行かなきゃ。だよね？」

ティムはそれが正解の道だと保証を求めるような目でジェイソンを見た。ジェイソンはあくまで現実的に答えようとする。

「ウィルバーと同じウイルスに感染した犬がいて、さらにその犬の血中に抗体が存在していなければ意味はない。だが――ああ、ここが一番有力な手がかりだ。もう一つの手段も並行して行っておくのがいいだろう、地元の犬にウイルスを感染させる。ビルに候補の心当たりがあれば。強くて健康な犬がいい」

「俺はティムについていくよ」とマットが言った。「仕事は一週間休めるし。さっきも言ったが、今回のことでは人間が現場に出たほうがいい。ランスは病気だし、可能性としちゃローだってもうかかってるかもしれない。どっちにしたってこの頑固者が家でじっとしてられるわけはないけどな」

「家でじっとしてなどいられない」

ローマンはきっぱり言い返したが、その手がそっとのびてマットの手と握りあい、互いに無言の励ましを送っていた。このふたりは見るからに深く相手を愛している。ランスを心配するあまりそこで体を震わせているティムと同じように。苦境の時、そんな誰かがそばにいてくれるのはどんなものなのだろう。支えてくれる誰かが。

ジェイソンは鋭い羨望を覚え、思わずマイロへ視線をやっていた。マイロは前に身をのり出し、深々と考えこむように眉をぐっとしかめていた。

「だがたしかに、マットの言うことにも一理ある」とジェイソンは言った。「町に住む人間たちを募るべきだろう。彼らに保安官事務所からの告知を配ってもらったり、症状が出てきた者を輸送してもらえれば」

「そうだな」ロニーがうなずいた。「この辺の連中なら俺は全員知ってる。ローマンを手伝って、人間のボランティアを組織しておくよ」

そのローマンが問いかけた。

「アリゾナで、抗体を持っている犬がどれなのか、もう治っているならマットとティムはどうやって見分けるんだ？」

じつにいい疑問だ。全員の目がジェイソンに集まり、そしてジェイソンはひらめくような恐怖とともに答えを悟った。口を開き、ためらって、間違いではないかと頭の中でもう一度ひねくり回す。だが、ほかに実行可能な代案はない。

「私が行くしかないだろう。確実な唯一の方法は血液検査だ。ふたりのどちらも採血の経験はないし、たとえできても検体をここまで送るのに時間がかかる。私がいれば、その場で確認できる」

「それではきみが危険だ、ジェイソン」とビルが言った。

「私はこれまでと同じく防護服を──」

いきなりマイロが立ち上がった。

「ううん！　僕が行く。ジェイソン、僕が行くよ」

「マイロ、駄目だ！」

きっぱりと言い返しながら、そんなことを考えるだけでジェイソンの胃がねじれる。

「駄目じゃない！　僕はどの犬がウイルスにかかってるかわかるから、すぐすむ。全部の犬を検査なんかできないよ」

「駄目だ。危険すぎる。行く必要もない」

だがそこでティムが割って入った。「どの犬がウイルスにかかっているかどうやってわかるの、マイロ？」

マイロが目をぱちくりする。

「わかるから。においとか……感じとか」と自分の体を曖昧にあちこち示した。強情な目で熱っぽくジェイソンを見つめる。「ジェイソン、僕はジェイソンみたいに賢くない。でもこれなら僕にもできる。手伝わせて」

（お前をウイルスに近づかせたくないんだ。お願いだマイロ、私のために……）

ジェイソンはそう言いたかった。今すぐすべてを投げ出してマイロを飛行機に乗せ、何も危険なものがない遠くへつれて行ってしまいたい。

だがとてもそんなことを口にできるわけがない。ビルやティムたちの前で——愛する相手が危機に瀕している彼らの前で。それにマッドクリークを見捨てる気持ちにもなれない。ジェイソンはここで必要とされていて……それはいい気分だった。このウイルスはおぞましいが、一方でジェイソンは、生まれて初めて自分がクイック社会の一員となっているのだと、深いところで心からの絆を町に感じていた。背を向けられるものではない。

なのにそのジェイソンが、どうしてマイロの同じ気持ちを、役に立ちたいという願いを否定できるだろう？

「お願い」

マイロがせがむ。その目は大きく、優しく、抗いがたい。

ジェイソンはぶっきらぼうな声で問い返した。

「きみはこのウイルスの患者とは一度も接してないんだぞ。なのにどうして感知できるとわかる？　頭痛なんかとはわけが違うんだ」

「ためそうよ。ランスに会える？　ウィルバーにも？　お願い」

そんなことはさせたくない。まったく。だが自分にはウイルスが感知できないとマイロがしまいには諦めてくれるのではないかと、ジェイソンはそこに望みをかけた。実際、微小なウイルスなのだから。そんなものを感知などできるものか。

結局、全員でぞろぞろクリニックへ出向いた。ティムとマットは念のためにマスクをつけたが、ジェイソンは自分とマイロにクリニックに備えられたあらゆる防護具を着せかけ、ビルも同じようにした。ローマンとロニーがクリニックの外の道で待つ間、ビルとティム、マット、ジェイソン、それにマイロは隔離室へ入っていった。

心がはり裂けそうな光景だった。この建物は元々ただの動物病院だったのだろう。隔離室の壁沿いには作り付けの六つのケージがあり、上下二段に積まれていた。そのうち四つのケージは毛布が敷かれて使われている。四人の患者たちは全員が犬の姿で、剃った前足に点滴針がテープでしっかり固定されていた。フロイドの犬の姿を、ジェイソンは初めて見た。短い灰青色の毛並みと角ばった頭をしたピットブルだ。金色の目を上げてこちらを見たが頭を動かそうとはしなかった。リリー——上品な姿の黒いコリー——は丸まって眠っていた。ランスは横倒しになってのび、目をとじ、舌をだらりと垂らして喘いでいた。一番具合が悪そうだ。ウィルバーは大きく毛むくじゃらでアイリッシュ・ウルフハウンドのようにぼさっとした毛をしている。

彼らが入っていくと前足を立てて体を起こしたが、しばらくするとまた横になった。

ジェイソンはマイロの腕をつかみ、ドアのそばに引き止めた。ティムはまっすぐランスのところへ行くとケージの格子から手を入れて撫で、何か、ジェイソンの耳には届くが聞かないでおきたい言葉を囁きかけていた。

「行ってもいい？」

マイロがそっとたのんだ。

心のあらゆる叫びと裏腹に、ジェイソンはマイロの腕を離した。

マイロはまずウィルバーのところへ向かい、それからひとりずつ回っていった。ケージ越しに彼らを見つめてから、手袋をした手をのばして体の一部に軽くふれる。

ジェイソンは歯を食いしばった。消毒薬。大量の消毒薬を今すぐ……。

だがマイロが防護服を外すことはなかったし、患者の口の中をのぞくなど体液にふれるようなことも何もしなかった。ありがたいことに。

一通りすませると、マイロは皆に向かってうなずいた。

「うん、嗅ぎとれる。このにおい、わからない？」

ジェイソンに嗅ぎとれるのはよくある病臭、鼻につく、虚ろに干からびて嫌な不安を誘うにおいだけだった。

「外で話そう」と、マイロを危険から遠ざけたくてたのんだ。

ティムはランスのそばに残ったが、それ以外は全員部屋を出た。ジェイソンはまず何よりも先に保護具をすべて捨て、消毒薬をたっぷり使うよう言い立てる。それからやっと、一行はクリニックの外で待つローマンとロニーのところへ戻った。

「あの病気のにおいがわかった」マイロがはっきり言い切った。「犬がかかってれば僕にはわかる」

「その犬がもう治っていてもか？」

聞いたのはマットだった。ローマンの腰に腕を回してきつく抱き、クリニックで見た光景への動揺を隠せずにいた。

「うん、それでも」マイロがうなずいた。「病気のにおいは長く残るから」

「だがどうやってわかるんだ。どんなにおいなんだ？」とジェイソンは問いただした。

マイロがおだやかに彼を見つめる。

「ジェイソン、僕にはわかるんだ」

ジェイソンは苛立ちの息をついたが、言い返しはしなかった。たしかに、微細なウイルスであっても体に何らかの影響を与えて、その差をにおいとして嗅ぎ分けられることはあり得るかもしれない。それを感知できる犬かクイックがいるとすれば、まずマイロだろう。

「これで計画ができた」とマットが言った。「ティム、俺、ジェイソン、そしてマイロとでアリゾナの保護シェルターへ行く。このウイルスから回復した犬を——そこにいるなら——マイロが見つけ出す。ジェイソンがその犬の血液中に抗体があるか確認したら、我々はその血液を患者に投与できるよう大至急で町へ戻る。これでジェイソンがほかの住人のためにワクチンを作れる。大筋はいいか？」

ジェイソンは失笑した。

「いいや、そうは言えない。もう一度あらためて言うが、このウイルスについて我々が知っていることなど大海の一滴程度のものにすぎないんだ。ウィルバーが犬から感染したかどうかも定かではない。それが事実でも、原因の犬がアリゾナのシェルターにいるかも不明だ。その犬は引き取られたか何かですでにそこにいないかもしれない。その犬の体内に抗体があるかどうかもわからない。あったとしても、私の分析で検知できるかどうか。私は病理学者ではないんだ。もし検知できても、患者がそんな未知の抗体にうまく反応してくれるかどうか。それにどんな血液でも輸血していいというものではない、血液型もあるし、今回は複数の生物種が関わっている。難問をいくつか挙げただけでもこれだ……」

マットがじろりとジェイソンに視線をくれた。ローマンもだ。突然ジェイソンは、このふたりがボス犬《アルファ》タイプの男たちで荒事にも慣れており、対する自分はインドア派だという事実に気付く。ジェイソンの内の犬がすごすごと下を向き、足の間に尾をしまいこんだ。

ジェイソンはさりげなく眼鏡を外し、袖でレンズを拭った。

「さりとて」と口調をあらためる。「そうした限界を承知している限りは。きみが述べたものは、たしかに、計画と言える」

「そりゃよかった」マットがぴしゃりと言った。「ならさっさとかかろう。車のほうが早いだろう。俺のラングラーなら全員乗れる。ドクター・クーニック、あんたは持ってく検査道具を取りに戻るんだろう?」

「ああ。それに私とマイロは荷造りもしなければ」

マイロがそばにやってくると、温かな手をジェイソンの手の中に差し入れた。自分も同道するとわかって随分と安心してうれしそうだ。同じ気持ちになれたらいいのだが、ジェイソンが感じるのは恐怖だけだった。マイロをマッドクリークに残していくいい口実が見つからないかと願う。だがジェイソンには、マイロになりかわって決断を下す権利はない。大体マッドクリークも安全な場所とは言いがたい。

「ジェイソンが何とかしてくれるよ。とても賢いんだから。見てて」

マイロが皆に自信たっぷりに宣言していた。

それが嘘にならないよう、ジェイソンは神に祈った。

13　明日がないなら

一行はその日の午後二時にマッドクリークを出発した。車で十時間かかるのだが、ティムとマットが今夜のうちに到着して明日の朝一番で例のシェルターへ行こうと言ったのだ。

マイロとジェイソンはマットのジープ・ラングラーの後部座席に座り、ティムが助手席に乗っていた。あっという間にマイロはジェイソンの胸にもたれて眠りこんだ。

ジェイソンは昨夜二時間しか眠れていないのだが、どうにも目をとじられない。すぎていく景色を眺めた。マイロを見つめた。

昨夜、マイロをベッドで寝かせ、自分は夜通し働きながら、ジェイソンは今後はマイロに客室で寝てもらわないとと考えていた。マイロは純粋すぎるだとか自分は自制できているから一緒のベッドで寝ても大丈夫、という幻想をあのキスに打ち砕かれた。駄目だ。マイロとぴったりくっついて目を覚ましたら、お互い、いつか誘惑に負けてしまうのは想像に難くない。マイロのあのキスへの反応ときたら……。

今日、マイロは熱っぽい、ぼうっとしたような目で何回かジェイソンを見ていた。目覚めのきっかけを作ってしまったのは間違いない。まずい。

だが皮肉なことに、ジェイソン自身こうして車内に座りながら何よりも、これまでのようにマイロと一緒にいられたらと願ってしまう――プラトニックに、ふれあって、同じベッドに寝て……何の危険も暮らしの波風もなく、ただジェイソンがじっくりとクイックの研究に取り組む日々。当然のように甘受していた贅沢な時間。マイロが安全だと知り、お互い元気でそばにいられるおだやかな安心感。

もしマイロがアリゾナでウイルスに感染してしまったら？　もしジェイソンが事態を『何とかする』ことができなかったら？　失敗したら？　皆がジェイソンに心からの望みをかけている。ジェイソンはリスクについて何度も言ったのに。何ひとつ保証もしていない。

それなのに、ティムもビルもマットも、そして町の皆が、ジェイソンが奇跡的にワクチンを無から生み出して助けてくれるのを心待ちにしている。無理だったらどうするのだ。

もしあのクリニックのケージに横たわっているのがランス・ビューフォートではなくマイロだったら？　そしてジェイソンが治療に失敗したら？

ジェイソンはポケットから携帯を取り出し、マイロを起こさないようにしながら、ＣＤＣのエリザベスにまた電話をかけた。彼女には細かい点はぼかし、ただの犬のウイルスだと言ってある。幸運にも動物好きだった彼女はとても協力的だった。

「今、ウイルスに感染して回復した犬がいないか探しに行く途中なんだ。もう一度、血液中の抗体を特定する手順について細かい説明を聞けるだろうか？」


アリゾナ州ドレイクに車がついたのは深夜を回ってすぐだった。マイロは車の中にいるのに飽きてしまって後部座席で落ちつきがない。あちらこちらに体を動かし、中央のコンソールから身を乗り出したり、シートベルトをあらゆる方向にのばす限界に挑戦していた。ジェイソンはくたくただった。車内で軽くうたた寝しただけなので、睡眠が足りない。

携帯で見つけたモーテルに二部屋予約した。クイーンサイズのベッドが二つある部屋を。マットとティムには相部屋で何とかしてもらおう。ジェイソンはマイロから目を離す気はなかった。

「シェルターにまだ誰かいるかも」ティムがそう言い張る。もう何回目かだ。「夜勤の誰かとか」

「私とマイロをモーテルで降ろしてもらってもいいか？」

ジェイソンはそうたのんだ。たとえ誰か残っていたとしても真夜中に押しかけて犬を見せてもらえるとは思えないし、今は眠りたいし、マイロは車から出たがっている。

「いいよ」運転しながらマットが答えた。「きみを降ろして、ティムと俺でたしかめに行ってくるよ。最悪でも明日のためにシェルターの場所が確認できる」

モーテルで、マイロは部屋と狭いバスルームの中を走り回り、何もかもをたしかめていた。ついに蓋がはじけたびっくり箱のようだ。ジェイソンとしてはまず熱いシャワー、次点でベッドが恋しいだけだ。長時間のドライブで汗ばんで不潔な気がした。テレビをつけて古いホームコメディドラマを流した。

「シャワーを浴びてくる」とマイロに言った。「きみはテレビを見てるといい」

「うん、いいよ」

マイロがうずうずと跳ねながら言った。

ジェイソンはバスルームに入って、ドアを閉めた。古いドアで鍵が利かない。溜息をつき、なんとかなるよう祈って、服を脱いでシャワーを出した。温かなしぶきが天国のような心地だった。

シャワーカーテンが動いて背後にマイロが入ってきたのを感じても、正直そう驚きはしなかった。

ジェイソンはシャワーヘッドの横のタイル壁に手をつき、息をしようとした。あえて振り向かない。

「マイロ、私と同時にシャワーを浴びることはできないよ。自分の番を待ちなさい」

「でも一緒にいたいんだもん、ジェイソン。待ってたらジェイソンはここにいないでしょ」

たしかにその理屈には勝てそうにない。

そして濡れた、しかも裸のマイロがジェイソンの背中にぴったりとくっつき、腰にきつく手を回された。動くこともできずにジェイソンは息を呑む。ウシガエルを呑みこんだかのように喉元で鼓動がドクドク脈打っている。マイロをただちに、きっぱりと、ここから追い出さなければ。だが声も出せず、体も言うことを聞かなかった。

まずい——。

マイロの強靱な胸と腹の筋肉ひとつひとつを感じる。ジェイソンの尻の両側に食い込む腰骨、マイロの股間の柔らかさを、そこの弾力のある毛を感じた。そしてマイロがジェイソンの背中に沿って鼻をこすりつけていく間、その柔らかさが硬くなり、大きくなっていくのを感じた。

「とっても体が強いね、ジェイソン。すごい好き」マイロの手がジェイソンの剥き出しの両腕の筋肉をなでた。「ジェイソンにキスするの大好き」と囁く。「ただの好きじゃなくて。ほんとに大好き。キスした時のことを、ずっとずっとずっと考えてた。あれは8の大好きだよ！　またキスして、ジェイソン」

「マイロ！」

たしなめようとしたが、ジェイソンの声は囁くようだった。

マイロの屹立がたちまち、まさしく岩のように固くなった。ジェイソンの――予想していたとして――心づもりよりもそれは大きく、彼の尻の片側にもたれかかっていて、もう純粋無垢なんてとてもじゃないが言い難い。ジェイソンは自分のものを見下ろした。彼の肉体も同じ状態だった。欲情が凄まじい化学物質のラッシュを体内に引き起こし、その強烈さでDNAすら変えてしまいそうな気がする。信じられないほど欲しくてたまらない。呻き、荒い息をついてジェイソンがどうすればいいか考えようとしている間にも、マイロが背中にキスを降らせてジェイソンの胸や腹にじつに危険な手つきでさわりはじめていた。

こんなことをしてはいけないのだ。生涯のつがいになれるとは、マイロに約束できないのだから。つがいになんてなれるわけないだろう？　ふたりには何の共通点もないのに！

それでもジェイソンの気持ちはあまりにマイロに傾いている。こんなにも気にかけるようになってしまって――マイロに感情移入しすぎている。守らねばならないという義務感、ウイルスへの恐れ。しかもマイロにそそられてもいる。肉体的に。本音では、車内にいた時から百回はマイロにキスしたくなっていた。ただジェイソンは――。

不満の唸りが喉から上がった。堂々巡りの脳内議論はここまでと言わんばかりに、ジェイソンの内の犬が勝手に心の手綱を取り、体がひとりでに動いた。マイロをタイルの壁に押し付ける。マイロが軽やかで楽しげな笑い声を立て、ジェイソンは数瞬のうちに彼に体をかぶせ、その唇をキスで覆って笑いを止めてやった。

天国。まさしく天にも昇る心地。悪夢から覚めて自分は安全だと気付いた時のように。終わりのない旅の末、ついに港にたどりついたように。干からびそうな時、力の源泉にふれたように。マイロのように。

マイロは熱狂的そのものだった。喉の奥から気持よさそうな声を絶え間なくこぼし、ジェイソンを煽る。片足を高く上げるとジェイソンの腰に回してもっと体を寄せてきた。ジェイソンが小ぶりな尻を両手でつかんで腰を揺すり上げるとマイロが高い声を立て、もう片脚まで上げようとしたものだから、ふたりして滑りやすいバスタブでひっくり返りそうになった。

ジェイソンがつかんだシャワーカーテンのフックがいくつか外れた。向き直ると、マイロがタイルの壁に今度は胸を付けていて、その美しい薄褐色の背中と尻の膨らみをシャワーの湯が流れ落ちていた。

マイロが肩ごしに振り向き、その瞳は暗く、唇を開いて、情欲にすっかり溺れているようだった。

「お願い」とせがむ。

衝撃的な光景に、ジェイソンはぶるっと震えて一瞬何もできなかった。

つがいだ、つがい、つがい！　彼の犬の精神がそう唱えている。もっと高次の回路ではより成熟した判断を行って、つるつるしたタイルの上で事故が起きないようマイロをベッドへつれていくべきだと結論づけているというのに。ジェイソンはシャワーを止めた。

「ジェイソン?」とマイロは不服そうだ。

「しっ……」

ジェイソンは彼を引き寄せ、深くキスをして、拒絶しているわけではないと伝えた。マイロはまた全力でキスに没頭し、ジェイソンの首に両腕を絡めた。

ジェイソンは顔を離した。

「体を拭いてベッドに行こう。ずっと快適だ」

マイロがためらう。視線でジェイソンの表情を探っていた。

「ベッドならキスもできるし……さわったりもできる。シャワーの中よりずっと楽だ」

「いいよ」とマイロがうなずいた。

ジェイソンからタオルで体を拭かれて、マイロはくすくす笑い出した。くすぐったがりなのだ。ふたりはベッドまで、半分もつれ合い、半分キスしながらたどりつき、ジェイソンは安っぽいカバーを引きはがした。

「ジェイソン」

マイロが、口にするだけで官能的だというふうに名を呼ぶ。ベッドにジェイソンを押し倒してのしかかってきた。

ジェイソンは今この瞬間を楽しみ、マイロにふれて抱きしめる感触だけ味わって、ほかの心配はしないことにした。人生は短いし、近々もっと短くなるかもしれないのだ。こんな苦境の中で、手の届く悦びや愛をつかんで、マイロにも与えて、何が悪い？

　当たり前だがマイロはセックスはこれが初めてだ――少なくとも人間としてのセックスは。ジェイソンが最後に行為に耽《ふけ》ってからも五年は経っていたが、それでもすべてがこの上なく自然に感じられた。マイロは素敵なくらいキスが上手で、熱烈そのもので、これより大事なものなどどこにもないという勢いだ。ジェイソンが少しでも引こうとすれば――ほかのところにもキスをしようとか――マイロの唇が必死で追いかけてきた。

　キスはいい味がした。太陽や空気のように新鮮で、マイロの体がすべて天上の成分でできているかのようだ。何よりマイロの存在そのものが心地いい。マイロにふれるのはいつも気持ちよかった――肩や太腿がわずかにふれる程度でも。それが今や全身、じかに肌を重ねていると、エンドルフィンが数倍増しになるようだ。マイロからあふれる圧倒的なぬくもりは、まるで彼の中に至福の源泉があって、それがジェイソンを包みこむかのようだった。

　ただキスをして抱き合うだけで幸せだ。ベッドの上を転がり、まずジェイソンが、次にはマイロが上になった。互いに腹や腰を擦り付け、股間を押し合わせ、手で素肌をまさぐる。

　だが少しするとマイロのこぼす声がもっと物欲しげになった。そしてジェイソンはふたりには絶頂が――なるべく早く――必要だと判断する。

　マイロを仰向けに転がすと、ふたりの間に手をのばしながらキスを中断して肘で体を起こす。マイロが追いかけて頭を上げたが、ジェイソンは顔をそらした。

「きみの目を見せてくれ」

そしてジェイソンがふたりのものを手に包むと、マイロの頭がベッドにどすんと落ちた。唸ってジェイソンの目を見上げる。

「ジェイソン……」

「ここにいるよ」

ゆっくりいきたいところだったが、もうかなりの時間絡み合ってきたし、ふたりして限界が近い。マイロの熱く猛った屹立が自分のものと擦れる甘美な刺激まで加わって、もう数回分のストロークしか持たないとわかった。

マイロが夢中の声をこぼし、ジェイソンの手の中へ腰を押し上げた。息を呑むような姿で、自分というものを隠さず、ありのままに純粋だ。マイロの顔は情愛に満ち、ジェイソンの心臓がスポンジのように搾り上げられた。とじこめた感情が、否定していた思いが、ダムからあふれた水のようにこぼれ出していく。

なんと美しい……私のマイロ――。

マイロが喘ぎ、背をしならせて、達した。ジェイソンの手の上に熱がはじけ、手のひらの粘り気が増す。快感がほとんど痛みにまで高まった。何か――セックス以上の何かがここにはある。自分ひとりの行為ではとてもこんなふうに感じないし、疼きもしないし、目が熱くなったり体の内側がゼリーのように溶けてしまったりもしない。それは何を意味しているのだろうかと、かろうじて残ったなけなしの知性で思った。

マイロの上になり、互いに汗と精液でべたついた状態で、さらに頭を悩ます。マイロにつつかれて、これではまるで自分がセメント袋だと気付き、ジェイソンはごろりと横へ転がった。

マイロがベッドからとび出し、爪先で立った。

「今のすごかったね！」

ジェイソンはつい微笑していた。「ああ、すごかったな」

「僕らはこれでつがいなの？　それとも……違う？」

聞いてしまったのを悔やむように、ジェイソンの答えを知りたくないかのように、マイロの笑みは固まっていた。

ジェイソンはすっかり逃避モードで、立ち上がるとバスルームに行ってタオルをぬるま湯で絞った。戻ってきてマイロの腹と股を拭う。ぐったりとしつつ少し張りを残した、疲れていても楽しげなマイロの性器を見るだけで、ジェイソンの腹の底がざわつく。マイロが彼を見つめていた。

「今は、色々なことが起きている最中だ」ジェイソンは疲れた息をついた。「まずはこの旅をのり切って、できることなら——願わくば——ワクチンを作る足がかりを付けて。家に帰って、状況がもっと……良くなった後で、また話そう。いいね？」

「いいよ」

マイロはまだうかがうようにジェイソンを見ながらそう答えた。だがそれは、単にマイロが習い覚えた言葉にすぎない。本当に「いい」わけではないと、ジェイソンはわかっていた。

身をのり出してマイロに軽いキスをした。マイロと額を合わせ、少しそのままでいる。心の一部ではさっきの行為を後悔していた。事態をあまりにややこしくしてしまった。だが主には、マイロに惹かれる力を否定できない。今でも。この全体の状況を論理的に分析し……メリットとデメリットについてリストを作らなければ。どうせならマインドマップで図示するか。時間が出来次第、すぐに。

今はまず、彼らは生きのびねばならない。

14　からっぽの巣

翌朝の七時半には、彼らは保護シェルターへ向かうジープの中にいた。マイロはどういうわけか大好きなオレンジとピンクのシャツを荷物に紛れ込ませるのに成功しており、それを着た彼は派手なアイスキャンデーのようでもあった。じつに美味そうなシャーベットアイス。ジェイソンのすぐそばに座っていたが、マイロの視線は窓の外の砂漠の風景に据えられていた。

ティムが昨夜の訪問について報告する。

「暗かったし、誰もいなかった。どうしてか犬の声ひとつしなくて」

見るからに不安そうだ。

「今朝はいるはずだ」ときっぱり言ったが、マットも険しい顔だった。

後部ではマイロがジェイソンの肩にもたれて景色を眺めている。ジェイソンはビルのクリニックから持ってきた防護服が入ったバックパックをしっかりとかかえこんだ。今となってはこれすら頼りない。ほしいのは完全密閉型の化学防護服だ。しかしこれで何とかするしかない。保護シェルターの人々は、ゾンビの週末パーティに出席するみたいな格好でマイロが入ってきたらどう思うだろう？　そもそも中に入れてもらえるだろうか？

結局のところ、そんな心配をするまでもなかった。


その保護シェルターは、砂漠の辺鄙《へんぴ》な道から少し外れたところにあった。引き込み道の奥に〈ホールド・マイ・ポゥ／動物保護センター〉という看板が出ている。手書きらしく、楽しげな犬の絵が加えられていた。

建物は規格型の平屋の牧場建築《ランチハウス》スタイルで、陽に褪せた薄いピーチ色だった。その裏手にはワイヤーフェンスで囲った大きな広場と、中に犬舎が置かれていそうなブロックの建造物があった。遊び場には色々なおもちゃやスロープ、日よけの屋根がある。だが犬の姿はない。一台のジープが建物の前に停まっていた。

　マットがそのジープの横に車を停めた。車から降りた一行は不安気な目を見交わす。

「全員で一緒に中に入ってもいいかな」とマットがジェイソンに聞いた。

　ジェイソンはためらったが、うなずいた。ここの様子からして中で犬とばったり出くわすということはないだろう。それに、マイロをそばに置いておきたい。

　無言のまま、全員で出入り口へ向かった。

　ロビーは木目のパネル壁と新しい落ちついた灰色のリノリウムの床だった。片側の壁に五、六脚の青いプラスチックの椅子が並んでいる。スライドするガラス窓のついたカウンターと、奥に続くドアがあった。誰の姿もない。

　カウンターにベルを見つけ、ジェイソンはそれを鳴らした。虚ろな音が響く。ほとんど間髪入れず、奥のドアから男が出てきた。

　ジェイソンが予想だにしていないタイプの男だった。まるでバイク乗りのように見える。袖がちぎれた白いボロボロのTシャツに古いジーンズ、鋲で飾られた黒いレザーのベルトにブーツというでたちだ。両腕はタトゥで覆われていた。茶色い髪は短く、ふさふさでボサボサのひげを生やしていた。チョコレート色の目に長い焦げ茶の睫毛。耳にはいくつもピアスがあり、下唇の端から銀の輪を下げていた。

そして、男はとてつもなく機嫌が悪そうだった。

「ああ、ここは閉まってるぞ。もうどうしようもねえ有様だってのは一目でわかるだろうがよ」

男の不機嫌な雰囲気に、マイロはまったく気付いてもいないようだった。たちまち寄っていくと、満面の笑みでうっとりと男の肌を見つめる。たくましい前腕に指をすべらせた。

「うわあ！　かわいい！」

ジェイソンは呻きをかみ殺した。「マイロ……」

マイロはそれを無視する。ヒゲ面の男とまじまじと見つめ合っていた。ヒゲ面はあっけにとられて当惑している様子で、一方のマイロの笑顔は揺るぎなく明るい。

「この絵、好き」

マイロは男にそう言うと、指をのばして男のTシャツの襟ぐりからのぞく赤いバラの一部にふれた。

「この色すごくいい。僕はマイロ」

男がまばたきした。

「そりゃ……どうも。はじめまして、マイロ」

刺々しさが消え去って、男にはただ苛立ちと、少しばかりの好奇の色だけが残った。

「あなたにはハグが必要だね」とマイロが宣言した。

男に腕を回そうとしたが、ウイルスの残留が不安な――タトゥの入ったでかくて得体の知れない男に一方的に抱きつくのもどうかと思うし――ジェイソンが進み出るとマイロの肩に腕を回した。

「ほら、その、少し――こっちのほうに立ってくれ。いいかな、マイロ？」

マイロはジェイソンへ顔を向け、何かまずいことをしたのか聞きたそうな顔をしたが、おとなしく下げられるままになった。

マットが男に歩み寄り、少し胸を張った。

「どうも、俺はマット・バークレイ。こちらはティムとジェイソン、マイロだ。俺たちで弱った犬を見つけたんだが、彼のマイクロチップ情報にこのシェルターが登録されてたんだ。少し聞きたいことがある。かまわないかな」

男が元気づき、目に力が戻った。

「ほう？　どんな犬だ？　見た目は？　彼と言ったから――雄犬か？」

「そうなんだ」ティムがそわそわと割りこんだ。「大きな犬で、毛は灰色で長くて、ウルフハウンドみたいな感じ。見つけた時はすごく具合が悪くて。ここにいるほかの犬の中にやっぱり病気の犬がいないかどうか知りたい。とてもとても重要なことなんだ」

マットが安心させるような手をティムの肩にのせた。

「どうもファーグのようだが」と男が言った。「今どこに？　つれてきたのか？　うちに返してもらえるか？」

ティムがせっかちに首を振った。

「いいえ。そうじゃなくて……彼はクリニックで大事に世話されてます。僕らが知りたいのは、ほかに病気の犬がいないかどうかだ」と、ジェイソンへ救いを求める目を投げてくる。

「そのとおり。私はドクター・クーニックだ。あなたは……」

「ラヴ。ラヴ・ミラーだ。このシェルターの設立者。俺と、何人かのボランティアだけだがな」

ラヴがジェイソンに握手の手を差し出して、どうやらこの闖入者《ちんにゅうしゃ》たちに時間を割いてもいいと認めてくれたようだ。

ジェイソンはたじろいだ。ラヴが感染した犬たちと接触していたなら、ウイルスが体に付着しているかもしれない。だがその感染リスクはおそらく低いだろうし、この男の協力が必要だ。ジェイソンはラヴの手を握り返した。

「あなたがファーグと呼ぶ犬は、我々にとってはウィルバーという名で通っている」とジェイソンは説明した。「我々は彼が保有するウイルスについて調べている。珍しいウイルスで、危険性があるかもしれない。それで、ウィルバーと一緒にいたほかの犬を調べられないかと。ティムも言ったように、非常に重要なことなんだ」

ラヴが短い髪の中に、苛立った仕種で両手を差しこんだ。

「やったぜ、今度は危険なウイルスときたか。ここんとこ最高のことばかり起きやがる」

「犬はどこなんだ」とマットが問いかけた。

「ここに犬は一匹もいないよ」

マイロのその言葉が、ジェイソンがすでに感じ取っていたことを裏付けた。犬の本能などなくてもわかることだ。彼らがここに来てから、かすかな吠え声どころかどんな音も建物の中から聞こえないのだ。

ラヴがまた不思議そうにマイロを見た。それからマイロの頭から爪先まで、遠慮なく品定めした。マイロがニコッと笑い返す。

威嚇したくなったが、ジェイソンはこらえた。「それで犬は？　ミスター・ミラー？」

ラヴがジェイソンをにらんだ。

「ちゃんと聞こえてるよ、ドクター。今言ってた通りだ」とマイロに顎をしゃくる。「犬はここにゃいない。水曜の夜に誰かが一匹残らず逃がしたんだ。ここじゃ四十二匹の犬を保護してたが、そいつが全部いなくなっちまった」

ラヴの声が割れた。見るからに動揺していて、ジェイソンはこの男を嫌うのが申し訳なくなってくる。

マットが警官モードで話に入ってきた。

「それは大変だな。正確には何があった？」

ラヴが首を振った。

「俺は一日十六時間ここにいるが、住み家は町にある。時々は深夜勤のボランティアが残ることもあるが、スタッフがいない時のが多い。一週間前の水曜、俺は餌と水がケージにちゃんと置かれているのを確認し、夜十時くらいに帰った。翌日の朝六時に来たら、もう犬は消えてた。建物は鍵がかかってたが誰かが横の窓を割って入ったんだ。一人じゃないかもしれねえがよくわからない。でもそいつらがオフィスにある鍵を使ってケージを全部開け、犬を放した」

ラヴが腕組みすると、たくましい腕の筋肉が盛り上がった。体には敵意がみなぎっていたが、その目は悲しげで打ちひしがれていた。

「畜生が。うちの犬の中には、ケージから出されたって逃げようとしない子もいたはずだ。俺が来るのを近くで待とうとしただろう。だから、これをやった奴らは、車とか下手すりゃ銃とかで追っ払ったに違いねえ。クソな、カス連中が！」

「誰か銃声を聞いたりしたのか？」とマットが聞いた。

「誰も。だがここは人里離れてるからな。唯一それが理由で、町がまだここを閉鎖しないのさ。俺と犬が、誰にも迷惑をかけられねえほど遠くにいるから。そいつが諸刃の剣になったってわけだな」ラヴが不安定な息を吸った。「血の痕とかは何もなかったから、犬は実際には撃たれてないだろう。ありがてえ」

「じゃあそれが起きたのは、ええと、十日前くらい？」とティムはマットとジェイソンを見た。

「ウィルバーが町に来たのは五日前だから、きっとその夜ほかの犬と一緒に出されて、まっすぐマッドクリークに向かったんだ」

「マッドクリーク？」ラヴが聞いた。「アリゾナの町か？」

「カリフォルニアだよ！」とマイロが親切に教えた。

　ジェイソンはマイロの腕をつかんだ。どうしてかはわからないがラヴを信用しきれずにいた。動物好きな男のようではあっても。それか、ラヴがマイロに向ける目つきが嫌いなだけか——今みたいな目つき。興味津々でマイロを吟味するような、しかも少し熱っぽい視線だ。ラヴがマイロに好意を抱いたのは間違いない。ジェイソンはマイロを引き寄せたくなる己を抑えた。かわりに咳払いをする。

「ウィルバー——ファーグはここにいる時から具合が悪かったはずだ。気が付いていたかね？」

「当たり前だ！」

　ラヴがジェイソンをにらむ。マイロに色目を使われるよりずっといい。

「だからあの犬を引き取ったんだ。セドナの獣医から電話があって、誰かが犬を見つけて獣医につれて来たと言ってた。病気だが、獣医じゃ身元がわからず、鑑札もつけてなかった。それでうちで引き取れないかと電話してきたんだよ。薬とアドバイスをもらって、俺はその犬を引き取った。一週間ぐらいしかここにいないうちに、あの不法侵入だ」ラヴがゴクリと唾を呑んだ。「ファーグはいい犬だったよ。気が優しくて。獣医は命に関わる病気じゃないだろうと見てたが、何の病気なのかははっきりしなかった」

ジェイソンは頭の中で計算した。ウィルバーに症状が出てからもう三週間近い。それでもウイルスに対する抗体が作られていなかったのは、あまりいい兆しではない。しかも三週間というのも今わかっている範囲の話だ。誰かが彼を拾って獣医につれて行くまでどれくらい前から病んでいたのかわからないのだ。どうしてウィルバーの体はウイルスを撃退できずにいる？ウィルバーがクイックであることが関係しているのだろうか。

「ウィルバーがここにいた時、ほかの犬が同様の症状を見せたことは？」とジェイソンは問いかけた。「ここには隔離施設はなさそうだが」

ラヴが気色ばんだ。

「ファーグは一匹だけでケージに入ってたよ。うちじゃそれが精一杯さ。さっきも言ったが、ここではいつも四十から五十頭の犬を保護している。ほかに行き場がない犬ばかりだ」

「なあ、あんたを責めようとかそんなつもりはないんだ」マットが割りこんだ。「ただ我々は、ほかに病気になった犬がいたかどうかどうしても知りたいだけだ」

ラヴが首を振り、少し落ちつきを取り戻した。

「いたかもな、ああ。わからん。ファーグほどになる犬はいなかったが、何かが蔓延している感じはあった。いつもほど元気がない犬が何匹かいたり。便がゆるいとか、餌を残すとか、そういうのだ。獣医を呼ぶほど深刻な犬はいなかったが、俺も気をつけちゃいた」

「それを聞いてどうするわけ？」ティムが苛々と言った。「病気になった犬がいたとしたって、もうここにはいないのに」

「でも俺たちで見つけられるかもしれないだろ」

マットがティムの肩を励ますようにさすった。ラヴに向き直る。

「一体誰が犬を逃すような真似をしそうだ、ミスター・ミラー？　そういうことをしそうな者の心当たりはないか？」

ラヴが顎をぼりぼり掻いた。

「俺は……それが……クソ。大勢から恨まれてるんだ。悪質な繁殖業者をいくつも叩き潰してきたし、地元のブリーダーにも相当きついことを言ってきた。ただきっと今回のは、隣の郡にあった闘犬場を潰す手伝いをした件絡みだろう。俺が中に潜入したり、あれこれしたもんで。だから、そう、敵はいる。警察は犯人を見つけるのに熱心じゃないみたいだし。あとは祈るしかない――これをやった奴らが俺への憎しみを犬にぶつけてないようにって。犬たちがまだ……」

ラヴは溜息をついた。とてもその先を言葉にできずに。垂らした腕の拳をきつく握った。

「さっきも言ったが、血の痕も、犬がひどい目に遭ったような痕跡も見つけられなかった。警察にもだ。だから、望みはまだある」

「犬がどの辺りに行ってそうかわかる?」とティムが聞いた。

「俺が探さないと思うのか?　この何日も、辺りの道を車で走り回って幾度も呼んだよ。反応はなし。うちのSNSにも情報を上げたしフォロワーたちも探してくれてる。でも誰も見つけられてない」

その宣告を聞いて、ティムの気力が尽きたようだった。よろよろと壁に寄って、プラスチックの椅子のひとつに沈みこみ、涙をこらえて赤らんだ顔を両手にうずめる。マイロがジェイソンのそばを離れるとティムの隣に座り、肩を抱いた。ティムの肩に鼻を擦り付け、慰めようとする。

ラヴがふたりの様子を見ながら眉を寄せた。

「ところであんたたちは一体何者なんだ?　どうしてファーグのことをそこまで気にする?なんだかこっちまで怖くなってきたよ」

彼を無視して、マットはジェイソンのほうを向いた。

「俺は辺りをぐるりと回って、押し入った犯人について何か手がかりがないか見てくる。セドナの獣医に電話してみてくれるか?　そっちまで足をのばしたほうがいいのかどうか」

ジェイソンはうなずいた。「電話しておく」

マットがティムとマイロを見つめた。

「ティム。約束するよ、絶対に必要なものを見つけ出す。心配いらない」

彼の声は毅然としていて力強かった。正直なところ、マットにそんな約束などできるわけがないと論理的にはわかっているのに、ジェイソンすら励まされたくらいだ。ティムが顔を上げずにうなずいた。マイロの左手を握りしめている。マイロはティムの肩に右腕を回してハグしていた。マイロの表情は謎めいていて、不安そうな目でちらちらとジェイソンとラヴを見ていた。

「来てくれ」マットがラヴを呼んだ。「犯人がどこから入ったか見せてほしい」

ジェイソンは建物の外へと、電話をかけに向かった。

一時間後、有益な手がかりがないまま彼らは保護シェルターを出た。ジェイソンがセドナの獣医にかけた電話も望みの持てるものではなかった。獣医はウィルバーが——ファーグが——パルボという危険な犬のウイルスにかかっていると見て隔離していたのだが、検査ではパルボもほかの一般的な犬のウイルスも陰性と出た。数日経ってもウィルバーの具合が上向きにならなかったので、彼らはラヴに電話をした。知る限り、ウィルバーがいた間に同じく病気にかかったほかの動物や人間はいない。

そうなると、この〈ホールド・マイ・ポゥ〉保護シェルターの犬たち、いなくなった四十一頭だけが望みの綱だ。マットがラヴと一緒に現場をすべて見て回り、建物の内も外も調べたが、犬の行方についての手がかりは得られなかった。この保護シェルターは一面の開けた砂漠の中にある。犬はどの方向にも行けたわけだ。

車に戻る彼らにラヴがついてきた。彼はマイロを脇に呼び、ふたりで頭を寄せて何か話していた。ジェイソンが割って入りそうになった時、マイロがラヴから離れて車のほうへはねてきた。

「何を言われたんだ?」と、後部座席に乗りこみながらジェイソンは聞いた。

「ラヴが、僕のラストネームは何かって」

マットが車を出す間、ジェイソンは窓からラヴをにらみつけていた。

「何て答えた?」

「僕はただのマイロだって言ったよ。ラヴに電話番号を聞かれた。だから電話番号もないって言ったよ!」

マイロはうれしそうにリアウィンドウごしにラヴに別れの手を振っていた。

ジェイソンは歯ぎしりした。

「それを聞いて彼は何と言ってた?」

できれば、マイロに振られたと勘違いしていてほしい。

「そしたら、自分には電話番号があるから電話してきてもいいよって言ってたよ。ほら!」

ポケットから〈ホールド・マイ・ポゥ〉のカードを出して、マイロはそれが女王の招待状であるかのように得意げにジェイソンへ掲げてみせた。

ひったくってちぎってやりたい。ジェイソンは我慢した。マイロはラヴの狙いなどさっぱりだろうが、ジェイソンにはよくわかっている。

そもそも、当然だろう？　マイロはとても魅力的な若者なのだ。その上いわく言いがたい何かがある――軽やかさとか輝きとか。ラヴが、短時間しか会っていないのにマイロにまた会いたいと特別な思いを抱くのも無理はない。マイロを好きになる者はこれからたくさん出てくるだろう。それこそファンクラブでも作ったほうがいいくらい。

「ラヴは僕とつがいになりたいのかもね」とマイロが言って、無邪気そうにジェイソンへ向けてまたたいた。

ジェイソンは唖然と見つめ返す。こいつ――こいつ！　ラヴの狙いなど初めから承知の上か。

「理想的な組み合わせとは、とてもじゃないが思えんね」とジェイソンは唸って、窓の外をにらんだ。

頭を一杯にするほどの嫉妬は、それでも、前の席からティムの震える小さな声が聞こえてくるとさっと引いた。

「もうまったく反応がないの？　モリーの名前は言ってくれた？」

ティムは、おそらくビル・マクガーバー相手に電話中だった。その声には涙がにじんでいた。

「そんな……ううん、こっちはまだ成果なし」

マイロが両手に顔をうずめて身震いした。車内に突如として満ちた悲しみに圧倒されたのだろう。ジェイソンはマイロの肩に腕を回し、ラヴ・ミラーのことは忘れて事態にしっかり集中しなければと心をあらためた。マイロに色目を使われるよりひどいことが世の中にはあるのだ。ずっとひどいことが。

（たとえばマイロを永遠に失ってしまうとか。ティムがランスを失いかかっているように）

モーテルに着くまでティムはずっと電話をしていたので、残る三人は黙ったままその会話を聞いて、ティムの心が引き裂かれていくのに気付かぬふりをしようとしていた。

15　自由で、勇敢に

モーテルに着くと、四人でティムとマットの部屋に集まった。圧迫感を減らそうと、ジェイソンとマイロの部屋につながる接続ドアを開け放つ。マットはコーヒーを買いにロビーへ行き、マイロは運ぶ手伝いについていって、その間にジェイソンはパソコンをセッティングした。数分後には皆で丸く並べた固くて座りにくい椅子に座って、向かい合っていた。マイロはその椅子が気に入らず、カーペットに座って続きドアのそばの壁に寄りかかっていた。距離をとられているのかもと、ふとジェイソンは思う。昨夜のことを気にしているのか？　セックスを？　それとも本気でラヴに興味を持ったのか？　だがマイロの表情はおだやかで、ジェイソンは本題に意識を戻した。

「よし」マットが固い声で始めた。「そんなわけだ。ウィルバーがセドナで拾われて獣医につれてかれるまで、どこにいたのかはわかっていない。それに、獣医のところに手がかりがありそうな感じでもない。ウィルバーがこのアリゾナからマッドクリークまでの間でほかの犬や人間と接触していたかどうかもわからない」

「つまり、僕らに残されたのは〈ホールド・マイ・ポゥ〉だけだね」

ティムがしっかりとうなずいた。闘志が戻っている。いいことだが、声は張りつめていた。

「そういうことだ。ラヴの抗体を調べたらどうだろう？」とマットがジェイソンに聞く。

「ビルの血液中にはウイルスの痕跡はなかったが、一例だけの話だし、無症状ながら人間がウイルスに感染する可能性はある。だから、イエスだ。ラヴの血液を検査する必要がある。その論でいくとティムの血液もだが、ラヴは何週間も前にウイルスと接触しているから、もし体が抗体なりを作るのならばすでに結果が出ているはずだ」

「いいね」ティムがうなずいた。「でも犬たちは？　ウィルバーを抜いても四十一匹の犬が行方知れずになっている。何匹かくらい見つけられるんじゃ」

「一匹見つかれば全部見つかる。みんな一緒にいる」とマイロが床の居場所から口をはさんだ。

ティムとマットがマイロを見つめ、それから犬としての見解に裏付けを求めるかのようにジェイソンを見やった。ジェイソンは肩をすくめる。内なる犬と自分を切り離してきた彼には、本物の犬がどう考えるかなど見当もつかない。

「どうして皆一緒にいると思うんだ、マイロ？」とたずねた。

「あのシェルターはいいところだった。感じられるよ」マイロは自分の胸を叩いた。「犬たちにはあそこよりいい住み家はない。ラヴが、犬は脅かされて追い払われたと言ってた。犬たちは一緒に隠れてて、安全になれば帰ってくる」

「じゃあ……犬たちはそのうちシェルターに戻る？」とティムがたずねた。

「うん。でもいつになるかはわからない」とマイロがすまなそうに肩をすくめた。

「どのくらい遠くまで逃げたと思う？」

「逃げる必要を感じたぶんだけ」とマイロが教えてくれる。

「チャーリーがいたなら探せたのにな。きっとせいぜいが数時間程度の距離だ。この辺りには峡谷があったよな？」とマットが聞いた。

「丘や岩山もね」ティムが答えた。「シェルターから赤茶色の丘が広がってるのが見えた」

重い沈黙が落ちた。マットとティムが暗い目を見交わした。ジェイソンにはふたりの考えていることが、叫んでいるかのようにはっきり伝わってくる。この状況では、追加のクイックたちを、たとえばチャーリーをつれて来なかったのが痛手になった。ふたりはきっと、ジェイソンとマイロのどちらかが犬に変身して逃げた犬を追跡するべきだと考えていることだろう。だがジェイソンは、その案に対して大いなる異議があった。

「あんたを危険にはさらせない、ジェイソン」とマットが言った。「血液を調べて抗体を探せるのは、マッドクリークではあんただけだ」

「じつに痛み入るね、バークレイ、だがどちらにせよ私は変身などしない」ジェイソンはぴしゃりと言った。「それに、断る。絶対に、マイロを行かせるのは許さない」

頭に血が上ってきて、体の深いところがひりつく。彼の犬はその案に憤激している。

「それはマイロの決めることだよ」ティムが強気に言った。「もうあまり手がないいんだし」

「断る！　犬の姿で探すとなると、マイロはいかなる防護服も着られないんだ。そこにはウイルスを持った犬がいる可能性がきわめて高いんだぞ」

「でも抗体が見つかれば――」とティム。

「効くかどうかはわからないんだ！」ジェイソンは吐き捨てた。「『私は病理学者じゃない』と言ったのが理解できていなかったのか？　効果的なワクチンが作れる可能性はわずかだとも言ったはずだ！」

「ジェイソン――」マットが口をはさむ。

「いいや！　こんなのはどうかしてる！　その犬たちが抗体を持っているかどうかもはっきりわかってない。全部ただの仮説だ！　根拠のない話でマイロの命を危険にさらしてたまるか!」

ティムがぐっと口元をこわばらせてジェイソンをにらみつけた。

「僕が好きでマイロにたのみたいと思う? でもやらなかったら、ランスもリリーも、町の皆も救えないかもしれない! その犬たちがウイルスにかかってなければマイロに危険はないし」

「そうだが、そうかどうかはわからないんだ!」

「犬たちを見つければ検査してはっきりわかる。それが肝心なところだろ!」とティムが言い返した。

「ふたりとも!」とマットが怒鳴る。

彼らはマットを見やった。マットが続き部屋のほうへうなずいてみせる。

「マイロがいなくなったぞ」

「何だと?」

ジェイソンは椅子からとび上がると自分たちの部屋へ駆け込んだ。バスルームを、それからクローゼットまでのぞく。マイロはいなかった。

ドアを開けて駐車場へ走り出ると、慌てふためいて見回した。ティムとマットも加わる。

「どうして早く言ってくれなかったんだ!」とジェイソンはマットをなじった。

「出てくのを見たわけじゃないんだ。いなくなったのに気がついただけで。言おうとしたんだよ」

「そんなに前じゃないはずだ！　せいぜいが何分か……」

ジェイソンはまた見回した。モーテルは駐車場を三方から囲んで建つ三つの建物から成っている。見通しがとても悪い。

「とにかく、探そう！」

「そうだな」マットが指差した。「ジェイソン、西をたのむ。ティムは北。俺は東側を見る」

ジェイソンは西側の建物へと駆けていった。その裏側へ、建物の素焼きのレンガが砂漠の赤茶けた土に変わるところまで走っていく。敷地の裏手は人の手が入っていない乾いた大地だった。遠くにハイウェイが見える。マイロの姿はどこにもない。

北に向かって、敷地の角を曲がった。こちらへ歩いてくるティムが手に何かを持っていた。

ジェイソンは叫びそうになるのをこらえた。それはマイロの服だった。

近づくジェイソンへそれを差し出したティムの顔は暗かった。

「ジェイソン、ごめん。マイロにプレッシャーをかけるつもりはなかったんだ。でもこれが彼の答えなんだと思う」

ジェイソンは声も出せなかった。服を受け取る。あのどうかしたオレンジとピンクのシャツに茶色い短パン。それを胸に抱きしめた。

感情を抑えて、周囲へ目をやる。

「そこまで時間は経ってない。まだ近くにいるはずだ」

「すごい速さで変身したみたいだね」

「ああ」

きっとマイロにはそれが可能なのだ。マイロが四六時中ずっと犬でいた頃からそれほど日が経っていないのだし。そして、どうする？　車に乗って探しには行けるが、もしマイロが何もない砂漠に向かったなら……。

〈向かったはずだ。マイロがどこを目指しているかわかるだろう――〉

「マイロはまず最初にシェルターに行く」ジェイソンは言った。「あそこでにおいを拾いに。我々も向かおう」


〈ホールド・マイ・ポゥ〉へ戻る車内からジェイソンは景色に目を走らせたが、犬の痕跡も、マイロの痕跡も見つからなかった。マットがシェルターに車を寄せると、完全に停まる前にテイムもジェイソンも外へとび出す。

ラヴが表に出てきた。

「マイロを見なかったか？」

聞いてしまってからジェイソンは失敗に気付いた。

「マイロ？」ラヴが不思議そうな顔をする。「いいや。ここに戻ってきてるのか？」

しまった。馬鹿なことを。感情に流されすぎていて役立たずになっている。

マットがフォローしようとした。

「犬を見たんだよ——茶色いラブラドゥードルで、それをマイロが、その、つかまえようとして。こっちに向かったと思うんだが。そんな感じの犬を今日見かけてないか？」

ラヴは眉を上げ、ひげをさすった。

「ああ、それが、見たんだよ。十分ほど前に。外でにおいを嗅いでた。近くに呼んだんだが逃げてった。何を嗅いでたか知らんが、じつにご執心だったよ」

「どっちに行った」とジェイソンは問い詰めた。

ラヴが砂漠の向こうの低い山のほうを指した。この辺りでよく見る赤茶色の岩。

「あっちだ。追いかけようかとも思ったんだが、大丈夫そうに見えたんでな。キャンパーの誰かの犬だろうと。ハイカーが近くの峡谷でよくキャンプしてるから」

マット、ティム、ジェイソンは目を見合わせた。ラヴの前では考えてることを口に出せない。

「どうしてあのラブラドゥードルを探してるんだ？　あんたたちの犬か？」ラヴの口調は怪しむようだった。「さっき話してたウイルスに関係あるのか？　一体どういうことなのか、全部話してくれたほうがずっと話が簡単になるんだがな」

マットが何かなだめるようなことを言い、ラヴが何かとげとげしいことを言って、すぐにティムとマットとラヴが口論を始めた。だがジェイソンの耳には入らなかった。ラヴが指差した方角へ十数歩歩き、目の上に手をかざして風景へ目を走らせた。峡谷。

マイロは遠くの山と峡谷へと、ラヴのいなくなった犬を、ウイルスに感染しているかもしれない犬を探しに向かったのだ。照りつける日差しと暑さの中を。たったひとりで。

胸が焼けつき、何かがギリギリときしみ、食道を鉤爪がかきむしってのぼってくるようにジェイソンの身の内が痛んだ。深いところから潮のようにせり上がってくるものがある。それを止められないし、ラヴやティムや誰のこともうかまっていられない。

マイロはこの中に出ていった。大事なのはそれだけだ！

首をのけぞらせ、ジェイソンは遠吠えした。

熱く乾いた地面を、マイロはにおいを探して嗅ぐ。四本の、軽やかで長い足で跳ねるように進んでいった。また犬の姿で動くのは楽しい！　四つ足だとバランスよく満ち足りた感じがして、丸一年でも走りつづけられそうな気分だった。

遠い音が意識を引いた。マイロはその場でぴたっと止まり、小首をかしげて、その咆哮を聞いた。

遠吠えだ。犬の声のようだが、人間が立てた音だ。どこかなつかしい声だった。マイロの胸を温かく抜けていく。だがそれは元来た方向から響いていて、マイロが探している犬の声ではない。もっと〝集中〟しなければ――ジェイソンがよく言うように。彼にはするべきことがあるのだから！

また鼻を下げ、においの追跡に戻った。登りはじめる。やわらかな土が堅い岩に変わり、あたりは卵の黄身のような色になっていた。すべてのにおいが熱い。犬たちのにおいを追うのは難しくなかった。一頭、あるいはもっと多くの犬が小便をした痕があちこちにある。道をマーキングしているように。駄目なラヴ！　これで犬を見つけられないなんて鈍い鼻だ。マイロもヒトでいる間はまるで鼻風邪を引いているようで、そんなことないのに鼻づまりのような気がする。それでも、ヒトの姿だってこのにおいなら気がついただろう。

チクチクする植物に、一頭の犬が刺された時の血が少しついていた。缶入りのドッグフードみたいなにおいがするうんちの山もあった。その先には、岩の間に犬が掘った穴。マイロも、かすかに漂う小さな野ネズミのにおいを嗅ぎとったが、ほかの犬のように掘ろうとはしなかった。先へ進む。

ご機嫌だった。これなら楽勝だ！　犬を追跡したことはないからできるかどうかわからなかったのだ。でもこんなにうまくいく。ただ、とても暑くて、毛皮がかゆくなってきていた。肉球の下で岩は熱く、太陽が怒り狂っているように照りつける。でもにおいは簡単に見つかる！　地面に点々と印をつけたみたいに。まるで誰かが砂漠におもちゃを引きずって、とびかかれと誘っているみたいだ。

ここにもそこにも、あっちにも。次。また次。そして次。

ラヴの犬たちは遠くまで行っていた。

とても。遠くまで。

何時間も経った。どんどん気温は上がり、マイロは眩暈《めまい》がしてくる。喉がカラカラだった。上に岩が突き出た平らな日陰を見つける。犬たちもしばらくここにいたのだ。マイロも日陰で横倒しになって休んだ。脇腹に当たる岩がひんやりする。肉球を地面から離せてほっとした。肉球は熱さで乾いてひび割れていた。

横たわって、においに集中する必要がなくなると、マイロはぼんやりと物思いにふけった。ジェイソンは、マイロがいないことに気付くだろう。どう思うだろう？　マイロに犬を追わせるのを嫌がっていた。だがジェイソンはいつもマイロが〝危険な〟ことをするのに反対するのだ。マイロにもその気持ちはわかった。マイロだってジェイソンに病気に近づいてほしくはない。しかしマイロは、ジェイソンが思っているより強いのだ。

マイロは、何をしなければならないか知っている。ちゃんとわかってる！

ティムを助けないといけない。ティムの悲しみはマイロが苦しくなるほどのものだった。ティムがあんなに悲しいのはランスがティムのつがいで、そのランスがウイルスにかかっているからだ。

ジェイソンには、ウイルスにかかった犬の血が必要だ。そうすればワクチンとかいう注射を作れて、ランスや病気になった皆を治せる。ホスピスで患者に打っていた注射と同じで、決まった種類の注射だけが効くのだ。それなら死なない。皆、良くなる。

マイロはその犬を見つけないと。

そうすればランスを治せる。ティムはもう悲しくない。

そしてジェイソンもマイロが勇敢で賢くて、つがいにふさわしいと気付いてくれる。

気付いてもらわないと。きっとふたりは素晴らしいつがいになれるから。そうなりたくてたまらない。ジェイソンがとっても大好きなのだ。リリーの家でジェイソンを初めて見た時に思ったのだ――わあ！　うわあ！　と。ジェイソンは本当にハンサムで賢く見えた。そしたらジェイソンに選ばれて、マイロはついに願いがかなったと思ったのだった。

ジェイソンの素敵な顔と眼鏡が好きだ。ジェイソンの広い胸板や腕のたくましさが大好きだ。思いきり強く抱きしめられる力。ジェイソンの密生した黒髪が大好きだ。なでるととても柔らかい。ジェイソンのヒトの肌と青い目が大好きだ。ジェイソンのしゃべり方が大好きだ――とても賢くて難しそうな言葉を使う。すごくかわいい！　ジェイソンがしゃべっていると、あまりにも愛らしくておかしいので、マイロはよく笑い出さないよう我慢していた。

何もかもが愛らしいジェイソン。外面をタフに見せようとするところまで。すごく真剣で。でも言葉より体のほうがずっと正直だ。その体は決してマイロを拒もうとはしなかった。ふれあいが大好きだ。ジェイソンの体はマイロの体によりそって、マイロがあげられるだけの愛を受け止め、もっとほしがった。ジェイソンは口では「ノー」をくり返すが、その心は「イエス」とくり返す。ジェイソンを見ているとマイロの心がニッコリして、時々何かがざわわした。

それにジェイソンはマイロにキスをしたのだ！　ふたりでセックスもした！　セックスは最高！

でもジェイソンはまだわかってくれない。新しいキャビンができたらマイロをそこに住まわせたがってる。マイロにクイックの友達を作ってほしいと思っている。絆を結びたくないのだ。それを怖がっている。いつかマイロに飽きてそばにいたくなくなる日が来るかもしれないと。マイロが、いいつがいになれるとは信じてくれない。そしてつがいになるには、悲しいことだが、両方ともが賛成しないとならないのだ。

どうして？　どうして誰もマイロをそばに置きたがらない？　マイロは星に願いをかけた時、そしてヒトになれるとわかった時、これですべてだと思った。願いはかなって、ついに焦がれていたものが全部つかめるのだと。でもそうはいかなかった。マイロが犬だろうとヒトだろうとかわりなく、誰にも求められないというのはやっぱり誰にも求められないということなのだ。もっと悪いかもしれない、ジェイソンは死んでいなくなるわけじゃないのだから。単にマイロを追い払うだけで。

ジェイソンはきっと、マイロを愛している――でも足りないのだ。永遠にそばにいるには足りない。

たしかに、マイロは学校に行ったことがないから、ジェイソンが知っているような物事を全部は知らない。学校のことだけなら、マイロはジェイソンにとっていいつがいにはなれない。でもマイロはほかの、ジェイソンが知らないことを知っているのだ。ひとの心や魂について、彼らが最期にどんなことを後悔するか知っている。心の絆のことだって、その絆が歳月や苦難や痛みや、死ですら乗り越えられることも知っている。病気のことも知っている。自己犠牲のことも知っている。ふれあいの持つ不思議な力も知っている。忍耐や辛抱を知っているし、それをひとにも分かち合える。とても忍耐も辛抱も残っていないような相手にさえ。

愛のことも知っている。「チョコレートが大好き」という好きとは違う気持ち。自分よりも大きくて、大きすぎてあふれ出し、あらゆる場所にある目に見えない愛の奔流の一部となるもの。つらい時でさえあふれていくもの。つらい時だからこそ。マイロはそんな愛をジェイソンに抱いていた。

なのにジェイソンは自分の犬を閉じこめて、体の奥の小さな檻に押しこめてしまっている。どうして自分の犬を恐れなきゃならないのかマイロにはわからないが、それがジェイソンを苦しめているのだ。脚をきつく縛ったまま放っておかれたらその部分は死んでしまい、体の残りを病気にしてしまう。昔、保護シェルターにいた犬に同じことが起きた。かわいそうに。意地悪な人間に足を縛られて、そこが膿んでしまったのだ。

ジェイソンが自分の犬にしていることも同じだ。見えていないだけで。マイロだって助けようとした。さわっていればジェイソンの犬を落ちつかせてやれたけれど、それじゃ足りない。ジェイソンは犬を表に出してやらなければ。

だが、ジェイソンはとても強情だ。どうすればいいのかマイロにはわからない。

マイロがラヴのいなくなった犬たちを見つけられたら、そしてどの犬が感染しているのかジェイソンに教えられたなら、時々犬の姿になるのもいいものだときっとジェイソンも気付いてくれる。ジェイソンは〝役に立つ〟ものや〝便利〟なものを大事にする。なら自分の感覚を駆使し、走り、においを追えることの便利さだってわかるはずだ。それで命が救えたなら、きっと大事にするはずだ。

ヒトでいるのは最高だ。でも犬でいるのだって最高だ！　どっちがどっちよりいいわけじゃない。あんなに賢いジェイソンがどうしてそれをわかってくれないのだろう？

考えるには疲れすぎていて、マイロは眠った。次に目を開けると、暗くて空気が冷たかった。すっかり寝過ごした！　暑さが思ったよりこたえていたようだ。やり遂げねばならない仕事がある。ラヴの犬たちを見つけるのだ。皆を守るために。

急がないと、とマイロは飛び起きた。またにおいを見つけるまであたりを嗅ぎ回る。群れはここで少し左に向きを変えていた。

マイロはそれを追った。

16　四本の足で駆けて

においを追ってまた長い距離を進んだ。黒い空を数千、数万という星々がよぎっていく。寒かった。止まってにおいを探す必要のない時は走って体を温めた。マイロの足裏は乾いてひび割れ、ズキズキ痛んだ。くたびれ果てていたが休めるような場所がなく、においもだんだん強くなっていた。

あと少し、と自分を励ます。あと少しだけ。

そして、群れを見つけた。斜めの岩壁にはさまれた小さな谷だった。数本の木とたよりない茂みがあり、木で作った長い何かがあった。ヒトがここにいたことがあるのだろう。でももう昔のことだ、ヒトのにおいは残っていなかった。砂漠の生き物のかすかなにおいと、犬の濃いにおいだけ。

片側の斜面をよろよろと下りていくと、吠え声が上がった。マイロは吠え返した。大丈夫、友達だよ、見つけられてよかった！

たちまち犬たちに取り囲まれた。マイロは頭を上げてじっと立ち、十数頭の犬たちに自分を嗅がせた。体に力をこめて、おとなしくしているつもりだけれども噛んだらすぐ動くぞと伝える。

だがここの犬たちには縄張り争いをする気はなかった。犬たちは凍えて餓えていて、マイロが食べるものを持たず人間も一緒に来ていないとわかると、マイロを放って渓谷の底にすごご戻っていった。マイロもついていく。

勝手ににおいをたどって、水を見つけた。岩に亀裂があり、そのくぼみに水が溜まっている。乾いて痛む口で、マイロは心からほっとしながらその水を飲んだ。体の内側にしみわたる。小さな穴の水を飲み尽くすほどの勢いだったが、すぐに水が溜まりはじめていた。そばにヒトが作ったハンドル付きの高い金属の装置がある。ヒトが昔ここで水を使っていたのだろう、この木の仕組みと一緒に。だがずっと昔のことだ。ヒトのにおいはすっかり消えていた。

群れは何日も何日もここにいたのだ。においでわかる。水場を離れたくなかったのか。保護シェルターまでの帰り道はとても長いし。

たっぷり水を飲んで、マイロはやっと目的を思い出した。ラヴのいなくなった犬たちを見つけたのだ！　ウィルバーと一緒に保護シェルターにいた犬たちだ。血液の中に、あの特別な抗体というものがあるかもしれない犬たちで、それがジェイソンがワクチンを作る助けになる。

犬たちは谷底に小さなグループを作り、ぬくもりを求めて固まって寝そべっていた。マイロはグループからグループへ動きながら、一匹ずつ丁寧ににおいを嗅いだ。みんな腹を空かせている。とても、とてもお腹が空いている！　野ネズミとトカゲをいくらか見つけはしたが、それでは足りない。マイロは気の毒になった。

どうしてまだラヴの保護シェルターに帰らないのだろう？　たしかに水場を離れなければならないが、マイロがこの距離を来られたのだから犬たちにも歩けるはずだ。道がわからなくなったとか？

マイロは犬の口のにおいを嗅いだ。股ぐらも嗅ぐ。茂みや岩の小便のにおいも嗅いだ。ほとんどの犬は空腹のにおい――自分の体を栄養分にしている酸っぱいにおい――を除けば健康だった。食料が必要だ。いくつか腫瘍が見つかった。かわいそうな一頭の老犬は心臓が悪くてトクトクトクトク、トクトクドックン、みたいに鳴っており、それも今にも止まってしまいそうだ。

それから、でっかい耳で黒と茶と白の短毛の、小さな犬を見つけた。そのにおいがマイロの注意を引く。マイロは犬の肌のぴったり近くまで鼻を寄せた。その雌犬はおとなしく腹を見せて転がった。においを嗅ぐ。今はもう病気ではなく、空腹なだけだと感じ取った。だが前まで病気だったのだ。ウィルバーの体内でウイルスが作るのと同じにおいがしていた。この雌犬もウイルスに感染していたのだ。マイロが見つけた！

マイロは喜びにくるりと回ると、その小さな犬に一言吠え、立たせようとした。彼女をつれてラヴのところまで戻れれば……でもどうやって？　彼女は立とうとしなかった。放っておいて、という目でマイロをじろりと見て、目をとじ、眠ろうとする。

マイロがもう一度試す前に、近くから低い、痛々しい鳴き声が聞こえた。耳を傾けると、もう一度聞こえた。マイロはその元を探しに行く。それを見つけた時、どうして犬たちが水場を離れようとしないのかわかった。

仲間の一匹が動けなくなっていた。岩の間に夜よりも暗い裂け目があって、小さなトンネルにつながっている。何年も昔には何かの巣穴だったのかもしれない。だが今やそれは罠となって、ラヴの犬たちの一匹がそこに囚われていた。大きくて黒い毛の犬だ。においは雄。焦りと恐怖のにおいがした。

見下ろすと、こちらを見上げている白目が見えた。その犬はハッハッと喘いでいて、暗闇でもわかるくらいぐったりと絶望していた。マイロはこういう姿を知っている。死にかけているのだ。終わりが来るのをただ待っている。でも、ああ、苦しくて寒くてお腹がぺこぺこでとても、とても喉が渇いていて、怖くて……。

脚のどれかが痛い。この闇の中で。（折れた骨、痛み、血）マイロにはそれが感じ取れた。この犬が息をするのすら痛がっているのも。自由になろうともがいて肋骨が折れたのだ。だからもうもがきもしない。

マイロの心を悲哀が満たした。自分がはさまっているかのようにその傷を感じとれる。穴の入り口に伏せ、クゥンと鳴いた。犬が見上げてクゥンと返し、それから短い、疲れ果てた吠え声をひとつ立てる。（助けて。放っておいて。助けて。放っておいて……）この犬は生きたがってはいるけれども、もう終わりにしたいという気持ちのほうが強い。姿勢を変えようとして痛みに呻いた。

マイロはクゥンと鳴き、それから吠えた。（ここにいるよ、ここにいる。ひとりじゃないよ）悩みながら穴の外側をうろついた。水。何より、この動けない犬には水が要る。でもどうやってあの穴から水を運べる？　器も、すくう手もないのに？

手ならある、とマイロは思った。

しなければならないことがわかっていた。

ジェイソンはマイロの帰りを待った。さらに待った。保護シェルターで遠吠えをして、そのまま立ち尽くし、ギラつく砂漠からマイロが現れるのではないかと待った。だがマイロには声は届かなかった。戻ってこなかった。そしてラヴからは頭がおかしくなったんじゃないかという目を向けられた。

仕方なく一行はモーテルへ戻った。マットとティムはジェイソンをなだめようと、いい面を強調しようとした。あくまで前向きな気持ちを押し出して語った。必ず皆にとってうまい方向に事態が転がり、マッドクリークと彼らを健やかで幸せあふれる未来へと導いていくらしい。

下らない。たわ言だ。真実は違う――マイロは灼熱の陽光の砂漠でたったひとりだ。そして今や凍える夜の中、無防備でいる。もしラヴの犬を見つけられなかったら？　見つけた犬がウイルスに感染していたら？　人間がマイロをつかまえて無理につれ去ったら？　どこかの無頼者が銃の的にマイロを使ったら？　マイロは疑うことを知らない。世界の誰より優しい心をしている。誰にだって寄っていってしまう。

（マイロ……）

夜になってもマイロは戻らず、心配でたまらないジェイソンは、マットやティムと話すのも億劫になっていた。モーテルの裏に入ってレンガの建物を背にしゃがみこむ。ここからならこの――無益で空虚で憎々しい――景色が見える。心が激しくきしみ、ずっしりと重い。脳の論理的で科学的な部分では、事態を客観的に俯瞰しようとしていた。何をしようが起きることは止められない。マイロは自分の行動に責任がある。マイロが自分で決めたことだ。行ってくれとジェイソンが命じたわけではない。ウイルスに感染するかしないかなど考えてもわからない、ジェイソンにワクチンが作れるかどうかもはっきりわからないように。感情的になったところでどうしようもない。むしろ無駄だ。今この時間もワクチンについて調べるのに使うべきなのだ。どうなろうと、きっとそれだけは役に立つ。

だがジェイソンの心は――心は……ローラーで平らに押しつぶされ、悲しみが噴き出してくるようだった。生きていてこんなに胸が裂けるような思いは初めてだ。ありえないとわかっていても体の中で自分の犬が死にかけているように感じる。これまでできる限り無視して押しこめてきた自分の一部が、今はもう無視など不可能だった。折れた脚のように。身の内の犬の魂が、とてもありえないくらいに大きく、強く感じられて、悲嘆に暮れて爪を立ててくる。

ああ。そうだろう。いいとも。伝えたいことはわかっている。彼はマイロを愛しているのだ。彼の犬はマイロを愛している。もう世間を敬遠して研究だけにのどかに没頭して生きていくようなことはできない。いいや、ジェイソンの犬はそんな馬鹿げたことにはもう我慢できない！

マイロをつかみとりたい。永遠に。マイロが戻ってきたらすぐさま、ジェイソンの気持ちが真剣であるとしっかり伝えよう。

だがマイロは戻ってこない。

暗がりが落ちはじめ、その夕焼けは空が血に染まるように赤くて不気味だった。凶兆などではないとジェイソンは自分に言い聞かせる。そんなのは非論理的だ。寒くなってきていた。そして暗く、これ以上ないほど暗くなっていく。近くに大きな町もなく、人間の明かりはここではひどくはかない。圧倒されるほど広い空は漆黒。天の川が見える。モーテルの建物のレンガはまだ陽光の熱を持って、ジェイソンの背中に温かかった。体の前は冷えていたが。それでもジェイソンはそこに座りつづけた。

（星に願いをかけたんだ）

マイロはそう言ったのだ。当たり前のことのように。

「何を願ったんだ、マイロ？」

今、ジェイソンはそう口に出して問いかける。答える者はここにいない。

自分なら何を願うか、ジェイソンにはわかっていた。もうかまいやしない――失うものはないのだから。

一面の星の中から明るい星を選び、ジェイソンはそれに意識を集中させた。星に願いをかける時、口に出して言うものだろうか？　それとも黙っているのが肝心な点だろうか？　ジェイソンは声に出すことにした。どうせやるなら……。

「マイロが無事にそばに戻ってきますように。病気も、怪我もなく、無事に」

そんなに大それた願いじゃないだろう？　願い事としては些細なものだ。世界平和とか百万ドルほしいとかに比べれば、とても小さなものだろう。

だがその言葉が響いた瞬間、ジェイソンは自分のするべきことを悟った。この願いを確実にかなえるためにはひとつしか方法がない。ここに座ってマイロが帰ってこないかとただ待っているわけにはいかない。

立ち上がると、モーテルの自分の部屋へ戻った。隣への続き扉はまだ開いている。マットとの相部屋で、ティムがベッドに横たわっていた。横倒しになって身を丸め、今切ったばかりか誰かからの電話を待つように携帯を手にしていた。ジェイソンを見て、のろのろと起き上がる。

マットのほうはぐらつく小テーブルに置いたノートパソコンに向かっていた。

　マットが真剣な顔を上げた。

「砂漠の個人向けツアーをしている男をネットで見つけた。朝になったら――」

　ジェイソンは片手を上げて話を止めた。

「いいや」

「どうしたの？」とティムが聞いた。

　ジェイソンは咳払いをした。

「もう決めた。私はマイロを追いかける。これを言いに来たのは、正直言って、自分がきちんと変身できるかどうか自信がないからだ。あまりに久しぶりなので。だから何かあった時のためにこうして伝えておく。だがうまくいったなら、私の携帯電話を体に取り付けてほしい。そうすればＧＰＳ情報だけでも追跡できる。マット、きみの車の後ろにゴムロープがあったな。あれで小さな背負い袋か何か作れるだろう」

　ティムが立ち上がる。生気のなかった顔に色が戻ってきた。

「ジッパー付きのビニールポーチ持ってるよ。あれが使えるんじゃないかな」

「駄目だ！」マットがきっぱりと言った。立ち上がって腰に手を当てる。「ジェイソン、あんたが行くわけにはいかないってもう決めたはずだ。あんたがウイルスにかかったら終わりなんだ。全員にとって。そんなのは危険すぎる」

ジェイソンはマットをまっすぐ見つめ返した。

「ところがこっちは別にきみに許可してもらいに来たわけじゃない、バークレイ」

「くそっ、ジェイソン！　せめてマイロに二十四時間やってやれ。それにまず車で回ったほうがいい！」

それについてもさっき話し合っていた。ジェイソンは、ヘリコプターでもない限り、乗り物があの峡谷の中で役に立つとは思っていない。

ティムはどちらの肩を持つべきかわからないような追いつめられた表情をしていた。マットの意見は軍事的訓練の経験に裏打ちされたものだが、論理よりは藁《わら》のような希望にでもすがりたい思いもティムの中にあるのだ。

結局のところ、ティムやマットがどう思おうが関係ない。ジェイソンは自分のなすべきことをわかっていた。

「私はマイロを追いかける」ジェイソンは淡々と言った。「殴り倒して縛り上げでもしない限り、止めることはできないぞ。今から部屋に戻って変身を試みる。きみらはふたりで、私が携帯電話と、できれば水を運ぶ方法を考えてくれ。それから〈ホールド・マイ・ポゥ〉まで車でつれて行ってほしい。あそこを起点にする」

「マジかよ」マットが苛々と髪に指をくぐらせた。「せめて日が出るまで待てないか？　そうしたら俺の車でできる限りあんたを追っていける」

「いいや。今行かないと。私の毛皮は……まあ、とにかく私の犬は、砂漠向きではないんだ。夜のほうが涼しい。それに先々のことを考えても、時間をわずかも無駄にはできない」

嗅覚を使うのに陽光は必要ない。それにずっと昔の十代の頃の記憶があてになるならば、犬の姿になれば夜でもよく見えた。

すでに長い時間待ちすぎた。

「そのとおりだ」ティムがマットに言っていた。「一時間でも貴重だよ。それにジェイソンは頭がいいから、リスクを最小限にできるはず」とジェイソンに向き直った。「マイロを見つけられたら——見つけたら、そばにシェルターの犬たちがいたら、近づかないよね？　距離を取りながら先に立ってつれ帰ってくるか、戻ってきて場所を教えて。危ないことは絶対しちゃだめだ。マットの言うとおり、僕らにはあなたが必要なんだ、ジェイソン」

気持ちのこもった言葉だった。ジェイソンの心のどこかに食い込み、はやる心を少し理性的に戻してくれる。そうだ。ティムとマッドクリークのためにも慎重にやらないと。マイロのためにも。

ジェイソンはうなずいた。

「そうしよう。安全な距離を保つ。では、そういうことだ。私は今から……」

親指でさっと自分の部屋を指し、緊張を悟られまいとした。部屋に戻って続き扉を閉める。

畜生が、きっと無茶苦茶に痛いに違いない。

ジェイソンは服を脱いでそそくさとたたんだ。モーテルのベッドからみすぼらしいカバーをはいで床に置き、その端を神経質にマットや壁と平行に揃える。あまりにヒト臭い作業なのはわかっているが、落ちつくのだ。ついにカバーの上に裸で四つん這いになったが、少なからず屈辱的な気分だった。目をとじ、息をする。リラックスしようとしながら変身を始めた。

最初のうち、門が見つけられなかった。というか門の場所はわかっていても開け方がわからない感じだ。あまりに長いこと、自分の肉体がそちらに向かわないよう躾《しつ》けてきたせいだ。

だが自分の犬の姿を思い描くこと数分、毛が伸びたり骨が太く短くなるところを想像するうちに、何かがカチリとはまった。耐え難いほど首の後ろが縮んでいく感触から始まり、背骨にもそれが広がっていく。熱く、異質な感じで、脊髄が炎症を起こしてズキズキうずくようだ。ジェイソンは横倒しに崩れた。四つん這いを保てないほど手足が痛んでたまらない。

関節がポキポキと、小さな爆発のようにあちこち鳴った。こん畜生めが、痛い！　歯を食いしばったが、それでも苦痛の声が喉からこぼれた。どうしようもない。ベッドカバーの上でのたうち回って責め苦のような筋肉の痛みをやわらげようとした。肉体が燃えそうだ！

マイロ。マイロのことを考えて……。

（いっしょに遊ぶ？）

あの時、チャンスを逃さず変身しておくべきだった。どうしてやらなかった？　マイロがそばにいればもっと楽に変身できただろうに。

どんな感覚のものなのか、ジェイソンは忘れていた。あまりに昔のことだ。それに前もこうだったのかもわからない。こんなに窮屈で、錆に侵食されていくような、死に物狂いのものだっただろうか。変身の段階に入った今、自分の犬が文字通り腹を食い破って歯を鳴らしながら出てくるかのように感じられた。『エイリアン』のシーンのように。

どうしよう、コントロールできなかったら？　彼の犬に知性がなかったら？　ヒトの姿に戻れなかったら？　このまま死んでしまったら？

だが今さら止めることはできない。

唸りと威嚇の声が部屋に満ちた。腰がひしゃげ、もっと高い位置に再構成され、その下に太腿が押しこまれる。内臓が動かされるのがわかった。ずるずる、ぬるぬると、嫌な感覚だ。喉元に血と嘔吐の味がする。苦痛ばかり——世界が苦痛そのものと化す。

しまいにやっと突き刺すような苦悶が薄らいだが、それもジェイソンがショックで朦朧としたからだった。すべてが灰色に褪せてぼんやりと麻痺する。そして何もかもが消えた。

自分の名を呼ぶ声が聞こえて、ジェイソンは意識を取り戻した。ティムとマットだ。ジェイソンは目を開ける。床に倒れた彼の上にふたりが身をのり出していた。前と違って見える——色合いが淡く、ほんのわずかに薄っぺらい。

そうだ。私が犬だからだ。

ジェイソンは慎重に起き上がったが、痛みはすっかり引いていた。気分は——大丈夫だ。四つ足で立つ。この体勢になるのは奇妙だったし、しっくり立てるのがまたさらに奇妙な気分だった。筋肉が震え、力がみなぎる。

「ジェイソンだね?」

ティムが微笑みかけた。手をのばしてジェイソンの頭をなでる。

「見違えたね! すごくきれいだ」

「ペットじゃないんだぞ」とマットがぶつぶつ言って、少し警戒気味にジェイソンを見ていた。

ティムが手を引く。

「そうだね、たしかに。ごめん」

だがジェイソンはティムにさわられるのはかまわなかった。むしろ落ちつく。ティムとマットの周囲を回りながらふたりに体を擦り付けた。仲間。ふたりは群れの仲間で、ジェイソンは彼らを愛している。そのことを、どうしてヒトでいる時はあんなにも認められなかったのだろう?

ティムには伝わったようだ。手のひらを差し出すと、そばを通るジェイソンのみっしりと黒い毛に当て、あとはジェイソンが自由にふれてくるままにさせた。続けてマットも同じようにした。

「ローマンもこうなんだ」ぶっきらぼうなマットの声には愛情がこもり、喉に詰まるようだった。「犬になった時は。くそ、会いたいよ」

ティムがうなずいた。

「僕もだ。本当に特別な存在だよ。絶対に守らなきゃね、マット」

「命をかけて」

マットがうなずく。明るいが鋭さをはらんだ言葉だった。

ティムとマットはいい連中だが、マイロではない。ジェイソンはドアに向かうと一声吠えた。

「ちょっと待って。バッグを付けるから」とティムが言う。

ジッパー付きで穴の空いた透明なポーチを手にした。中にはジェイソンの見覚えのない携帯電話にモーテルの水のボトル、それにモーテルの自動販売機の売り物——クラッカー数袋とエナジーバーが三本入っていた。ポーチの穴にゴムロープが通されていて、ティムがそれをジェイソンの肩まわり、ちょうど前脚の後ろあたりにくくりつけた。

「俺の携帯を代わりに入れておいた」マットが不機嫌そうなしかめ面で言う。「俺のなら、森林局のおかげで衛星電波が入るからな。あんたの携帯は砂漠じゃきっと電波が入らない」

機転が利いている。ジェイソンは一声吠えて賛成した。

「これで平気？　きつすぎない？」とティムが聞きながらバッグを調整する。

バッグを着けると動きづらいが、なんとかなるだろう。ジェイソンはドアの前に立って吠えた。

「わかったよ、ヒーロー」マットが言った。「出発だ」

17　希望のカケラ

夜の砂漠は入ってはならない地だ。広々として空虚な暗闇にはどこかこちらを見ているような、ジェイソンだけが動く大きな標的で、数キロ先から見られているような気配があった。ジェイソンはその感覚を振り払って進んだ。マイロの足跡を嗅ぎあてた今、気がはやっていた。

犬の五感を使い慣れていないが、マイロのにおいは嗅ぎとれる。甘くて土くさくて麝香《じゃこう》のようなにおい。どうやら〝ほかの犬〟らしきにおいもあったが、きっとこれがマイロが追ったラヴの犬たちのにおいなのだろう。一、二キロほどマイロのにおいがわからなくなることもあったが、いつもほかの犬のにおいが続いていたし、マイロのにおいは必ずまた現れた。

ジェイソンにとって驚きだったのは、この犬の姿でも思考が完璧に可能だったことだ。頭は明晰だし論理的だ。ただ感覚と本能のつながりが強く、動きや音やにおいにすぐ注意が散らされる。

ネズミ、コヨーテ、蛇。砂漠には多くの命が隠れていて、ジェイソンの犬はそれに気をとられそうで苦労していた。さらに進むと、地面にひんやりした場所があり、どうやら地下の泉のようだ。掘り返したい衝動をこらえた。ふと血がドクンと警告に脈打ったので見上げると、肉食のワシが頭上を飛んでいた。

そうした邪魔ものはあっても、使命感は揺るぎなかった。心臓がひとつの名を奏でている。マイロ、マイロ、マイロ。マイロを探せ。

一晩中走った。幾度も足を止めて嗅ぎ、ルートをそれていないかとたしかめて。岩山を登っては、寒々しく暗い裂け目を下りた。マットのジープがこんなところをついてこられるわけがない。筋肉がうずきはじめた――体がなまっている。関節がこわばってきた。それでも走った。まったく、マイロはどこまで遠くに行ったのだ？　もう何時間も走っているというのに。岩だらけの丘に峡谷に延々と広がる砂漠。砂漠の地面にある数え切れない蛇の巣穴を通りすぎ、小さかったりそう小さくもない夜行性の捕食者たちをとび越していった。だがどの生き物もジェイソンの邪魔をしようとしなかった。この大きさで、燃える決意を抱くジェイソンの。

（マイロを見つけろ――）

夜明けが灰色のヴェールのようにやってくる。そして彼が目指す東の地平線が輝き出した。その光はやわらかなオレンジ色で、冷え切った砂漠に暖かさの予感を運んでくる。まだ暗いが分厚い黒の毛皮に包まれたジェイソンは暑く、熱を持った筋肉は痛み、疲れていた。

その時、それが見えた。はじめのうちは非現実的でぼんやりとした、ただの蜃気楼。だが走って近づくにつれ、そのぼやけた影がくっきり見えてきた。犬たちだ。ジェイソンのほうへやってくるのは犬の群れ。少なくとも三十頭以上もの。そしてその中心に立つのは背の高い人間だった。

あまりに衝撃的な光景にジェイソンは凍りつき、立ち尽くし、息を切らせて喘いだ。オレンジ色の裂け目のような地平線、その上の濃紺の空、それを背にして奇妙な影たちが歩いてくる。中央にいるのは人間の男。背が高く痩せた、裸の。男は首を垂れ、古代の羊飼いが羊を運ぶように肩に犬を担いでいた。彼が裸足で歩く――ゆっくりと、たゆまず、重い足取りで。その両側を歩く犬たちは様々な大きさや体型で、警戒している犬もいれば足を引きずる犬も、一歩進むのがやっとの犬もいた。

これは――なんという……。

茫然と見つめた数秒の後、ジェイソンの後ろ足が地を蹴り、砂漠を飛ぶように、全速力で駆け出した。寸前で、犬たちに近づいてはいけないのだと思い出す。なんとか止まってそこに踏みとどまった。マイロに近づきたくてたまらず彼の犬の筋肉が震えた。

マイロが顔を上げてジェイソンを見た時、まだふたりの間には数十メートルの距離があった。マイロが足を止め、犬たちも立ち止まる。一頭たりとも吠えようとしないのが奇妙だった。ほとんどの犬が、マイロが止まるとすぐさま疲れ果てて這いつくばった。

マイロがジェイソンを見つめた。疲れた、決意みなぎる鈍い表情がふっと変わって、希望にあふれる微笑になった。胸の奥ではっと息を詰まらせる音がした。

「ジェ……ジェイソン……?」

ジェイソンは一声吠えた。そうだ！　もさもさの尾が狂ったようにはねるほど尻が揺れるのがわかる。やっと見つけた！　私だよ！

「ジェイソン！」

マイロの声が歓喜にかすれた。弱りきっている犬をそっと肩から持ち上げ、優しく地面へ下ろす。

マイロの帰りがこうまで遅いのはこれが理由だったのだ。ラヴの犬たちの一頭が負傷し、その犬を置き去りにはできなかった。それは黒いラブラドールで、かなり深刻な状態だ。

マイロが怪我をした犬をなで、安心させるように何か囁いた。黒い犬はマイロの顎を舐め、うれしそうに尾を二度、地面の上で振った。それからマイロが立ち上がり、ジェイソンのほうへ歩いてきた。裸で足がふらついている。

そして、マイロも怪我をしているのがジェイソンに見えてきた。マイロは凍えて震えていた。裸足で何キロも砂漠を越えてきたのだ。足は腫れ上がって小さな切り傷ができ、血が出ていた。肌は、明るくなる曙光の下で、赤く見えた。寒さからか日焼けからか。いつヒトの姿に戻ったのだろう?　犬の姿ならせめて肌は毛で守られていただろうに。だが、人間の姿にならなければ怪我をした犬を運べなかったのだ。

どうしてもそばに行きたい。だがマイロが、疲れているのに一心な表情で近づいてくると、ジェイソンは一歩後ずさった。一声吠え、それからクンクン鳴く。

マイロの足が止まり、とまどって眉を寄せた。

「ジェイソン？」

ジェイソンはくるりと回り、そばに行きたい気持ちを表してから、また数歩後ずさった。立ち止まってもう一度吠える。

マイロの微笑が消えた。

「ああ。さわっちゃ駄目なんだ。そうだったね。ウイルス」

そうだ、とジェイソンは吠える。

「僕らを見つけるために犬になってくれたの？　大丈夫だったのに。でもジェイソンを見られてうれしい。とっても。すごくきれいな犬だね。僕は休まないと」

ちらっと群れを振り返ったが、犬たちはもう寝そべっていたので、マイロは今いる地面にそのまま座りこんだ。膝を引き寄せて腕をさすり、ぶるぶると震えている。夜の中、裸で、ひどく無防備に見えた。

耐えられない。今、マイロとの距離を保たねばならないのが、感じたことがないほどつらかった。マイロに駆けよって慰め、冷たい素肌を自分の温かな毛皮で包み、思いと力を分け与えたい。たまらずに、ウイルスの危険性など忘れてしまいたくなった。ジェイソンの犬は完全にそうするつもりだ。だがジェイソンの科学者の部分がそれをなんとか引き戻す。今行けばふたりの心は満たされるだろうが、長期的にはふたりとも命を落としてしまうかもしれない。もしマイロが感染しているなら、ジェイソンは治療法を見つけられるよう健康でいなければならないのだ。

「歩きだと遠い？」マイロが顔を上げて聞いた。「行きは嗅いでばっかりで、犬だったし。遠かったけど、どのくらい遠いか覚えてないんだ」

ああ、遠い。ジェイソンはクンと鳴いて小首を傾げた。彼が〈ホールド・マイ・ポゥ〉を出てから八時間は経っているだろう。

マイロは溜息をついたが、何も言わなかった。

この群れを置いて、犬に変身し、私についてこい――あとでラヴをつれてここに迎えに戻ればいい。話せたならジェイソンはそう提案しただろう。だが言えたところでマイロが群れを、特に負傷した犬のいる群れをおとなしく置き去りにするわけがない。ジェイソンは迷って、またクゥンと鳴いた。

「そうだ！」マイロが顔を上げてニコッとした。「ジェイソン、ここの犬の三頭がウイルスを持ってたよ。今は治ってるけど、ウイルスにかかってた。においがするんだ！」

ジェイソンは明るく吠えた。

「よかったよね、これ？」とマイロが期待をこめて聞く。

ジェイソンはキャンと鳴いて尾を振った。すごくいいぞ、マイロ。よくやった。じつに素晴らしい知らせだった。マイロの見立てどおりで、犬たちが感染して回復したのならば、その血中に抗体があるかもしれない。だが周囲に感染させる危険はまだあるのだろうか？　今もマイロにウイルスが潜伏しているのか？　それにマイロと犬たちをどうやって安全なところまでつれ帰ろう？　ジェイソンもここまで一晩中駆けてきた。二本足のマイロではその倍はかかる。それも陽が照りつける中を。体を覆うものもなく負傷した犬を担いで、マイロは陽光にさらされる。とても無理だ。

ジェイソンがヒトに戻ってかわりに犬を運ぶことはできる。だがそうすればふたりとも歩みが遅くなるし、やはり裸で陽にさらされることになる。そもそもジェイソンは犬に近づくべきではない——マイロのように犬を肩に担いで運ぶなどもってのほかだ。

考えこみながら、ジェイソンは歩き回った。本当のところ、マイロと群れにはどこか、できれば日陰でじっとしていてもらいたい。もう大した距離は歩けそうにないのだ。

ここで待たせて、その間にジェイソンが助けを呼んだらどうだろう？　それが一番いい手に思えたが、彼らを必ずまた見つけるにはどうすれば？　ジェイソンのたどった道のりは車ではとても通れない……。

その時になって、ジェイソンは急ごしらえのバックパックの存在を思い出した。携帯電話。

吠えてマイロの注意を引いた。身体をひねって背中のバックパックを見ようとする。

「何か運んでるんだね。見えるよ」とマイロが言った。

よし。次はそれを外して、どうすればいいかマイロに伝えればいいだけだ。ヒトに戻れば話は早い。だが変身は恐ろしいものだったし体に負担がかかる。犬の姿は上着のように簡単に脱ぎ着できるものではないのだ。そしてジェイソンは、間に合うように保護シェルターへ戻るために犬でいなければならない。

マイロにバッグを見せるためにまた回った。彼を見て吠える。

「僕なら外せる」マイロがそっと言った。「ちゃんと気を付けるから」

ああ、なんて賢いんだろう、マイロは。しかも気配りができて、心優しい。そう、ジェイソンはマイロを愛している。

マイロが立ち上がり、ぎくしゃくと動いた。ジェイソンはマイロが近づくのを待った。これはやむを得ないリスクだ。だがマイロは慎重だった。少しバッグを見ていてから、手をのばしてゴムロープをほどいた。ロープはジェイソンの毛皮の胸元を滑っていき、バッグが外れた。

マイロはほとんどジェイソンにふれもしなかった。

マイロがポーチを見やった。その腹がググッと不吉な音を立てる。

「食べ物だ！　食べ物はうれしい。少し食べる？」

ジェイソンは鋭く、強く吠えた。私じゃない、こっちは平気だ、お前が食べないと。

マイロはじっとジェイソンを見つめてから、ニコッとした。

「わかった。ありがと。水もあるね！　水大好き。犬たちがいたところには水があったんだけど、運ぶものがなくて。携帯電話だ。これは持ってく？」

ジェイソンは一声吠えて下がり、小さく頭を下げた。携帯は持ってろ、ここで待ってろ、近くに日陰を見つけて。もう歩かなくていい。迎えをつれて戻ってくる。その携帯電話で見つけるから。

そのどれも言えない。だが何とかして伝えようと、キャンと鳴いたりウウッと唸ったりして地面を足先で指した。マイロは真剣な目を大きくしてそれを見つめていた。

「皆でジェイソンについていくの？」と半信半疑で聞き、一歩ジェイソンのほうへ出る。

ジェイソンは激しく吠えた。そうじゃない！　ここにいろ。

マイロは、やっぱりそうだった、という顔でうなずいた。

「僕は、群れと一緒にここにいればいいんだね」

ジェイソンはキャンと勢いよく吠えた。イエス！

マイロはほっとした様子だった。肩からふっと力が抜ける。

「そうしたら、迎えに来てくれるんだね？」

ジェイソンはまたキャンと声を上げる。くるりとその場で回った。マイロの手の携帯電話を見つめる。

マイロはその視線をたどり、携帯電話をかかげた。

「僕がこれを持ってる？」

ジェイソンはまた鳴く。走って数メートル離れ、それからまた駆け戻った。いいぞ、マイロ！　とても賢い！　いい案じゃないか？　私は行くができるだけ早く戻ってくるから。わかったね？

マイロは、ありがたいことに、ジェイソンよりはるかに犬の言語に長けていた。逆の立場だったならジェイソンは何を言われているのかさっぱりだっただろう。だがマイロには伝わった。彼は携帯電話を見て、それからジェイソンを見た。

マイロが、心の底から、死刑執行が最後の瞬間に猶予されたかのような安堵の息を吐き出した。

「それはいいね、ジェイソン。犬たちはもうあまり遠くへは歩けないと思う。急いで」

ジェイソンは吠えて、強いまなざしでマイロを見つめた。急ぐよ。愛してる。

マイロは微笑んだが、痛々しい笑みだった。背を向けるとポーチを持ったまま犬たちのほうへ戻っていく。すらりと高い姿は、一糸まとわず、大地となじんでどこか原始的な存在に見えた。

負傷した犬の上にかがみこんで頭をなで、おだやかな声で低く話しかけていた。疲れた犬たちに一斉にとり囲まれながら、マイロがポーチから水のボトルを取り出す。その瞬間、そのなけなしの贈り物が全員に分けられるのだとジェイソンは悟った。やりきれない。どの犬にとっても命をつなげるような量ではないのだ。だがもしかしたら、一口の水とひとかけらのエナジーバーだけでも皆に希望を与えられるかもしれない。

ここに立って、いつまでもマイロを眺めていられそうだ。ジェイソンの犬はここを離れがたい。だがジェイソンが行動しない限り、事態は何ひとつ改善されない。

まるで膿んだ傷口を引き裂くように。ジェイソンはマイロに背を向け、来た方向へと駆け戻った。できる限りの速さで。

ジェイソンが〈ホールド・マイ・ポゥ〉に帰りついたのはもう午後遅くで、とても暑くて今にも死にそうな気がした。マラミュートの厚くて黒い毛皮がこの気候では拷問のようだ。いや実際ＣＩＡはこの手法を尋問に取り入れるべきだ、何しろこれから逃れられるならジェイソンは何でも差し出しただろうから。長年の檻からやっと解放された彼の犬でさえ、人間の涼しい肌に戻りたがっている。

できる限り熱気を無視して走った。果てなく思える道を。ついに保護シェルターとマットの車が見えてきた時、あまりの安堵に感きわまった鳴き声がこぼれたほどだった。

ティムとマットはずっと帰りを待って目を配っていたのだろう、建物から出迎えに駆け出してきた。その後ろをラヴがついてくる。

「ジェイソン！」

ティムが膝をついてジェイソンをかかえこんだ。その胸で不安に轟く鼓動がジェイソンの耳に届く。

ジェイソンは崩れるようにもたれかかった。ふれると安心する。着いたのだ。やり遂げた。やった！

「体が火照《ほて》りすぎだ。今すぐ水をやって冷たい風に当てないと。中へ」とラヴがはりつめた声で命じた。

回復で時間を無駄にしたくなかったが、どうしようもない。保護シェルターの中にたどり着いた途端に足が崩れて立てなくなっていた。砂漠でこうなったら死ぬという認識だけが、ここまで神経や腱や筋肉をやっと動かしてきたかのように。

床に崩れたジェイソンだったが、ラヴが出してくれたぬるい水を飲める高さにやっと頭を持ち上げた。途中でその水を取り上げられ、唸る。

「少しずつ飲まないと駄目なんだよ」

ラヴがそっと言って首を振った。言葉を理解する相手に対するような言い方だが、きっとどの犬にもそうやって話しているのだろう。

ラヴはジェイソンの横に冷風機を置き、冷たい濡れタオルをジェイソンの顔や足の裏に当てた。その手は優しく、この男のいかつい見た目とはまるで違う。朦朧として弱っていたジェイソンは、脳内で時を刻む音が聞こえていたが、横たわってされるがままになった。ティムがそばについてジェイソンを撫で、マットはあたりをうろうろしている。

「クソッたれが、あんたたちはわけがわからねえ」ラヴが手を動かしながらティムとマットに言った。「一体何なんだ？　この犬はどこの犬だ？　それにあんたたちが探してたもう一頭のラブラドゥードルは？」

　ティムとマットが目を見交わした。ジェイソンには、マットがほんのかすかに首を振ったのが見えた。

「俺たちはとにかくあんたの犬を見つけようとしてる。それしか言えない」とマットがやけに大上段に言った。

「どうやってだ、犬を放してか？　どう見たっておかしいだろうが。しかもあんたらにはマイロっていう犬とジェイソンて犬がいて、さっきは同じ名前の奴らが一緒に来てただろ。てめえら一体どういう魂胆だ？」

　喧嘩腰の口調だ。あからさまにティムとマットが気に入らないのだろうが、ジェイソンの目をのぞきこんだラヴからは心配と優しさだけがにじみ出ていた。

　ラヴは人間より犬が好きなのだろう、とジェイソンは思う。クイックの秘密を明かしても心配ないわずかな人間のひとりかもしれない。

だがそれを言う手段はないし、マットもそんなリスクを冒すつもりはないようだ。

「名前は、仲間内のジョークみたいなものだから」とティムが作り笑いでもそもそと言った。

ラヴがまるで信じてない顔でにらむ。

「彼は平気か？」マットが心配そうにジェイソンへ目をやった。「この毛皮じゃここの日差しは酷だろう。心臓発作か？」

「それはなさそうだ。ここでも日差しで犬が死ぬことはあるが、めったに起きることじゃないよ。犬はじつに順応性が高くて、避難場所を探すだけの頭もあるからな」その言葉に馬鹿にされている気がしたが、くたくたのジェイソンにはどうでもよかった。「あと十分してもマシにならなかったら獣医んとこへつれてく」

十分。それまでにジェイソンは持ち直さなければ。ラヴからまたぬるい水を与えられ、ありがたく飲んだ。まだ弱りきっていたが、内なる切迫感が身体を支配する。痛む足でやっと立ち上がると一声ティムに吠えた。

マットとティムに、マイロを迎えに行ってもらわないと。だがどう伝える？　今ならヒトの姿に戻れるが、そのための静かな場所を探したりジェイソン・クーニックとして裸で再登場したりしたらラヴにますます怪しまれるだろう。こんなに弱っていて変身を試みていいのかもわからなかった。さらに加えて、もしマイロを見つけるのに彼の犬の嗅覚が必要になったら？

だから、駄目だ。それでは。どうにかして犬のまま計画を伝えるしかない。なんと素晴らしい。

「ええと、何か、ほら、食べるものとか持ってきてもらえないかな？」

ジェイソンがひそかに伝えたいことがあるのを悟った様子で、ティムがラヴにそうたのんだ。

ラヴが眉をしかめてジェイソンからティムへ視線を移したが、結局うなずいた。

「いいよ。待っててくれ」

ずかずか歩き去る。ラヴの姿が消えた途端、ティムとマットがジェイソンを取り囲んだ。

「バックパックがなくなってるな。どこにやった？」とマットが聞く。

「マイロを見つけた？」とティムが聞く。

ジェイソンはティムに向かってうなずき、それから――あまりうまくはいかなかったが――後ろ足で立とうとしながら、今のマイロが二本足だと、人間だということを伝えようとした。だが弱り切っているせいでぴょんと少し跳ねてみせただけになった。

ティムとマットが顔を見合わせた。

「誰かがバックパックを外したんだ」マットが言った。「しっかり固定しておいたんだから」

ティムが唇を噛んでジェイソンを見た。

「途中で誰か知らないひとに会った？　人間がバックパックを外したの？」

ジェイソンは首を後ろへ、それから前へ振ってみせた。違う、知らないひとではない。くるくるとその場を回りながら苛立って吠えた。ワン、ワン、ワン。ラッシーの真似事をする日が来るなんて信じられない。ジェイソンの、規律正しく高度に知的な人生がどうしてこんなことに？　屈辱とでも言うべきものだったが、正直、今はいち早く事情を伝えることしか頭になかった。

「マイロか？　マイロがバッグを取った？」とマットが推測する。

ジェイソンは鋭い同意の吠え声を立てた。うなずいて尾を振る。

「マイロを見つけたんだ！」ティムが喜ぶ。

「ああよかった！」マットはジェイソンを見た。「マイロがそのバックパックを外したってことは……人間の姿だったのか？」

ジェイソンはうなずいて吠えた。イエス。

「どうしてだろ」とティムがマットに言っている。

「マイロに何かのトラブルがあったのかも」とマットが考えこんだ。

ジェイソンが吠える。トラブルとは違う、マイロは群れを見つけ出したんだ。

残念ながら、この時になってラヴが餌を入れたボウルを持って戻ってきた。すっかり怪しんでいる。ジェイソンの目の前にそのボウルを置くと、ティムとマットを睨みつけた。

「どうしてさっきから吠えてるんだ？」

「さあ？」とティムがしらを切った。

ジェイソンは餌を見下ろした。ドッグフード——まるで食欲をそそらない茶色い粒。おそらく屑肉や安い穀物や化学物質からできている。それでも腹が鳴った。エネルギーが必要なのだ。あそこに戻るなら体力を取り戻さないと。

脳内だけで鼻をつまみ、現実には目もつぶって、ジェイソンはできる限りのスピードでその餌をたいらげた。おぞましい味だった。

（お前のためだ、マイロ。誰のためでもこんなことは……）

食べ終わるとラヴがさらに水をくれたので、ドッグフードの味を口から洗い流すためにそれを飲んだ。ぞっと身ぶるいする。顔を上げると、ラヴが目を細めてジェイソンを眺めていた。

ティムとマットは一緒にティムの携帯をのぞきこんでいた。

「信号が来てる」とマットがジェイソンへ目を向ける。

「何の信号だ？」とラヴが聞いた。

マットとティムが目を見交わした。「この犬はモーテルまでつれて帰ったほうがいいかな」とマットが言い出す。

やめてくれ！　秘密を守りたい気持ちはわかるが、無防備なヒトの姿のマイロと四十匹もの犬たちが砂漠に取り残され、下手をすれば陽の下で死にかけているのだ。もうたくさんだ！

ジェイソンは怒りの声でマットに吠え立てて不快感を表した。

「何だよ」とマットがむくれる。

ジェイソンは保護シェルターの出入口まで走っていってドアに吠えた。ティムが来てドアを開ける。外へ走り出したジェイソンに三人の人間たちもついてきた。

ジェイソンはマットのジープを見てから建物の横へ回りこみ、ほかに何かないか探した。プレハブのガレージのそばに古いジープが停めてある。頑丈でタイヤが馬鹿でかく、ドアのないオープンタイプで、屋根もフレームのみだ。

このジープならマットのラングラーより砂漠走行に向いているかもしれないが、ここととマイロの間にある岩山や峡谷を越えるのはさすがに無理だろう。迂回路があるだろうか？　だがたとえマイロのところまでたどりつけたとしても、このジープには運ばねばならない犬たちを積みきれない。今必要なのはエアコン完備の空飛ぶバスだ。

ジェイソンはジープを回りこみ、目であたりを探した。ジープの後部にトレーラーの接続金具が付いている。もしかしたらトレーラーがあるのか？　ジェイソンはガレージのドアまで駆けていって、せっつくように吠えた。

「何がしたいんだ？」ラヴが聞いた。「何探してる？　餌は今やったばかりだぞ」

「わからないけど、何をしたいのかたしかめようよ」ティムが答えた。ジェイソンの焦りを感じとって声の切迫感が増している。やっとか。「ガレージのドア開けてもらえます？」

ラヴは馬鹿らしいと首を振ったものの、ガレージのドアを開けてくれた。ジェイソンは走りこんだ。山ほどガラクタがしまわれている——古い犬小屋やケージ、餌の袋。その中に、鉄の接続金具が付いた茶と白の長い馬用トレーラーがあった。何匹の犬がこれに収容できるかジェイソンにはさっぱりだが、かなりの数だろうと思う。その周囲を回って吠え立てた。ティムを強く見つめる。

「ええと……馬をつれて来いってこと？」

ティムが眉間にしわを寄せて当てずっぽうを言った。

ジェイソンはあきれ顔をした。唸って、喉を震わせる。馬なんか誰がほしいと思うんだ！

ガレージを走り出てまたジープに駆け寄った。ジープをぐるりと回って、吠え、トレーラーを接続する金具へ寄って吠え、それに向けてひょいとお辞儀してみせる。すっかり道化になった気分だ。これでも博士号を持っているのに！

「この犬は、あなたのジープを出して、それにトレーラーをつないでくれって言ってるんだ」

ティムがそう言った。「それでいい？」

ジェイソンは一声吠えた。よろしい！

「冗談だろ？　何だってそんな真似しろって？」とラヴがせせら笑う。

「ああ、何だってそんなことさせたいんだろうな」マットが問い返した。胸の前で腕組みし、考えこみながら唇がつき出る。「それは……隔離場所が必要だからか？　例の集団のために？」

ジェイソンはマットに向かって目を細め、唸った。

「いや、そうじゃないよ」ティムが気短に口をはさんだ。「馬は本当にいらないんだね、ジェイソン？」

「いい線いってると思ったんだがな」とマット。

ジェイソンは猛烈な声で吠え立てた。ティムが両手を上げる。

「わかった！　わかったよ、馬はナシ」

「となるとトレーラーは馬のためでも隔離のためでもない……」マットが言葉を切った。「ならトレーラーをほしいのは……それだけの広さが必要だからか？」

ジェイソンは鳴いて後ろ足でとび上がった。そのとおり！

やれやれ。二度と、会話能力のありがたみを軽く見るまい。あともう一つ、ヒントを。ジェイソンは溜息をつくと前に進み出て、片方の後ろ足をうまく動かせないように引きずってみせた。フランケンシュタインの背骨が曲がった助手の猿真似をしている気分だ。犬の姿のままで。もう、一生の汚点だ。

「誰かが怪我をして歩けない？」とティムが推理する。

ジェイソンはうなずいて一声吠えた。

「マイロか？」マットの声は鋭かった。「マイロが怪我を？」

ジェイソンは首をゆっくり振った。じっとティムを見つめて、わかってくれと念じる。

「マイロじゃないんだね。じゃあほかの犬？　マイロはラヴの犬たちと一緒にいて、そのうちの一頭が怪我をしてる？」とティムが探るように聞いた。

ジェイソンはあらん限りに大きくうなずき、同意の高い吠え声を立てた。

ティムの表情に決意がみなぎった。マットへ向き直る。

「だってさ。マイロはラヴの犬たちと一緒で、助けが必要なんだ。だからトレーラーを引いていかなきゃならないんだよ。マイロが言ってたとおりに犬たちが一つにまとまってるなら、大きな群れになる」

ジェイソンは弧を描いて周り、大きく吠えた。イエス。やっとか。待ちくたびれた。

「マイロ？　あんたらと昨日一緒に来た奴だな？　あいつが俺の犬と一緒にいるってのか？」

ラヴは信じがたそうだった。ジェイソンは鋭く吠える。そうだ。さあ急げ！　さっさと！

「どうしてそんな？」とラヴが聞いた。「それに一体全体どうしてそんなことがわかる？　何が起きてるってんだ」

「そこが今重要か？」マットが苛々と言い返した。「いいか、ラヴ、変だと思ってるだろうし、俺だって無理を言ってるのはわかってる。でも信じてくれ、大事なことなんだよ。マイロがあんたの犬を見つけたなら、俺たちで迎えに行かないと」

「おい、俺だって誰より犬を見つけたいと思ってるさ！」言い立てるラヴの声が段々大きくなった。「ただ一体どういうことなのかもっと説明さえしてくれたらちっとは理解できるかもって話だよ！　そういうやり方もあるだろうが！」

もうこれ以上時間を無駄にしていられない。ジェイソンはラヴのところへ行き、前に立って、あらん限りの意志の力をこめてじっとラヴを見つめた。いいからやれ！

犬にこんな目つきをされたのは初めてだったのだろう、ラヴは仰天してまたたき、これは何だとジェイソンを凝視していた。

ふうっとあきらめの息をつき、ラヴがひげ面に手を走らせて唇の小さなリングピアスを引っ張る。

「わかったよ！　まったく、好きにしやがれ。犬の居場所がわかるって言い張るなら、行こうじゃねえか」

ティムがマットに自分の携帯を渡すと、マットが何か打ちこんだ。「これでGPS座標がわかる。マイロがあんたの犬と一緒なら、この場所にいるはずだ。どうも行きやすそうなところには見えないけどな」と画面に何かを表示する。

「見せてくれ」とラヴがぶつくさ言った。歩いていってティムの携帯をのぞく。指でスクリーンを操作して拡大表示にした。

ジェイソンは待ちながら、せかせかと息をついてジープの後ろをうろついた。

「犬たちがここにいるのか？　本当に？」とラヴが聞いた。

ティムに見つめられ、ジェイソンはそうだと一声また吠えた。

「犬はそこにいるよ」とティムが断言する。

ラヴが不安定な息を吐き出した。

「畜生が。あんたらは完全にイカれてるし、そいつを信じる俺もヤバい。でもかまいやしねえ。

見た感じ、消防道路の186号線から175号線を使って東に回りこめばこの座標に近づけそうだ。でっかい谷とか山が道と座標の間になけりゃ、ジープで行けるだろ。行ってみるまでたしかなことは言えねえけどな」

「それでもここよりはずっと犬たちに近い」とマットが言った。「よし行こう」

「やった、行こう！」とティムがうなずく。

ジェイソンも賛同して吠えた。行こう、今すぐに！

「トレーラーをつなぐよ」ラヴがまだ半信半疑で言った。「水も持ってったほうがいいな。救急箱も。それに毛布。それと、クッソ、本当に犬を見つけられた場合にそなえてドッグフードもな。全部トレーラーに積みゃいいさ」

18　見つけて、見失って

携帯のGPS信号に近づこうと車で道を走って回り込むのにかかった丸二時間、ジェイソンはずっと不安でたまらなかった。このジープや徒歩でも越えられないような渓谷に前をさえぎられたら？　マイロは今どうしているのだろう？　休んで待っていられるような日陰を見つけただろうか？　彼と犬たちは水場なしで大丈夫か？

マットにGPS信号のことを聞きたい。それが移動していないかどうか――マイロが歩き出していないかどうか。一分ごとに、残りの距離はどれだけなのかたしかめたい。だがどれも聞けない。話せないのだから。マットの手にある携帯を垣間見たり、マットが運転席のラヴに出す方向の指示から推し量るしかなかった。

　この容赦なく照りつける陽の下に、マイロがたよりない人間の肌のままでいると思うと、吐きそうな気分になった。ラヴの犬たちのことも心配だ。もう昼をすぎてかなり経つ。日没までにマイロを見つけられなかったら？

　実際のところは、携帯のGPS信号のかなり近くまでジープでたどりつくことができた。道を外れて八キロほど走った末に、鋭い岩や丸い岩の隆起に前を塞がれる。山とまでは言えないが、かなりの威圧感があった。

「こいつは……ジープじゃとても越えられねえな」ラヴがフロントガラスから眺めて断言した。

「北か南から回りこめないか見てもいいが」

「発信源はほんの数キロ先みたいだな」とマットが携帯を見つめた。「まっすぐ東だ」

「じゃあ後は歩いてこうよ」ジェイソンと一緒に後部に座っていたティムが窓から外をのぞいた。「この岩、どこまでも続いてるように見えるし」

　ここまで近くに来たらすぐさまマイロを探しに行きたいジェイソンも、吠えて同意した。ティムが後部ドアを開けると、彼の膝をとびこえて外に出る。足裏が砂漠の地に付くと、振り返った。来ないのか？

「きみはジェイソンと一緒に行け」マットがティムに言っていた。「とにかく東へ向かってくれ。俺たちは車でぐるりと回りこめないか見てみる。駄目だとわかればここに車を停めて、歩きできみらを追う」

「わかった」とティムが答えた。

次の瞬間、ジェイソンは先に立ってその岩の隆起を登っていった。

ほんの数分で、熱気がジェイソンの毛皮の内側までじりじり焼きはじめた。先に行きたくてたまらないが、ティムを置き去りにもできない。ティムは追いつこうと駆け足だった。ラヴがいないこの隙にと、ジェイソンに現状を伝えてくる。

「あなたが帰ってくる一時間くらい前にビル・マクガーバーと電話で話したよ」小走りでハアハア息をつきながらティムが言った。「この三日間だけで、町のクイックが九人、ウイルスに感染した。まだ拡がってる」

ジェイソンはクゥンと鳴いた。いい知らせではない。

「でも人間は誰もかかってない。だから、僕らはやっぱり平気みたい」

ふむ。せめてそれだけでもありがたい。

「マイロを見つけた時、連れの中にウイルスに感染した犬がいたかどうか何かつかめた？」

ジェイソンは一声吠えた。イエス、マイロがいると言っていた。

ティムががっかりして溜息をついた。ジェイソンの返事も理解できないし、どうやらジェイソンが犬の姿でいる間は知りたい答えが得られないと思っている。

「ああもう。みんな無事だといいけど。抗体も見つけられますように」

ジェイソンは返事をしなかった。ただ前に後ろにと駆け回る。ティムが追いつくのを待つ間に地面を嗅いだが、何も嗅ぎとれなかった。マイロと犬の群れはここを歩いていないし、空気中のにおいはかなり近づくまで届かない。

そしてまた五分がすぎ、流れてきたにおいをジェイソンはコヨーテかと思ったのだが、いや、もっとなじみのある、ずっと強いにおいだ。犬。たくさんの。ラヴが保護していた群れに違いない。

こらえきれずにジェイソンはティムに向かって吠え、全力で前に駆け出した。

マイロ――。

砂漠のこのあたりは地形が多様だ。地面からのぞく赤や黄の岩の頭、乾燥に強いセージのまばらな茂み。犬のにおいはするが姿は見えない。

その時、黒毛の雑種の犬が一頭、岩の並びを回って現れた。その犬がジェイソンに向かって吠える。近づくなと、警戒して。

だが離れたままでなんていられなかった。ジェイソンはその岩に向かって全力で走った。

近づきすぎるな、近づきすぎるな——頭の中で自分に言い聞かせる。だがマイロを見るにはそこまでは近づかないと。マイロの目を見つめて。無事をたしかめて。

岩山を大きく回りこむ。すると、そこにいた。岩の落とす影はこの時間にはほんのわずかで、砂漠になけなしの日陰を作っている。マイロが岩に背中をもたせかけ、膝をかかえて首を傾け、眠っていた。手にはマットの携帯がある。ラヴの保護犬たちが彼の周囲に集まり、酔っ払いの群れのように岩の上に寝そべっていた。暑くて喉が渇いている様子で、どの犬も痩せすぎている。だが生きていた。

ジェイソンは安堵して吠えた。マイロへと吠えた。

マイロが目をぱちくりして起きる。視線がジェイソンをとらえた。顔を輝かせた笑みは信頼と喜びそのものだった。

「ジェイソン！」

ジェイソンの吠え声には、むき出しの響きがあった。迎えに来たぞ、やっと来た。よくやった、本当によくやった、マイロ。すべきことを見事にやったんだ。素晴らしい、勇敢なマイロ。

マイロが立ち上がって伸びをした。まだこんなありがたくない状況だというのに、ジェイソンはそののびやかな体の線を愛でずにはいられない。マイロの日焼けも怪我もそうひどくはないようだった。ありがたい。

「もう一緒に行けるの？」マイロがあくびをして聞いた。「犬たちには食べ物と水が必要だよ。

たくさんね」

あくまで淡々としたいつも通りのマイロだったので、ジェイソンはうれしくなった。吠えて同意する。イエス。今迎えが来る。

ティムが岩を回りこんできた。はっと立ちすくみ、わずかな日陰にマイロとこんなにも多くの犬たちが身をよせ合っている光景を見つめた。

それからティムが走り出した。まっすぐマイロに駆けよって抱きしめる彼を、ジェイソンは何とか妬むまいとした。裸のマイロをきつく抱きしめている。別におかしな含みがないのはジェイソンだってわかっている。だが今ああしてマイロを抱きしめられるならジェイソンはタマだってくれてやるのに——とりあえず片方なら。

「大丈夫？」

ティムが半歩下がってマイロの全身をざっと見た。あまりに色々見えてしまってその頬が少し赤らんだが、さすがにそれで慌てたりはしない。

「うん。喉がからから。犬たちも」マイロがティムに答えた。「すごいよ！　三匹の犬からウイルスのにおいが嗅げたんだ。これでジェイソンがワクチンを作れるよ！」

マイロはそれを伝えられてとても喜んでいるようだった。ティムがはっと息を呑む。切羽つまった者の、ついこぼれた音だった。

「本当に？　やった、やったよマイロ。ありがとう！」

ティムがまたマイロを抱きしめ、マイロはうれしそうに抱きしめ返した。ちょっと長すぎる。

ジェイソンは苛立ってふたりに吠えた。

ティムが体を離すと、きまり悪そうにジェイソンを見た。

「そうだね。きっとランスも怒るね」

「ランスが何を怒るの?」とマイロが聞く。

ティムは首を振った。

「何でもないよ、マイロ。僕はただ……会えてうれしいよ。ああほんとによかった!」

「だよね! あれがジェイソンだって知ってる?」マイロがジェイソンを指さし、笑顔を向けた。「ジェイソンが自分の犬を外に出してあげたんだよ。よかったよねえ!」

ティムが笑った。

「そうだね、うん。ジェイソンがきみらを見つけるのを手伝ってくれたんだよ。みんなもう涼しいところに行きたくてたまらないよね! ラヴとマットがすぐそこまで来てて、トレーラーと水とごはんもあるよ。みんな一緒に帰れる。ね?」

ティムの声は安堵で震えていた。Tシャツの上に着ていた長袖シャツを脱いでマイロに着せてやる。それだけでなく、自分のショートのカーゴパンツまで脱いでマイロにやり、自分はボクサーパンツ姿になった。

その頃には犬たちがティムを歓迎しに立ち上がり、ティムはしゃがみこんで届く限りの犬をなでながら励ましの言葉をかけた。「みんな大丈夫？　具合は？」

　ジェイソンはぺたりと座りこんで、ただ見ていることしかできなかった。見て、そして無言の応援をマイロに向かって送る。マイロのまなざしはジェイソンを見つめたままで、その唇には笑みがともっていたので、きっと応援の気持ちは届いている。

　マットとラヴがもうじき来るはずだ。救いの手が近い今、ジェイソンの思考はすでに先に向かって勢いよく回り出す。マイロと犬たちは助かったが、この難局は終息にはほど遠い。まず第一の仕事は、ウイルスに感染しているとマイロが見なす犬たちを調べて抗体が血中にあるかどうかたしかめる。ＣＤＣのエリザベスにも翌日便で血液の検体を送るべきだろう、ジェイソンが抗体の分析に手間取った場合にそなえて。彼女なら血液型を調べて、それをＣＡＳＰ－１ウイルスの患者に投与しても安全かどうか結論を出すこともできる。

　人間の姿に戻りたくてたまらない。自分のラボで、すべての器具に囲まれ、できることならマイロもそばにいて。犬としてのジェイソンはごく平凡な存在だ。だが科学者としてなら……。

　そう。そろそろウイルスのケツを蹴り上げてやる頃合いだ。


　マットと一緒にモーテルに戻ってやっとジェイソンが人間に変身できる状況になったのは、もう暗くなってからだった。そこまでの数時間は非現実的だった。砂漠からの帰り道、マイロと犬たちはトレーラーに乗り、ジェイソンは——犬の姿のまま——彼らと接触しないようにジープに乗っていた。保護シェルターに戻るとマットはそそくさと自分のラングラーにジェイソンを押しこみ、変身させにモーテルに向かった。ティムはラヴと一緒に残り、マイロや犬たちの世話を手伝った。ジェイソンはマイロを置いていきたくなかったが、人間の姿にどうしても戻りたかった。

変身の苦痛は、前ほど身を削られる感じではなかったが、眩暈と吐き気は悪化していた。終えるとジェイソンは子猫のように弱りきって汗まみれで、モーテルのバスルームの床で震えていた。少しの間倒れたままでいて、やっと立ち上がれるようになるとシャワーを浴びた。

バスルームから出た時には人心地を取り戻していた。実際、あまりにも人間らしい気分だったので、この二十四時間がまるで高熱の見せたただの夢のようにも思えた。

マットがジェイソンの部屋の小さなテーブルの前に座って、ノートパソコンのキーを叩いていた。

「ティムから電話があったよ。マイロは、ラヴの犬の中の三頭がウイルスに感染してたと断言してる。防護服を着て採血に行くかい？」

「ああ。マイロはどうしてる？」

「ティムが、元気だと言ってたよ。脱水症だが、栄養と水分を取った。昼寝しているそうだ。俺がマイロの着替えを向こうに持ってく」

「え？　どうしてだ？　マイロもここに戻ってくればいいだろう。もうひとつ部屋を借りれば私が感染する心配もない」

マットが顔を上げ、ジェイソンと目を合わせた。じっと顔を眺める。

「その話をしないとな。今、飛行機の便を確認してたんだ。できれば、あんたが例の三頭の犬から採血して、ここに戻って抗体があるかどうか確認したら、今夜のうちにフレズノ行きの便に乗ってほしい。午後十一時の便があるから。予約しといたら間に合うと思うか？」

ジェイソンは鼻の上に眼鏡を押し上げた。眼鏡！　鼻！　しみじみありがたい。

「どうして私が車ではなく飛行機で戻るんだ？」

「マイロは感染しているかもしれない。大丈夫だとはっきりわかるまで、あんたを近づけるわけにはいかないんだ」

無論ジェイソンもそれはわかっていたが、科学者でも医者でもないマットに方針を決められるのは業腹だった。反論したいが、データも承知している。多くのウイルスに二日以上の潜伏期間があり、その間に周囲を感染させることもあるのだ。

「車内で防護服を着たっていい」とためしに言ってみた。

「どうしてリスクを冒す？」マットがたたみかけた。「ティムもランスのところにすぐ戻りたがってるし、あんたと一緒の便で行けば何時間かで検体を持って向こうに着ける。マッドクリークから誰かがフレズノまで迎えに来るから。マイロと俺は車で後から戻るよ」

マットに腕をつかまれて、ジェイソンは驚いた。同情の表情だった。

「いいか、今回の事態は誰にとってもしんどいんだ。悪いとは思うよ、あんたがマイロをすごく心配してるのにそばに行け――」

「私はマイロを心配しているわけではない」

固い口調で言い返す。真っ赤な嘘だ。

マットが面食らったようにジェイソンを見た。

「とにかく要点はだ、今、俺たちを救えるのはあんただけだってことだ。犬になってのあれこれで、あんたはすでにひとつ危険な賭けをしたんだから」

ジェイソンは鼻を鳴らした。「私がしなければ彼らを見つけられなかったかもしれないだろう」

「そうだな、たしかにさ。でもここまで来たらそれ以上のリスクを冒す必要はないだろ。だから、たのむよ。お願いだ、ジェイソン。治療法に専念してくれ」マットの声がいきなりこもった。ごくりと唾を呑む。「とりすがってたのめばいいか？　ローマンに何かあったらと思うと俺は死ぬほど怖いよ、それが本音だ。ローマンは元気だって言ってるけど、町に出た患者を迎えに行ってクリニックまで送ってるんだ。畜生。俺たちそれぞれに、失えないものがある」

腕からマットの手が離れて、ジェイソンは手で顔を拭った。何とかしてマイロと少しだけでも静かな時間をすごしたい。一時間でも、一分でも。だがマットの言うとおりだ。ジェイソンが優先するべきはそれではない。

溜息をついた。

「飛行機を予約してくれ。抗体検査はそう短時間ではできない、二十四時間ほどかかる。だが私はこれについてはマイロの嗅覚を信じるよ。血液を採取してすぐに検体をＣＤＣへ送りたい。それから自分のラボに戻り次第、あそこでも検査を行う。そうすれば、検査結果を待つ間に血液型を調べたり、抗体が陽性だった時に備えて色々な準備を行える」

「それで十分だ。ありがとう、ジェイソン」

マットが心をこめて言った。

ジェイソンは首を振る。礼なら後で聞かせてもらおう。皆が生きのびられた時に。


三日後、土曜日の夜、ティムとミニーが裏口からジェイソンの家へ入ってきた。この数日で大勢が家を出入りしており、すでにノックもしない。ジェイソンも顕微鏡からほとんど顔も上げなかった。

「夕ごはん持ってきたよ」

ティムがそう宣言した。ダイナーからのテイクアウトをインタビュー用のテーブルに置く。

鼻がハンバーガーのにおいを嗅ぎとって、ジェイソンは強い空腹感を感じたが、すぐに吐き気がこみ上げた。すっかりくたびれ果てている。だが仕事の手を休めたくなかった。今はＣＤＣのエリザベスから届いたばかりの処理済の血漿を見ていたのだ。マットがフレズノの空港まで車でこの検体を引き取りに行ってくれた。

　マイロが嗅ぎ分けた三頭の犬の血中に、ＣＡＳＰ‐１の抗体が存在することはつきとめた。だが抗体を使えるようにするには、ジェイソンが望んでいた以上に時間が必要だった。単にドナーの犬の血液を患者に直接投与するようにはいかなかった。

　ひとつには、ラヴの群れにいた三頭のドナー——ウイルスに感染して克服した、まったく変哲のない普通の犬たち——は比較的小型の犬種だった。よってそう大量の血を抜くことができない。さらに、異なる血液型と抗原を適合させる難しさもあるし、当然、異種間での投与も懸念材料だ。犬の血液型はＤＥＡ——犬赤血球抗原《ドッグ・エリスロサイト・アンチゲン》——というたんぱく質によって分類されている。人間の血液はまた別のたんぱく質を持ち、それによってＡＢＯ式で分類される。クイックの血液は、ジェイソンが発見したところ、どちらの場合もあり得る。たとえばランスならば、現在の犬の姿での血液型はＤＥＡ‐１・１型で、理論上はほかの犬からのどんな形の血液も、命とりになる溶血性輸血副作用を引き起こすことなく輸血できるはずだ。だが本当に？　クイックの生体システムが拒否反応を起こさないだろうか？　何のデータも存在しない。前代未聞の行為だからだ。

　当然、クイックの患者たちは全員ある程度の犬のＤＮＡを有するが、ランスやリリーやほかの数人は、先祖から人間の完全なＤＮＡも受け継いでいる。

それに種族の差違の問題だけではなく、エリザベスは患者に血液をそのまま与えることに強く反対していた。未処理の血液には肝炎など、ほかの感染症が含まれている可能性があるからだ。ＣＡＳＰ－１を治癒できたとしても同じくらい深刻な病気にかかってしまうかもしれないのだ。

エリザベスが解決策を一緒に探してくれた。そのままの血ではなく血漿を患者に投与すれば、血液型の相性さえ合えば抗原の一致までは必要ない。その血漿は、溶媒で処理してウイルスを不活性化する必要があった。ジェイソンはそのための機器を持っていなかったので処理はＣＤＣのラボで行うしかなかった。

今、ジェイソンはランスの血液をスライドに乗せて、溶血——血液型の不一致による血球の破裂——が起こらないかどうかたしかめていた。そんなありがたくない事態は避けたい。

「どんな感じ？」ティムがそわそわとジェイソンの肘のところへ寄ってきた。「できた？」

ジェイソンは深呼吸をして、スライドのほかの部分を見ようとダイヤルを回した。異常なく動き回る血球が見える。

「今のところランスの血液は、この新しい血漿に望ましい反応を示している。だがすべての患者の血液を確認しなければ。時間が必要だ」

「僕らにはそんな時間——」

ティムが鋭く言い返そうとした。言葉を止め、ぐっとこらえて声を抑える。

「だって、ジェイソン。ランスは、もう僕のこともモリーのこともわからない。昨日モリーをつれて行ってガラスごしに会ったんだ。でも僕らが誰かもランスにはわからなかった。今のランスは、点滴されてるから生きてるだけだ。ほとんど昏睡状態で、どうしようもないほど弱ってる」

ティムの声はみじめだった。

「私は全力を尽くしている」

罪悪感と同情と苛立ちが入り混じった声で、ジェイソンは突っぱねた。責任がずしりと重い――事態を解決し、しくじらないように、ランスや皆を救わねば。だが患者を殺すようなミスも御免だ。そんなことになったら洞窟にこもってしまいたい。たとえ町が許してくれてもジェイソンは自分を許せないだろうから。

しかしまともな時間でできる検査と試験はやり尽くしつつあった。これより高度なことをするには何ヵ月、あるいは何年もかかるだろう。

「リスクがあるのはわかってる」ティムが声を強めた。「ランス……ランスだってわかってくれる。僕とモリーのところへ帰るためなら、ランスは何だろうと――どんなことでもやろうとするよ」

ジェイソンはうなずくと、溜息をついて顕微鏡から顔を上げた。時計を見てためらう。もう午後六時近い。

「この検体のすべてに、七時になっても拒否反応が出なければ……」また溜息をつく。「私には何ひとつ保証できないのはわかってるだろう、ティム。できたらと思うが」

「わかってるよ。ジェイソンのせいじゃない。じゃあ、自分まで倒れる前にハンバーグを食べなって」

ミニーがすでにテイクアウトの袋を開け、ジェイソンのキッチンからさっさと皿と飲み物を取ってきていた。インタビュー用のテーブルに食事を並べる。

「ドクター・クーニック、みんなあなたにとても感謝しているのよ」席に着くと、ミニーが優しく言った。「あなたにもマクガーバー先生にも。ほんと、あなたたちがいなければ私たちどうなってしまっていたかしら」

ジェイソンは固い微笑を返した。元気づけようとしてくれるのはありがたいが、まだ誰ひとり救えていないのだ。バーガーを手にする。こうして食事が目の前にあるからにはさっさと食べて顕微鏡の前に戻り、あと二十四時間は栄養摂取にわずらわされずにすごしたい。おかしなことに、まったく腹が空いていなかった。食べ物のにおいが、車内に長いこと放置されていたもののようで、かけらも食欲をそそらない。

「マイロはどうしてる?」とティムにたずねた。

ティムとミニーが目を見交わす。

「元気にしてる」とティムが言った。「あなたのことをしきりに聞いてくるよ」

　ジェイソンは恋しさを覚えた。くそう、もう三日だ。もうじきマイロが帰ってきても安全になるだろう。

「倦怠感や発熱は？」とたしかめた。「マイロの体温は測っているな？　最新の測定はいつだ」

「正午ごろ。まったく熱は出てないよ」とティムが辛抱強く答えた。

「ありがたい」

　ジェイソンは呟いた。ハンバーガーを無理に一口押しこむ。今回の事態でひとつだけ幸運を選べたならば、マイロの無事を、ＣＡＳＰ‐１にかからないですむ運を、ジェイソンは願っただろう。

「ラヴがマイロに電話をかけてきてるよ。マイロもすっかり〈ホールド・マイ・ポゥ〉に入れ込んでるね」とティムが続けた。

「何だと？」パサついたパンと肉のつまった口で返事をした。ミネラルウォーターを一口あおって飲みこむ。「どうしてラヴが電話をかけられる？　マイロは携帯を持ってないだろう」

　ティムが気まずそうな顔になった。

「それがさ、マイロが犬の様子をたしかめに、僕の家からラヴに電話したんだよ。それでラヴは僕の家の電話番号を知ってるってわけ」

　そいつは何とも素晴らしくもありがたい話だ。こらえたが、ジェイソンはそう皮肉を言いたかった。彼はこうしてティムの配偶者を救おうと二十四時間働いているというのに、ティムは早速色気を見せてきた最初の男とマイロの橋渡しとは。

「もう食えない」

ジェイソンは食事を押しやった。突然にひどい吐き気と熱っぽさを感じていた。食べ物……食べ物など、今この瞬間はまったくほしくない。

「どうかしたの、ドクター？」とミニーがたずねた。

「仕事に戻らないと」

ジェイソンは立ち上がって顕微鏡へと一歩進んだ。部屋が揺れ、さっきから疲れを感じていた足が急に痛みだした。とんでもないほどに。筋肉の奥底に虫歯が生じたような痛み。歩みを途中で止め、体を支えようと手をのばした。

「ジェイソン？」椅子が鳴る音がして、ティムがジェイソンの腰に手をやり、腕を支えた。

「大丈夫？」

そんな。いや、ありえない。そんなわけがない。

だがそうだった。即座に、ジェイソンはこの正体を悟っていた。こんなに強烈に、ここまでの脱力感を生じさせるものはほかにはない。

ティムの手が額に当てられるのを感じた。

「うわ！　熱があるよ」

ウイルスだと。それも今。あんなに用心していたのに！　色々なものまであきらめて――マイロを砂漠で抱きしめることもこの家にマイロを置くことも。一緒にいるのをあきらめたのはウイルスに感染しないためだったのに。なのにどうして！

「ビルに電話して！」

ティムの叫びがウールでくぐもったように聞こえた。

「顕微鏡」とジェイソンは小さな声を絞り出す。「検体を確認しないと。まだ仕事はできる」

「横にならないと駄目だ」とティムがきっぱり言った。

遠くからミニーが電話で話す声が聞こえてくる。

ティムがベッドルームのほうへつれて行こうとしたが、ジェイソンは動かなかった。すっきりさせようと頭を振る。

「ティム、やめるんだ。まだ作業はできる。あと二、三時間かは、せめて。たのむ。この血漿を注射する準備をすませないと」

ティムがためらった。ジェイソンは初めての、心底からの恐怖を覚える。いつも感じているような不安感やストレスからくる胸騒ぎなどとは段違いの。これはむき出しの、原始的な死への恐怖だった。もし血漿に効力がなかったら？

もし犬に退化して、永遠にそのままだったら？

「わかった、ジェイソン。いいよ」

ティムがそっと言った。彼はジェイソンを支え、顕微鏡の前へとつれていった。

19 待ちに待ったニュース

マイロは、ティムとランスの家に車が近づく音を聞いた。カウチをあわてて乗りこえて窓まで行く。望みも笑顔も、来たのが誰だかわかって途絶えた。サイモンだけだ。

サイモンの何が悪いわけでもないが。いいひとだ。気のいいクイックだ。だがマイロは一瞬、ジェイソンが来たかと期待したのだ。

間抜けだ。ジェイソンが病気で、ほかの皆と一緒にクリニックにいると誰もが知っている。たとえマイロに会いたくたって今日ここに来られるわけがない。

サイモンが古い車から、穴を飛び出すうさぎのようにはね出てきた。ジャック・ラッセル・テリアという犬種なのだと、サイモンは言っていた。小柄で引き締まった体格で、真っ白で短く刈り上げられた髪はビロードのようだった。青い目は輝いて活力に満ちている。今日のマイロは心が沈んでいて遊ぶ気力はなかったが、サイモンの活発さにわずらわされないように我慢しないと。

サイモンがノックして、マイロはドアを開けた。

「ハーイ、マイロ！」サイモンが大声を出す。「ハイ、ハイ、ハーイ！」

「やあ、サイモン」

サイモンは挨拶にマイロの胸元をさすった。

「聞きたい？　町でティムに会ったら、きみに会いに来てもいいって言うから。たくさんニュースがあるんだよ！　いいやつ、もっといいやつ、それにすごいやつ！　話すのが待ちきれないよ！」

「上がってく？」

もうサイモンは玄関の中に入っていたが、マイロはそうたずねた。客に対してティムはいつもそう聞く。

「そうする！　ありがとう。ニュース聞きたい？」

サイモンが爪先立ちでぴょんぴょん跳ねた。

「うん、お願い」

サイモンは満面の笑みで、秘密を語るのが楽しくてたまらないのだとその目でわかる。

「ランスが良くなったよ！　リリーも！　フロイドもウィルバーもルビーもね！　でもランスがみんなの中で一番の一番に良くなった！　もう食べたり飲んだり自分でできるってティムが言ってた。それにティムが話しかけるとわかるんだって！　まだ毛皮のままで、ほら弱ってるからなんだけど、でもすごく良くなってる。マクガーバー先生がすぐ元気になるって言ってた。ドクター・クーニックの作ったやつが効いたんだ！　これって今まで生きてて聞いたこともないくらい最高のニュースじゃない？」

サイモンが指をひらつかせて、尾を振りたいのをどうにか我慢してるように腰がゆらゆらした。

とてもいいニュースだと、マイロも思う。微笑んだ。

「ジェイソンは？　彼も良くなった？」

サイモンは目をぱちくりさせた。

「どうだろう。ティムはドクター・クーニックのことは言ってなかった。彼も病気なの？　それはひどいね、ワオン！　みんなが良くなってるんだから彼も良くなるよ！　だから大丈夫。ほかにも話したいニュースがあるんだよ！」

「いいよ」

「聞きたい？」

サイモンが期待をこめてマイロを見つめた。

「うん、サイモン。聞かせてちょうだい」

「俺たち、新しいキャビンに移れるよ！」

世界一うれしいサプライズであるかのように、サイモンがそうぶちまけた。

マイロの微笑が消え、喉元に塊がつっかえた。

「それ、どういうこと？」

「新しいキャビンだよ！　俺たちが建てた！　中の壁とかまだ済んでないところもあるけど、ほとんど完成だよ。新しいキッチンとバスルームとあと全部！　それにミニーが使ってないベッドを置いてくれた。今日引っ越せるよ！」

サイモンがマイロの腕をつかんではしゃぎながら揺すった。

「俺たちはルームメイトになるんだよ、マイロ！　自分だけの部屋もある。いいニュースじゃない？」

マイロにはいいニュースだとは思えなかった。それどころかひどい話だ。激しくまばたきし、話を理解しようとした。

「ミニーが……ミニーがそう言ってたの？　僕は新しいキャビンに引っ越さないと駄目だって？」

「うん、うん！　ベッドルームが五つあって、その一つがきみのだよ！　覚えてないの？」サイモンが小首を傾げて不思議そうにマイロを眺めた。熱狂がしゅんとしぼむ。「どうしたの？うれしくないんだ？　自分の部屋が持てるんだよ。好きなだけいつまでもいていいんだ。ルームメイトもいるよ！　俺とルイーズとピックルスとジョージ。絶対楽しいよ！」

「そうだね」

マイロは作り笑顔になったが、歯を剝いているだけのような気がした。うれしくない時にうれしいふりをするのは今でもしっくり来なかったが、時にはそれが礼儀だとジェイソンが言っていたのだ。サイモンはとてもはしゃいでいる。そのニュースが大嫌いだとは、マイロにはとても言えなかった。

マイロの笑顔にサイモンは落ちつき、また爪先立ちで跳ねた。

「そうだよ！　今から荷造りする？　車あるよ。何でも好きなものを新しい家に持ってきていいよ。ここにも何か置いてある？　ドクター・クーニックの家とか、なんならリリーのところにも寄れるし。今すぐきみの持ち物を全部キャビンに運べるよ！」

何もかもがいきなりすぎる。どうしてこんなに突然？

「ティムのことは？」とマイロは聞いた。「さよならも言わずにひとりにするのはよくないよね」

「ううん、全然、ティムは大丈夫！　ランスが良くなってるしもうすぐランスも赤ちゃんのモリーも家に帰ってくる。ティムにはキャビンの準備ができたって話してあるから、平気だよ、俺と一緒に今すぐ行っても。今日！」

「ああ……」

「荷造り手伝おうか？　大勢いれば早くすむよ！」

不意に、マイロはこれ以上サイモンの存在に耐えられなくなった。どれほど気持ちが沈んでいるのか隠すのがつらい。

「ううん、いいよ、サイモン。外で待っててくれる？」

「もちろん！　すぐ外にいるからね」

サイモンは小走りで、幸せそうな足取りで出ていった。マイロはドアを閉めてもたれかかった。それから床に沈みこむ。

荷造りしろ。すぐに。ここを出るんだ。

マイロは身震いした。ひどく孤独でちっぽけな気分だった。

新しいキャビンへの引っ越しは悪いことではない、と自分をいさめる。町が住む部屋をくれるのなんて親切だ。優しい！　予定通りだし。はじめからこうなるはずだった。

そう自分に言い聞かせることはできる。だがそれで、潰れそうな胸の苦しさが消えるわけではない。

ティムのところで暮らすのは〝一時的〟なことだと言われていた。ジェイソンのところへ二度と戻れないなんて知らなかった。これでさよならだなんて。でもそうだったのだ。ジェイソンはマイロがいらないのだ。今度もまたマイロは置いていかれた。

どうしてジェイソンはマイロがいらないのだろう？　あのアリゾナのモーテルで、ふたりは互いに体を分け与えたのに――キスとふれあい、魂と魂。マイロは、あれがふたりの間の接着剤みたいだと思ったのだ。ジェイソンは抗っていたけれど。そのあとマイロはラヴの群れを追いかけ、自分がどれだけ勇敢になれるか、ジェイソンに釣り合うところを見せようとした。ジェイソンも追いかけてきてくれた、自分も犬になって！　犬になるのが大嫌いなはずなのに。でもマイロのためにやってくれた。その後は……その後は、ふたりの間には距離しかない。ジェイソンが、ウイルスにかからないように気をつけないといけないのは知っている。ティムから幾度も幾度も聞かされてきた。マイロも理解している。でもジェイソンは来なかった、ずっと、一度も来なかった。電話もかけてこなかった、ラヴはかけてきたのに。マイロにずっといてほしいとも言わなかった。家に帰ってきてくれとも言わなかった。

ジェイソンは前、マイロに言った——キャビンが完成したらマイロはそこに住むのだと。それがジェイソンの望みでもあると。マイロとの〝永遠〟はほしくないのだ。ジェイソンはマイロをつがいにしたくない。

胸の痛みがどんどん、どんどん強くなっていく。心臓が脆く熱く感じられた。それから喉から音がこぼれ、マイロの顔が濡れた。

大丈夫、と自分に言い聞かせる。大丈夫。

でも駄目だった。

またひとつ、失った。またひとり、彼を置き去りに去っていった。また最初からやり直し。楽になっていくはずなのに、そうはならなかった。今回の別れは一番ひどい。

星にかけた願いはかなわなかった。本当に求めるものを見つけられていない。愛しているものをここでも失ってしまうなら、ヒトになった意味なんてどこにあるのだろう？

ジェイソンは何かが顔を叩いているのに気付いた。無視して、鈍く心地いい眠りの中にとどまろうとしたが、それは……それはまさにとてつもなくしつこかった。唸って、目を開ける。ランス・ビューフォート、堅苦しく無駄に仰々《ぎょうぎょう》しい保安官のユニフォームに身を包んだ彼が、ベッド脇の椅子に座っていた。人差し指と親指でもう一度ジェイソンの顎をつつく。

「おや、おや。息があったぞ」

「さわるな」

ジェイソンは文句を言い、その一瞬、ふたりして学生時代に戻ったようだった。ただジェイソンの声はしゃがれていて、それにもうランス・ビューフォートにとてもかなわなかった子供ではない。ジェイソンは起き上がろうとした。自分のベッドで寝ている。どういうことだ？

「お前はウイルスに感染したんだよ。もう良くなった」

ランスが単刀直入に、ジェイソンの心を読んだように解説した。

「それはわかっている。きみは一体ここで何をしている、ビューフォート？」

ランスの表情がやわらいだ。咳払いをする。

「ああ、ほら、お前が作った血漿が効いたんだよ。我々は……いや、ジェイソン、俺はお前にでかい恩ができた。それこそまず返しきれないほどの」気まずそうに肩をすくめた。「科学がどうのっていうお前の話、一理あったのかもしれないな」

それはきっと、ランス・ビューフォートがマッドクリーク以外のものに価値があると認める最大限の言葉だっただろう。ジェイソンはただとにかくその知らせにほっとしていた。

「ありがたい、効いたのか？　全員に？」

「町に出たすべての患者に。お前も含めてな、わかりきったことだが」

ジェイソンはずっと緊張続きだったかのような——眠っていたのに——重い溜息を吐き出した。胸の奥の何かがゆるむ。ゆっくりと、この数週間のことがよみがえってきた。

「では血漿に副作用はなかったのか？　拒絶反応は？」

「知る限りはない。全員が回復して元気になっている。医学的な話はビルに聞いてくれ」

ジェイソンは腕で体を支えるとヘッドボードに寄りかかって座った。パジャマを着ているのがなんだか変だ。筋肉が弱っているが痛みはない。病床での痛みはあっただろうか？　あった気がする。かなりの痛みが。反射的に手を見て、裏に返した。すっかり人間の手だ。やや生気に欠けるものの。挿管を行った手首に小さな赤い点が残っていた。剃られた前脚に点滴の針を刺された記憶がぼんやりとある。

顔を上げると、ランスがじっとこちらを見ていた。

「ウイルスの後遺症は？　機能低下は？　言語能力の異常は？　何も感じなかったか？」

ランスが顎をさすった。生来の毛の濃さのせいで、きれいにひげを剃っているのに顎のひげ痕が青い影のように見える。

「うむ、ティムならきっと俺の〝機能〟について以前と比較して言えるだろうが、俺としては問題なさそうだ。ただ、病気の最中のことはあまり覚えてないが」

「ほう？　最後の記憶は？」

「パーティで、お前とビルとポーチに立って話していたところだ。その後はぼんやりしている」

ジェイソンはまばたきした。それは相当な途絶だ。

「では病気になったことは覚えてないのか？」

「具合が悪かったことはなんとなく覚えているが、あとは駄目だな。お前はどうなんだ？　血漿を作ったのは覚えてるのか？」

ジェイソンは小馬鹿にした顔になった。

「血漿はラボで作るものではない、レゴのセットじゃないんだ。肉体が血液を作り、それが血漿のもとになる。我々にできるのはそれを分離精製することだけだ」

「そうかそうか」ランスが退屈そうに言った。「じゃあ血漿の作業のことは覚えてないのか？　作業の手順を書き留めてあるといいんだが。いつか新しいのが必要になった時にそなえて」

ジェイソンは思い出そうとした。どこまで覚えている？　マットとティムとマイロと一緒にアリゾナへ車で向かったのは覚えている。マイロがシャワーの中に入ってきたのも覚えていて、そして……そう、これは大事にしたい思い出だ。ラヴの犬たちが脱走したのも覚えている。マイロがその犬たちを探しに行ったことも……。

「マイロは?」ジェイソンはだしぬけにたずねた。「マイロはどこだ?」

「元気だよ」ランスが立ってのびをした。「ウイルスには全然かからなかった。さて、そろそろお前も休んだほうがいい」

「マイロはここにいるのか? どこにいるんだ?」

ランスはジェイソンに向けて眉をしかめた。

「ジェイソン、お前はほぼ一週間寝たきりだったんだ。新しいキャビンが完成して、マイロはそこの自分の部屋に引っ越したよ。言ったろ、元気だって」

ジェイソンはランスを凝視した。

「彼は大丈夫だよ。そう心配するな。皆元気だ」そう言って、ランスはごくりと唾を呑んだ。

「とにかく、お前とビルのおかげでな」と身をのり出してジェイソンの肩に手を置く。「我々は忘れない。この町は。群れは。決してこのことを忘れない」

その声はざらついていた。

背をのばしたランスは少しばつが悪そうだった。

「じゃあ、ええと、リリーがキッチンに料理をいくらか置いてった。いくらか、というのはな、命が惜しければ冷蔵庫のドアはゆっくり開けろというくらいの意味だ。俺は仕事に戻るが、何かほしいものがあればミニーが隣の部屋にいるからな。もうすぐビルも来るだろうしな。俺はただ、一言言っとこうと……まあ、そういうことだ」と宙に曖昧な手を振る。

「どういたしまして」

「ああ。じゃあ……お前がマッドクリークに帰ってきてくれてうれしいよ。またな、ジェイソン」

ランスが去ると、ジェイソンはベッドに座って少しばかり放心していた。自分は回復し、ランスは元気で、血漿は効果を発揮したのだから、ほっとするべきところだろう。少なくともこれで正式なワクチンを作るまでの時間は稼げた。だが静かな部屋は何かが欠けているようで、肌に冷気が染みこんでくる。思えば彼の人生にマイロがとびこんできてから、ひとりでこのベッドにいるのはこれが初めてだ。ベッドがひどく広く、とても、とても空っぽに思えた。

マイロがいなくなった？　いなくなったのだ。ジェイソンが病気の間に、マイロは自分の道を進んでいった。ジェイソンは這いのぼってくるような恐怖を感じる。まるでランスからこう言われたかのように──「そう言えばお前が病気の間に地球が軌道から外れたぞ。でも心配するな、科学者たちは大丈夫だと言ってる」と。

大丈夫？　いいや、何も大丈夫などではない。

わかっている。マイロはここから離れて新しい一歩を踏み出したのだ。マイロは愛らしい。

あんな痛みを体験してきたというのに、素直で慈愛に満ちている。誰だってマイロを好きになる。そしてマイロも誰かを……たとえばラヴを、好きになるかもしれない。うっすらと、ラヴがマイロに会いにきたとか――電話をしてきたんだったか――そんな話を聞いた記憶もある。ラヴはどう見てもマイロに好意を抱いていた。それにマッドクリークのクイックたち。彼らはマイロのことを素敵だと思っている。もう新しいルームメイトと仲良くなっているかもしれない。誰かと交合したかもしれない。ジェイソンではない誰かと。

何しろマイロは、不安障害を抱えた研究一筋の気難しい科学者のことだって愛せたのだ。なら誰だって愛せるはずだ。

ジェイソンの目がにじんだ。なんてことだ。ここに残ってくれとマイロを口説けたらと思っていた。彼らの一時的な同居を、石に刻んだ不朽のものに変えられないかとしばらく前から願っていた。マットやローマンのように、ティムやランスのように。

つがいに。

だがもう手遅れだ。ジェイソンはチャンスを失った。マイロは行ってしまった。

20 家

それから三日間、ジェイソンは意気消沈して自分のキャビンの中をうろうろ歩き回った。まあ、どのみちまだ回復しきってはいないのだ、しばらくぼうっとしていようが、じつにきわめて正常な話である。仕事をする気になどなれない。体力もなく、思考はぼんやりしている。そして大部分は……気鬱と孤独。

キャビンの裏手の草むらに座りこんで、ジェイソンは夏の熱気を浴びていた。親身な相談相手のように木々を見つめる。庭の花壇を縁取るすべての石を大きさ順に並び替え、後になってから多孔率の順に並べ直した。

ミニーとリリーが食事を持ってきたり、様子見にとジェイソンにつきまとっていた。ジェイソンは与えられたものを食べ、皿の上で異なる料理同士が接触していることに不満を述べ、あらゆる意味で扱いにくい患者だった。体力を戻すために短い散歩に出かけ、後には忘れるためにもっと長々と歩いた。ジェイソンの犬は胸の奥でみじめで大きな毛玉のように丸くなっていた。

金曜日、裏庭で座って夕食を食べていたジェイソンの手からリリーが皿をもぎ取った。

「ちょっと！　まだ食べているんだが！」

「ほんの一口残ってるわね。どうでもいいじゃない」リリーが皿に残った魚のフライスティックをつまんで口に放りこみ、ゴクンと飲んだ。「ほーら。これでごちそうさま。シャワー浴びてきなさい、パーティに遅れちゃう」

「何のパーティだ？」

「群れのパーティじゃないの、当たり前でしょ」

リリーはあきれ顔で、ジェイソンがわざととぼけたかのような態度だった。

「私は集会には行かない」とジェイソンはつっけんどんに言った。

「いいえ、行きますとも」

「いいや。あなたは行けばいい。私のことは放っておいてくれ」

空の皿を持っていない側の手をのばすと、リリーが折りたたみの椅子をつかんでジェイソンの下から引き抜いた。ジェイソンは草の上にひっくり返る。

「ちょっと！　なんて真似をするんだ！」

「シャワー」とリリーが家を指す。「さっさととびこんで、ジェイソン」

「私は病気だったんだ！　いかなる世界でその私を椅子から放り出す行為が許される？」

ジェイソンは立ち上がり、腹立たしげに服を払った。

「あなたはそのスウェットをこの四十八時間着っぱなしじゃないの。草のシミがついたからって今さらどうってことないわよ。いいからシャワー浴びてきて」

「私は今夜いかなる集会にも出席するつもりはない」ジェイソンは肩を固くいからせて、にらむリリーを見返した。「無理につれていけるもんか」

この言い方じゃまるで母親に言い返す八歳児だ。

「今夜はお祝いなのよ」リリーがぐっと歯嚙みして言った。「ウイルスに勝ったお祝い。あなたはその大役を担ったじゃないの、ドクター・ジェイソン・クーニック。あなたもマイロもティムもマットもマクガーバー先生もね。あなたたちみんなヒーローよ、だからそれらしくしてちょうだい。さっ、シャワーを浴びてきて。さもなきゃ……さもなきゃ……」目をキラリと光らせた。「あなたがおもちゃのアヒルちゃんとお風呂に入ってるってみんなにバラすわよ」

ジェイソンは愕然と息を吞んだ。

「そんなことはしていない！　あれは……あれはマイロのだ！」

リリーが疑惑の表情で目を細める。

かしましい女たちが家の中に上がりこむからこんな問題が起きるのだ。誰が助けてくれとたのんだ？　ジェイソンはたのんでない！　たしかにアヒルはあるが、あれは子供の頃に母が風呂に置いていて、それが習慣化しただけのことだ。あの馬鹿げた代物がジェイソンの内の犬をなだめてくれるのだ——水が大嫌いな犬を。だからあれは、入浴のような実務的な作業を迅速にこなすための一手段にすぎない。恥じるべき点など断じてない。何であろうとも。

リリーがまた家を指し、無言で命じた。やむなく、ジェイソンはシャワーを浴びに向かった。


まさにリリーに引きずられて、ジェイソンは彼女の家につれていかれ、正面玄関のステップを上った。

到着すると、群れの集会はすっかり盛り上がっていた。家の中が明るく照らされ、一ブロック先からでもしゃべり声が聞こえる。今夜もまた車やバイク、スケートボードまでもが家をとり囲んでてんでばらばらに停められ、ゾンビとの終末戦争の最中にガソリン切れを起こしたかのようだった。

ジェイソンは中に入りたくなかった。マイロを見るのが……恐ろしくてたまらない。マイロがほかの誰かと楽しそうにしゃべっているところなど見ていられない。ジェイソンではない誰かと。ジェイソンのことを吹っ切ったマイロのことなど見せられたくない。熱っした火かき棒を目に突き刺すほうがまだマシだ。

リリーはジェイソンの重くなる足取りにまるで無頓着だった。驚くほどの力でぐいぐい押してジェイソンにステップを上らせ、家の玄関ドアを抜ける。そうなるともはや逃げ場はなかった。

お祝いのパーティだ、というリリーの言葉は嘘ではなかった。紫や金のふわふわのテープが吊り下がり、キラキラな爆弾がここで破裂したかのようだ。混み合った料理用テーブルの上では、高さ一メートル近い巨大なケーキが不安定にぐらついていた。白いアイシングがかかったケーキには紫のキャンドルが何本もダイナマイトのように刺さっていた。

ジェイソンに気付いた瞬間、群衆はまさに彼を待ちかねていたかのように動き出した。

「イェイ！　ドクター・クーニック！」とサイモンが号令をかける。

「イエーイ！」と大体の声が揃う中、熱烈な「ばんばんざーい！」や「いい子たち！」という叫びも混じっていた。

ジェイソンの周囲に、握手や体を擦り合って挨拶したいクイックたちが殺到した。誰もが「ありがとう」「大したもんだ」「あなたがいなかったらどうしようもなかった」「クッキーある？」などと口々に言ったが、ジェイソンは最後のひとつは無視した。

ビル・マクガーバーがやってきて、たかだか二日前にキャビンで会ったのに、ジェイソンをハグした。直後にはティムが待ちかまえていて、ジェイソンの息を絞り出すほど強く抱きしめられた。

「僕の伴侶を救ってくれてありがとう」とティムがジェイソンの耳に囁く。

ジェイソンはうなずいた。返事をしようにも声が出せない。

マットがジェイソンの背をバンバン叩き、ウイルスの研究をするのに何も自分が感染《かか》らなくてもよかったのにとジョークをとばした。しまいにローマン・チャーズガードが背中を直立させていかめしい顔で近づいてきて――正直言って威圧感が凄い――丸太の山のようになだれかかってくると、ジェイソンの肩口に湿った鼻声で謝辞を述べた。

すっかり呑まれてはいたが、ありがたくもあった。どれほどの破滅が皆に迫っていたのかあらためて思い知る――深刻な、大量の犠牲が出かねない破滅。信じられないくらい幸運だったのだ。

だがこれほど大勢、押し寄せてくる皆の相手をしながらも、ジェイソンはマイロを探さずにはいられなかった。マイロに会うことを思うだけでずっと胃がすくみ上がったままだ。

そして、マイロがそこにいた。キッチンへ続く戸口に立ち、少し身をすくめ、小さく見えた。部屋を挟んで視線が合うと、マイロがぎこちない手をこちらへ小さく振った。ジェイソンの心にまた少しひびが入る。それだけか？　それだけのやり取りで終わりなのか？　ほかの皆と同じように近づいてきてジェイソンをもてはやしてはくれないのか？　どうしてだ？

マイロが床を見下ろし、手もだらりと下がった。悲しそうで、どうしたらいいのかわからないように見えた。その姿はジェイソンが初めてマイロを見た時のことを思わせる――まさにこのリビングで、リリーがビュッフェテーブルの下からマイロを引っ張り出してきて、誰か引き取ってくれないかと言い出した時だ。そして突如として、ジェイソンはもうここにはいられないと思う。あまりにも苦しい。

なんとか群衆から抜け出して玄関へ向かおうとした。だがランスが前をさえぎり、ジェイソンの肩に手を置くと、皆の持ち寄り料理や特製ケーキやら、ジェイソンにはどうでもいいことをここに残る理由としてぼそぼそと語り出した。

ふとランスがジェイソンの背後を見て、ジェイソンの腹が緊張感にねじれた。周囲が静まり返る。

ゆっくり振り向くと、すぐ後ろにマイロがいた。マイロはジェイソン以上に逃げ出したそうな顔をしていたが、決然とした表情のリリーがその腰にがっちりと腕を回していた。

「マイロ」とリリーが甘い声を出した。「ジェイソンにご挨拶しなくていいの?」

マイロがのろのろと頭を上げ、ジェイソンの顔を見た。

「どうも」と言う。

ジェイソンの胃が不安にギリギリときしんだ。

「どうも、マイロ。その……近ごろの調子はどうだね?」

「いいよ」

これ以上信憑性のない作り笑いはありえないというほどの、ただ歯を剥いて唇を引っ張っただけの表情を見せると、マイロはまた床を見つめた。肩は力がこもってこわばり、引きつった表情はみじめそのものだった。

ジェイソンの心を疑いがよぎる。どうしてマイロはこうも不幸せそうにしているのだ?　新しいキャビンに引っ越すのが望みだったなら、何もかも順調で、ラヴやほかの誰か——ジェイソンではない誰か——と仲良くやっているのなら、どうして誰かに心臓を踏みにじられたような顔をしている？

ランスがジェイソンの足を踏みつけた。「痛ッ！」とジェイソンは声を上げ、ランスをにらみつけた。

マイロが心配そうな顔を上げ、無理に言葉を押し出した。

「その……病気、大変だったね、ジェイソン。元気になってよかった」

「ありがとう、マイロ」

ジェイソンはズキズキ痛む爪先からふくらはぎまでをさすって痛みをなだめた。マイロが深々と息を吸う。

「すごいことをしたと思う。できるってわかってた。だってあなたほど賢い友達はどこにもいない。町にとって、ってことだけど。うん」

踵を返したマイロを、リリーの力でさえ引き戻せなかった。リリーの手を必死の勢いで逃れたマイロはうつむいて、見るからにいたたまれなさそうに人々をかきわけていく。

ジェイソンは激しくまばたきしながらマイロの後ろ姿を見送って、どういうことだろうと首をひねり、ここで何をするべきか——あるいは何をしないでいるべきか——迷っていた。

リリーが彼の頭を横から軽くひっぱたいた。

「痛ッ！　きみらビューフォート家の凶暴さはいったいどういうことだ？」

「ジェイソン・クーニック！」リリーがチチッと舌を鳴らした。「あなたはこのマッドクリーク中で学歴は最高かもしれないけどね、でもあなたは愚かでいらっしゃるわよね」

「は？」

救いを求めてランスを見たが、ランスもうんざり顔で、救いがたいと言いたげに首を振っただけだった。

「追っかけてあげて！」

そのアドバイスはティムからで、ドンと軽く押された。

不意に、すとんと腑に落ちた。リリーもランスも、そしてティムも、ジェイソンに嫌がらせをしようとしていたわけではなかったのだ。いややりかねないとは思うが、今日は違う。彼らは皆でジェイソンに何かを伝えようとしている。そして、マイロはあんなにも悲しげだった。

希望というのは危ういものだし、愛などというものは客観的に言えば進化に有用な化学物質の分泌にすぎない。そうであっても、この気持ちのリアルさが薄れるわけではない。希望と愛とが怒涛となってジェイソンの中を駆けめぐる今。ジェイソンの内の犬が色めきたって頭をもたげた。

「マイロ、待ってくれ！」

ジェイソンはマイロを追う。マイロが止まって振り向いた。

ふたりは、リリー・ビューフォートの家のリビング中央で顔と顔をつき合わせていた。群れの全員が囲んで凝視していたが、マイロを見つめているとそのすべてが消えていく。マイロの瞳、みじめで暗い目が、ジェイソンの目を見つめ返した。

ジェイソンは唾を呑んだ。

「病気から目を覚ましたら、きみが引っ越したと聞かされた。きみは……新しいキャビンに引っ越したのは、きみの希望か、マイロ？」

マイロがふんと息をついた。

「僕はそこに引っ越すべきだと、ジェイソンが言ったんだよ」

「いいや」ジェイソンは言い張った。「まあ、そうだな、多分。前に。ある時点では、たしかにそう言った、ああ。だが……きみ自身がそこに引っ越したいと望んでのことか？」

「いい加減にしやがれ」とランスがどこかで呟いた。

マイロの唇がきつく引き締まった。「違う」と静かに言う。

ジェイソンの心臓が、肋骨のどこか上あたりからぽんとはね上がった。

「そうだったのか。うむ、私はきみに出て行ってほしくなかった。そんなことになっているなんて知らなかったんだ、マイロ。病気の間、まるで意識がなくて」

マイロがまばたきした。もぞもぞと手を動かし、体の前で指をこねくり回す。迷っているように見えた。期待しながら、自信がないように。

お前は馬鹿者だ、とジェイソンは思った。人間として長年の経験があるのはお前のほうなのに。逃げるな、ジェイソン・クーニック。

　ジェイソンは咳払いをした。

「つまり……じゃあ、大丈夫だよ。きみが戻ってきたければ。私と一緒に暮らしたいなら、ということだ。私は、それがいいんじゃないかと思うんだ。きみ次第だが、マイロ」

「いつまで？」

　そう聞いて、マイロが両手をきつくねじり合わせた。

　ジェイソンの鼓動がトクトクトクッと胸で鳴っていた。酸欠のように頭がぼうっとする。

「うむ。いつまでというのは……ずっとだ、マイロ。きみがそうしたいなら、ということだが」

　深々と息をついて、短く目をつぶった。その目を開けると、マイロがじっと、すがるようなヘイゼルの瞳で見つめていた。いいだろう。ジェイソンはもう踏み切ったのだ。今こそすべてぶちまける時だ。

　声が震えた。

「きみを愛している、マイロ。きみは誰より個性的で、心が広くて、見たこともないような奇跡的な存在だ。そして、きみがずっとそばにいてくれたなら、私はうれしい。我々の家で一緒に。つがいとして」

ざわめきや溜息が周囲を包んだが、それは背中を押してくれる空気のクッションのようで、現実味がない。大切なのはマイロの顔に浮かんだ痛々しいほどの幸せの色、マイロの微笑がジェイソンの肉体のすべての細胞に光をともすその一瞬。マイロがとびつき、ジェイソンはそれを受けとめて、マイロの太腿に両腕を回した。マイロの唇が激しくジェイソンの唇に押し当てられた。

「ずっと?」マイロが息を切らしたキスの合間にたずねた。「本当だね、ジェイソン? 永遠に、ずっとのずっと?」

「これほど本気の言葉はこれまで言ったことがないよ。永遠にずっとだ、マイロ。いつまでも」

ふたりはパーティに長くはとどまらなかった。リリーはすぐにケーキを切ろうと言い出し、どうやらジェイソンたちが途中で帰るだろうと見越したらしい。ジェイソンとマイロもケーキを一切れもらった。サツマイモとレーズンのケーキで、クリームチーズが上にかかってとても美味しかった。だがジェイソンは一口目から後はあまり意識がない——そばにくっついたマイロの器用な手にシャツの下をまさぐられていては。マイロがジェイソンのボタンダウンシャツをズボンから引っ張り出して素肌にふれた。見た目の威厳は台なしにされたが、ジェイソンはひそかにそれが愛しい。こんなに求められていると感じたのは人生で初めてだ。

腰にマイロの勃起が押し当てられた時、帰るべき頃合いだと悟った。周囲に別れを言って、ジェイソンのキャビンへ歩きはじめる。ふたりのキャビンへと。

「僕の部屋があるの、それともジェイソンと一緒の部屋なの？」

互いの腰に腕を回して歩きながら、マイロがうきうきとたずねた。

ジェイソンは笑った。

「これまで別のベッドで寝たことなんかないだろう。つがいになったのに、今から始める理由がない」

「つがい！　じゃあジェイソンの部屋が僕の部屋？」

「ああ。我々の部屋になる。タンスの半分とクローゼットの半分がきみのものだ」

「じゃあジェイソンの半分も？」

マイロがそうふざけて、ジェイソンのズボンの前に手をすべらせた。ジェイソンはつい息を呑む。

「いや、私のすべてがきみのものだ」マイロの手をつかんだ。「ただし、その、実演するのは家についてからだ」

「いいよ」

マイロがおとなしくうなずいて、ジェイソンの首元に鼻をこすりつけた。

こんなに長い十ブロックが存在しただろうか？　惑星間の超空洞《ボイド》を渡っているかのようだ。

だがついに家まで来た。ふたりはキャビンの中へ転がりこみ、ジェイソンはまさにマイロの服を引きはがしにかかろうとした。最後に一緒にいてから長い時間がすぎているし、彼の肌も、心も、きしむほどにマイロの手を求めていた。すべてがほしい、自分の体全体にマイロの体のすみずみを押しつけたい。できれば何時間でも。

そしてもちろん、マイロはまさにこのタイミングを選んで話しはじめた。

「会いたかったよ！　病気の時に会いに来たかったんだけど、どうしても駄目だって」

ジェイソンはマイロを玄関ドアに押しつけ、両手で腰をつかみ、首すじにキスをした。

「私も会いたかったよ」

マイロの甘い香りを吸いこむ。そのにおいだけでジェイソンの脳内物質が至福のスイッチを入れ、彼の内の犬が喜びに踊る。

「アリゾナの後、きみにこの家に住んでほしいと思ったんだ。だが危険は避けなければならなかった。すまなかった、そんな思いをさせて――」

マイロがジェイソンの手を水銀のようにするりと抜けると、ドアをすべって膝をついた。ジェイソンの言いかけの言葉は、それがなんであれ、頭から吹きとんだ。マイロが股間に頬ずりする。

ジェイソンは息を呑んだ。

「ああ……う……うむ……」

「ジェイソンがほしいんだよ。すごく。ずっとそうだった。モーテルでジェイソンとしたことをいっぱい思い出してた」

「私もだ」

囁き返すジェイソンのベルトをマイロが、器用さはないが決意にあふれた手で解いた。ファスナーを下ろすと下着ごしのジェイソンの屹立に、世界一大事そうに頬を押し当てた。

「これ大好き」マイロが溜息をつき、屹立を鼻でなでる。「サイモンからヒトのセックスについて聞いたんだ。それで僕は——」

「何だと？　サイモンとセックスの話をしたのか？」

ジェイソンは下がってマイロの顔を見下ろした。マイロが、欲望でぼうっとした瞳でジェイソンを見上げる。

「うん。知りたかったから」

こみ上げる苦い嫉妬が、ジェイソンは嫌でたまらない。相手はラヴではなかったのがせめてもだ。それに、離れていた間にマイロが何をしようと責められるわけがない。

ジェイソンはこわごわたずねた。

「サイモンが、その、実演してみせたのか、それとも……」

マイロから小馬鹿にした目を向けられた。

「してないよ！　それはあんまり賢い質問じゃないよね、ジェイソン。僕が好きなのはジェイソンなんだよ」

「ううむ……そうだな、なら、いい」

「サイモンから聞いて、やってみたかったことがあるんだ。これとか」

マイロがジェイソンのブリーフのゴムを下ろすと、屹立を口にくわえた。

ジェイソンの膝が脱力する。あわててドアで体を支えようとした。前のめりになって額を木のドアに付け、目をとじた。手がマイロのやわらかな髪をなで下ろす。これは。おっと。うわ！　とんでもない刺激が走る。これは凄い。

マイロにとってこれが初体験なのは明らかだったが、優しい動きで、マイロ自身も興奮で体を震わせていた。吸ったり頬ずりしたり、屹立の裏側に舌腹を這わせたりと、色々試す。

ジェイソンはマイロの巻き毛を指に絡めた。小さく腰を前後に揺らすと、マイロが喉の奥でうれしそうな音を立てた。完璧だ。あまりにも完璧すぎる。早期のロケット発射の危険が迫ってきて、これではあっけなさすぎるだろう。マイロの帰宅を正式に祝いたいのに。

さらに数秒だけ、マイロの口の感触を楽しんだ。マイロが手でジェイソンの背中をなで、パンツをもっと引き下げて肩甲骨から尻までの肌に手のひらを走らせる。ああも焦がれていたマイロの手。至福だ。ついに、ジェイソンは事態の切迫を避けるために腰を引かねばならなかった。

「くそ、マイロ。ああ、こっちにおいで」

「今の大丈夫だった？」

ジェイソンに引き上げられて立ちながら、マイロがたずねる。

「大丈夫かって？　今のはまさに10だよ。いや、12だ」

マイロがくすくす笑った。「10までしかないんだよ、ジェイソン」

ジェイソンはキスでその笑いを止めた。またマイロをドアに押しつけてかぶさる。口の中でふたりの味がして、それがいい。マイロからはふたりの味が、ふたりのにおいが、いつもしていないと。これからはずっと。マイロのジーンズのボタンを外すとファスナーを下ろした。その勃起は、手で握りこむとまるで白熱した鉄の棒のように感じられた。手のひらが焼けつきそうな。愛撫にマイロが声を立てて腰を押し上げ、ジェイソンの腰をつかんだ。

「ふたりのベッドに行って愛し合おうじゃないか」とジェイソンはマイロの耳元に囁いた。

マイロがぶるっと震える。「うん！」とジェイソンとドアの間から抜け出し、ジェイソンの手を引っ張って廊下を進んでいった。

寝室にたどりつくと、ジェイソンはマイロのシャツの裾をつかんで頭から引き抜き、同時にマイロがズボンを蹴り脱いだ。なんてきれいなんだろう。マイロのすべてに心奪われる。こんなにも特別な存在が自分のものだなんて、とても信じられない。

「セックスについて聞きこんだことの中で、ほかに試したいものは？」と息を切らしながらからかった。

「これ」とマイロがベッドの上へ這い上がると、四つん這いでジェイソンを振り向いた。不意に気恥ずかしそうな顔をする。「全部、かぶさってほしい。僕の外側をジェイソンに包んでほしいし、中にも入ってほしい」

ジェイソンは唾を呑んだ。今の言葉で陰嚢がずしりと重くなる。

「それは、だな、ヒトの男性にとって女性ほど簡単にはいかないものなんだ。きみを準備する必要がある」

マイロが眉を寄せた。

「そうなんだ。やり方わかる？」

「ああ」

じっとジェイソンを見つめて、マイロは不安そうに唇を噛み、ジェイソンが何を待っているのか悩んでいるようだった。あるいは、ジェイソンの気がすすまないかもしれないという心配をしているのか。だがジェイソンはやる気なのだ。心底、したい。マイロとつながりたい、それも今すぐ、そして可能な限り強く。

マイロの姿はすらりとしてしなやかで、ベッドの上で裸をさらけ出している。太腿は意外なほど筋肉質で、上掛けにのせられて上を向いた足裏はとてもやわらかそうだった。尻はむっちりと丸く、ジェイソンの手にぴったりとおさまる。体を支える腕が震えている——力が入っているからではなく、欲望からだ。まだ屹立は固く、太腿と腹の間に錘《おもり》を吊るしたように勃起がのびていた。頭を回して肩ごしにこちらを見た目は大きく、無防備で、恐ろしくなるほど迷いのない愛に満ちていた。

このマイロの姿を、かけがえのない一瞬を、写真に撮ってずっととどめておけるならジェイソンは何と引き替えにしてもいい。かわりに心に刻みつけた。

深い息をついて動き出す。残りの服を脱ぎ、ふたりの間を隔てるものをすべて取り去る。それからジェイソンはマイロの脚に手をすべらせて、背中にキスをした。

すべての箇所に。マイロのあらゆるところにキスをしたい。背骨に沿ってキスを落とし、その黄金色の肌を愛でる。信じられないくらい柔らかな、まるで新生児のような肌だ。マイロの肩にキスをして、そのまま後ろからその背にかぶさった。

マイロが呻いて背をしならせ、ふたりの体の間にジェイソンのペニスがとらわれる。原始的な征服衝動——今すぐ！——が押し寄せてきて、ジェイソンは震えて喘いだ。必死に抑えこむ。

我慢だ、我慢。

マイロの首筋を鼻でくすぐり、耳の後ろの強いにおいに酔いながら、またマイロの背中を下へとキスしていった。

「ジェイソン……」マイロが喘いだ。「ほしいよ」

「私もだよ、マイロ」

ジェイソンは囁いたが、急ぐつもりはまったくなかった。マイロの背骨のつけ根の浅いくぼみに舌を入れ、尻と太腿がつながり合うところの美しい曲線を感じながら、親指で少しそこを開いてマイロの愛らしいピンクの中心をあらわにした。じつにどこも完璧だ！　ほんの一瞬、科学者としてのジェイソンの脳が、一度は芯まで犬だった存在がどうしてこんな愛らしい人間に進化できたのだろうと感嘆せずにはいられない。

奇跡だ、とジェイソンは思った。どうしてこれまでそれを信じなかった？

「ジェイソン、さわって！」

マイロが気短に文句を言ってジェイソンの手に体を押しつけた。

かなり俗っぽい奇跡ではあるようだ。まあ、ならば――。

ジェイソンは身をのり出すとマイロの陰嚢を舐め、会陰から背骨のつけ根までを舐め上げた。マイロが驚いて甲高い声を立てたが、感心したことに身じろぎもせず、体を引こうともしなかった。ジェイソンはまたもう一度、もっとゆっくりと舐め上げて、舌をくねらせ、味わった。今回、マイロは長く尾を引く呻き声を立てた。背中をもっと丸め、尻を上げて無言で懇願する。その息は大きくて苦しげだ。マイロは、シナモンと清潔な肌と、何か暗くて淫らで原始的なにおいがして、それがジェイソンの手をうずかせて血液を体の中心に集める。

マイロの腰をきつくつかむと、そのままたっぷりと舌で探り抜いた。舌と歯を動かすたびにマイロが喘いで身もだえした。そしてマイロが身もだえして喘ぐたび、ジェイソンは彼を生き

たまま食べてしまいたい気持ちになる。

マイロは快楽に溺れて激しく動いていたので、その重い屹立がはねるのがジェイソンにまで伝わってきた。欲しくてたまらなくなる——どうしても。手をのばすと、マイロの腰の動きではねるそれを指の上ではずませた。これはいい。

もう待てなかった。体を引き、息を荒らげて、マイロの太腿をなでる。

「仰向けになるんだ、マイロ。きみが見たい」

「でも……」

マイロが揺れる声で抗議した。今の格好のままで何が悪いと思っているのだろう。

ジェイソンはつい微笑んだ。

「やめたりはしないよ、マイロ。だがまず言うとおりにしてくれ、私のために」

マイロはベッドの上のほうへ四つん這いのまま動いてから、振り向いてバタンと仰向けに倒れた。胸骨から胸回り、首までが濃く赤らみ、瞼を伏せて、プラム色の勃起の先端が包皮からのぞいていた。すっかり乱れた姿で、リアルに見えた。存在感が増したようで、まるで時がこの一瞬に固着したかのような、そしてマイロがさらに高次の存在となったような。この瞬間のマイロが決して欠けも増えもしない、この刹那が永遠となったかのような。そしてマイロ以外のものはすべて取るに足らなく思えた。

ジェイソンは喉に詰まる感情を呑み下した。真実の愛というのはこんなふうに感じるのか、と思う。単なる感情がこんなにも大きく、こんなにもリアルになれるなんてまるで知らなかった。

ベッドサイドのテーブルを探ってワセリンの瓶を取り出す。自分のものでないような指で蓋を開け、指を二本濡らした。

膝をついて身をのり出すジェイソンを、マイロが心からの信頼の目で見つめていた。何の言葉もないまま、ジェイソンはさっき舌で探ったところにジェルまみれの指をすべりこませた。マイロがベッドに足を立て、膝を大きく開く。口元に拳を当てて噛んだ。もう片手はジェイソンのほうへのばす。

ジェイソンは空いている手でマイロの手首をつかんだが、頭はマイロの腹のほうへ近づけた。指でマイロをほぐしながら、細心の注意を払ってマイロのペニスを口にする。深々と味わいたかったがマイロをまだ射精させたくなかったし、もう限界が近いのはわかっている。

ほろ苦い先走りの味には必死さがにじみ、屹立はいきり立っていた。マイロがベッドを踏みしめて腰を上げ、無言ですべてをねだってくる。その喉から切れ切れの音が、何の慎みもためらいもなくこぼれた。

マイロの体の熱に心を奪われる。いつでも体温の高い彼だが、欲情がさらにそれを強めていた。その屹立がジェイソンの唇を割り、マイロの内襞のなめらかな熱は燃えるようだった。ジェイソンの指を受け入れ、マイロの湿った肉体はあたたかにほどけていった。

ジェイソンはこらえて指を抜いた。とても何も言えず、マイロを微笑で励ます余裕もなく、自分のペニスにワセリンを塗りたくるとマイロの太腿を引き上げ、そして、彼を待っている場所へと己を沈めた。

ゆっくり、と心がけた。マイロと視線を絡ませて。だがマイロの中はどこまでもやわらかで、ジェイソンを包みこみ、ジェイソンは長いひと突きで奥まで貫いていた。力が吸いとられそうで、その瞬間、圧倒されていた。マイロの両側に肘をつき、体を支える。マイロがジェイソンの太腿に足を巻きつけ、肩にしがみついた。

「これって……」マイロが息を呑む。「ジェイソン」

「わかってるよ」

どちらも長くは持たなかったが、ジェイソンは己の持つすべてでマイロを愛し、手の届くところにさわっては時おり動きを止めて身を屈め、マイロにキスをした。あちこち動き回る手をマイロがつかんで、限界までそそり立った自分のペニスに導いたので、抗わずにきつくしごいてやった。

マイロが至福の声を立てて達した時には、ジェイソンもすでに進んでそれを追いかける状態だった。目をとじると、自分のオーガズムの強い収縮とマイロの弱まっていく痙攣のリズムとが、二つの鼓動のように伝わってきた。こんなふうに感じるのは初めてだ——快感と感情がきつく絡み合い、すべてが夜空のように果てがなく、星々のように輝かしい。

ジェイソンはベッドに崩れた。マイロの精液がふたりの間にべたつき、ジェイソンはマイロを腕にきつく抱きとってごろりと体を転がした。どれだけ近づいても充分でないかのようにマイロも片腕と片脚をジェイソンに絡め、顔をジェイソンの髪にうずめた。

「愛してる。一番に。ヒトはそう言うんだよね？」とマイロが呟いた。

ジェイソンは、マイロの顎あたりに向けて微笑む。

「そうだな、そう言うんだ。私も愛してるよ。お願いだから決して……」

「決して、何？」

息を吸い、ジェイソンは己の論理的な言葉を取り戻そうとする。

「私を置いてどこにも行かないでくれ、マイロ。私がどれだけ馬鹿なことをしても、どれだけ気難しくとも、働きづめでも、もしきみの気持ちを傷つけるようなことを言ってしまったり、気が散っていて牛乳を冷蔵庫ではなくカップボードに戻してしまったとしても。私は、きみなしではまともにやっていけないんだ」

「絶対にどこにも行かないよ」とマイロが重々しく約束した。

「私も決してきみをひとりにはしない、マイロ」とジェイソンは誓った。

心からの言葉だった。ジェイソンの人生でマイロより大事なものなど何もなかった。研究だろうと、何だろうと。この先もきっと、ずっと。

ジェイソンがうとうとと眠りかかっていた時、マイロがむくりと起きてベッドからとび出した。大きなグラスに水を入れて戻ってくると、それを飲む。そのグラスをジェイソンにも差し出した。水の冷たさとマイロの目のきらめきに眠気を追い払われて、ジェイソンは起き上がるとヘッドボードに寄りかかった。

「僕の仕事はね」マイロがまるで会話の最中だったかのように話し出した。「キャビンを作ったり、掃除をするか。それかね、ビルが、クリニックで病気の人たちを助けてくれないかって」

ジェイソンとしては、マイロが仕事で日中いないというのはありがたい話ではない。だがマイロがやりたいことならもちろん応援したい。

「マイロはそれがやりたいのか？」

「ひとを助けるのが好きだから。時々、ホスピスが恋しいよ」

「よければ、きみのいたホスピスに一度寄ってみてもいいが」

マイロは悲しげな顔になった。シーツを指先でつまむ。

「あそこのひとたちは、こういう僕は知らないから。毛皮の僕だけしか。それに、遠いし」

ジェイソンはうなずいた。

「すまない。だがこの町のクリニックでも、きみならいい仕事ができるだろう」

「うん。ただ……僕はジェイソンと一緒にも働きたいんだ」

「私と？」

マイロが神経質に唇を噛み、ジェイソンに断られるかもしれないと恐れているようだった。

「ジェイソンはいつもたくさん仕事があるから。それに、とても大事な仕事だ。僕が手伝える」

ジェイソンの胸に喜びがともった。

「そのとおりだ、マイロ。私の研究をたしかなものにするにはまだまだ多くの仕事をしなければならない。それに重要な研究だ。私自身この研究がどれほど重要なのか、誰のためなのか、やっと真価に気付きはじめたところだよ」

「ジェイソンに追いつくためには、学校に何年通えばいいの？」

ジェイソンは微笑んだ。真剣なマイロはじつに可愛らしい。

「ラボの手伝いなら、なにも私に追いつく必要はないんだよ」

「何年かかるの？」とマイロが食い下がる。

「ふむ、そうだな。私は二十年間、学校に通った。だがそのうち何年かは、私にとって役に立つというより学校が授業料で潤っただけだったな」

「二十年！　すごく長いね！」とマイロが目を見開いた。

ジェイソンはグラスをベッドサイドのテーブルに置いて、マイロを引き寄せた。

「何もそこまですることはない。今のところは読み書きに集中するといい。いずれは高卒認定資格に挑戦して、理科系の特別授業を受けたらどうかな。本当にそうしたいなら。私のためにやろうとしなくてもいいんだよ」

「でももしそれができたら、ジェイソンの役に立てる？」

「マイロ、きみはもう役に立っている。クイックになる過程では悲しみが重要だということを私に教えてくれた。きみのおかげで、私は心おだやかに集中できる。それだけでなく、たくさん助けられてるんだ」

　マイロが疑うような顔になった。

「僕は、ジェイソンがコンピューターでやってるみたいな表の作り方とか顕微鏡の使い方とかカメラの使い方とか、全部知りたいんだよ」

「ならこれからやっていこう」

　ジェイソンはマイロの髪の一房をからかい混じりに引っ張った。

　ＪＶＴラボを辞めた時、自分がどんな気持ちだったかがよみがえる。クイックの研究というのがあまりにも膨大な仕事であり、その前で自分は孤独だと——誰の助力もなく、助手もおらず、誰も関心すら持ってくれないと。今はもうあんなふうには感じない。

「きみにいくら払えるかわからない」とジェイソンは言った。

　貯金も限られているし、今のところ収入の見込みはまったくない。何か非常勤の仕事を探したほうがいいのだろう、リモートワークでもできることを。そしてマッドクリークの町のことを思った。資金源に飢えているこの町を。

マイロが眉をひそめた。

「払うって？　どういう意味？」

ジェイソンは説明しようと口を開いた。現実の社会がどういう仕組みなのか、雇用主と従業員や福利厚生の話を。給料や年二回の昇給、食うための金と引き換えにつまらない仕事に人生の時間の一部をさし出す不幸な交換の話。

そこでジェイソンは、マイロはそんなことを知らなくてもいいのだと気付いた。マッドクリークは現実社会と大きく異なる。非情な資本主義はここには存在しない。誰もがただ町やお互いのために必要なことを何でもしている。そして町は、その全員を守る方法を模索する。

それで成り立っていることが不思議だし、規律を好むジェイソンのような者にとってはとても我慢できないようなやり方だが、ある意味、じつにのびやかだ。

ジェイソンは指でマイロの肩の長い曲線をなぞった。

「聞いてくれ。私たちは一緒に暮らして、一緒に仕事をして、幸せになろう。後のことはそれからついてくる。いいね？」

「いいよ」マイロはそう言った。唇を嚙み、伏し目がちにジェイソンを見る。「もうひとつ、聞きたいことがあるんだ。とても大事なことなんだ」

ジェイソンは胸騒ぎを覚えた。

「なんだね?」

「ねえ……もしかしたら……ここが僕の家になったのなら……犬を飼ってもいい?」

ジェイソンは体を引いてマイロの顔をしげしげと見た。

「犬?」

「ジャック」マイロが長い指で落ちつかなさげにシーツをつまむ。「砂漠で怪我をしてたあの犬なんだけど。治ったら一緒に暮らそうって、約束しちゃったんだ。約束するのはまずいってわかってたんだけど、あの時の僕には家はなかったんだし……でも、ジャックには生きる目的が必要だったんだよ、ジェイソン」

マイロは期待に満ちた表情だった。ジェイソンに駄目だと言えるわけがない。

「マイロ、ここはもうきみの家だ。ジャックと一緒に暮らしたいなら、かまわないよ」

「本当?」とマイロの顔が輝く。

「もちろんだとも」

「やった! ラヴに電話してこないと!」

マイロがとび上がり、真夏のように素っ裸のまま電話をかけに走っていった。

ジェイソンは突然、いずれここでたくさんの犬と暮らすことになりそうだ、という予感に襲われる。

ふむ。人生には、心優しいつがいを持つよりもっと悪いことが山ほどある。

ジェイソンはベッドに沈みこんで、まだ微笑んでいた。いともたやすく眠りに落ちながら。

エピローグ

二ヵ月後。


ジェイソンは無顎類《むがくるい》に関する新たな論文をパソコンで読んでいた。ヤツメウナギやヌタウナギ、無顎類と呼ばれるこれらは、幼生とまるで異なる成体に変態する、昆虫以外では数少ない種のひとつだ。無顎類では、その変態の過程は甲状腺ホルモンによって制御されている。そのホルモンがどの遺伝子のスイッチを入れたかを示す興味深い新データがあった。

同時に意識の半分では、インタビュー用のテーブルでガスから聞き取りをしているマイロの話も聞いていた。

「うんうん」とマイロが言った。「ミセス・アンダーソンから怒鳴られたりして悲しくなったことはない？　ここのところが」と胸の下あたりをさする。

「一度だけ。ドアのところにやってきた男を私が唸って噛もうとしたので、怒鳴られた。怒鳴るなんて不公平だ。あれはよくない男だった。私にはわかる！」

「そうだね、うん」マイロがうなずいた。「僕でも悲しくなるよ」

パソコンのキーをいくつか叩き、マイロはジェイソンがシンボルや顔文字で設定してある入力欄にチェックを入れた。

「ほかに、彼女から悲しい思いをさせられたことはある？」

「あの時だけだ」ガスが力をこめた。「素晴らしいひとだったよ！」

マイロがガスの手を取った。

「今からつらいことを聞かなきゃいけないんだ。あなたは、亡くなる前から夫人が病気だとわかってた？」

ガスがしおれた花のようにしゅんとなった。

「ああ。しばらくの間病気だったから」

「どのくらい前から？　夜何回ぶん？　思い出せるかな」

「一、二週間だった、かな？」とガスが肩をすくめた。

「あなたは怖い思いをした？」とマイロがいたわりの口調でたずねた。

ジェイソンは聞こえてきた話に満足して、自分の研究に戻った。集中して仕事ができるようにイヤホンを着ける。いまだにこの〝恋に落ちたばかり〟の己の、マイロのそばにいたいとかマイロの様子を見たり聞いたりしていたいという尽きぬ衝動を扱いかねていた。ありがたいことに事態は少しずつ平常に近づいていっている。

最近では、彼らは研究対象から詳細な生い立ちを聞き取ることができるようになっていた。二つの助けによって。一つ目は、町全体の雰囲気の変化。あのウイルスの感染拡大《アウトブレイク》以降、ジェイソンは静かな尊敬の対象となり、前より多くのクイックたちがジェイソンの研究には正当な理由があり、そのためにはクイックのコミュニティについてできるだけ詳しく理解するのが大事なのだとわかってくれた。

二つ目は、マイロだ。ほかのクイックたちとのコミュニケーションが、ジェイソンには一生かなわないくらいうまい。一言ごとに気を損ねたりしくしく泣かせて手に負えなくなることもなく、クイックたちから話を聞き出してくれる。これは助けになった。

マイロは、時々声がかかるとビル・マクガーバーのクリニックへ行って怪我の痛みの手当てをしていた。そしてリリーにつれられて、スウィーニー家の出産にも立ち合った。マイロのおかげでどれだけ痛みや怖さがやわらいだか、ルース・スウィーニーがことあるごとに皆に話している。ジェイソンはマイロの〝いたわりの手当て〟の仕事をうとんじてはいなかったが、マイロが家にいないのは淋しい。たとえリリーの授業に出かけているだけの時でも。ジェイソンの犬は救いがたくめろめろなのだ。

ガスが帰ると、昼食の時間になった。ふたりは飼っている黒いラブラドールのジャックに綱をつけてダイナーまで歩いていった。気持ちのいい夏の日で、晴れ晴れとして暑く、ダイナーで食事をした後は町の公園をのんびり散歩した。

いつものごとく公園はにぎわっていた。皆がマイロとジェイソンの名を呼んで挨拶する。マイロと全員がハグをし、そしてマイロと一緒にいたおかげでジェイソンもハグされることになった。別にかまわない。たとえひとと話す気分ではない時や苛々して気が散っている時でも、ハグで神経をなだめられるのだ。ジェイソンの生産性を上げられるのだからハグは「役に立つ」とマイロなら言うことだろう。マイロは何かしらジェイソンを納得させるのがとてもうまい。それこそ何であっても。

公園のベンチでランチ中のティムとランスに出くわした。足元で赤ん坊のモリーが遊び、犬のレンフィールドはベンチの下の日陰で寝そべっていた。マイロはレンフィールドも含めた全員をハグしてから、ぺたりと座りこんでモリーとジャックと遊び出す。モリーが草をひと握りつかみ、ちぎれた切れ端をマイロにくれた。マイロがそれを食べるふりをする。

「トマト食べる?」とティムがオレンジ色の球が入ったタッパーをさし出した。

「昼食を食べたばかりなので」とジェイソンは言う。ためらった。「それサンゴールドか?」

「そうだよ」

「ううむ」

ジェイソンは二粒取った。ティムの作るミニトマトのサンゴールドは、マッドクリークのフアーマーズマーケットでも一番美味しい。鮮やかなオレンジ色でキャンディのように甘く、噛むと口の中で勢いよく弾けるのだ。

もう一つ取って、まだ草に座りこんでいるマイロに食べさせた。一つももらえないジャックがひがんだ目つきをジェイソンによこす。

「マイロ、リリーから聞いたんだけど、もう二年生の教科書を読んでるんだって？」とティムが温かい声で言った。

「うん」マイロが得意げににっこりする。「ジェイソンが自分の携帯に、読む勉強ができるゲームを入れてくれて、僕はよくそれで遊んでるからね」

「そのおかげできみに新しい携帯を買うことになったわけだ」とジェイソンが辛口に指摘する。

「で、お前のほうの研究の調子は、ドクター？」とランスが聞いた。ティムの背中側のベンチの背もたれに手をのばし、上を向いて顔に陽光を浴びている。目も開けようとしない。

「それが、大変順調でね」ジェイソンは鼻の眼鏡を押し上げた。「様々なホルモンが特定の遺伝子の発現に与える影響を調べていた。加えて、近頃、〝ジャンクＤＮＡ〟と呼ばれて無意味な非コード領域だと見られていたものが、正しい誘導物質さえあれば転写を行うことがわかってきた。これによって新しい仮説が生まれている。それについて聞きたければ、小さなセミナーを開いてもいい、町役場の会議室でも」

ティムの目は焦点が合っていなかった。ランスが目を開け、ジェイソンを空虚な目つきで眺めた。

「……今週ね、モリーに新しい奥歯が三本生えたんだよ」とティムが話題を提供する。

「そうだったのか？」ランスががばっと起き上がった。「二本しか見てないぞ。三本目はいつ生えた？」

「ここの歯だよ」ティムが自分の口に指を入れて位置を教える。「たうん、ゆうべひゃえたんじゃないかな」

ランスは傷ついた顔をしていた。

「どうして教えてくれなかった？」

「ハニー、そこまで考えなかったんだ。ごめんね」

まったく。親というやつは。どうやら子育てというものは思考能力を減衰させるらしい。科学的な研究を要するところだが、ジェイソンとしてはそれはどこかのお調子者の研究者に任せたい。

マイロを見下ろすと、せっせせっせの手遊びをモリーから教わっているところで、ジェイソンはふと、もし子供とそのような縁があったなら、自分もやはりティムやランスほど常軌を逸してしまうのだろうかと考える。

とはいっても、ジェイソンもマイロも男性である以上、そんな事態がある日起きるということはありえない。だがここまで来るとジェイソンは自分の将来を予見しようとするのをあきらめていた。とりわけ、マイロと一緒の未来となると。

「誰だ？」

ランスの声は鋭かった。

その視線を追って、ジェイソンは公園脇の道をのろのろと進んでいく高級そうな乗用車を見る。

「見たことのない車だ」とティムが言った。

ランスがひょいと立ち、ゆっくり進むその車のほうへしかめ面でつかつかと歩いていった。

運転手がランスに答えようと窓を下げ、その顔がちらりとジェイソンから見えた。そしてその一瞬、陽光が当たった角度で、まるでその顔は……。

ジェイソンを寒気が襲った。だがその一瞬はすぎる。運転手は免許証と車両登録証を取りに車内へ引っこんだ。

「どうしたの、ジェイソン？　大丈夫？」

マイロが立ち上がってジェイソンの腰に手を置いた。

「いや、今、あの男を見たような気が……」

「誰？」

ジェイソンは首を振った。あれがコーガン・レイニアのわけがない。ＪＶＴラボの研究部門の責任者。ただの光のトリックだ。

「何でもないよ。忘れてくれ」

マイロの手を握り、笑顔を作った。だがどういうわけか明るかった陽光が薄らいだ気がして、公園に漂う楽しげな雰囲気が嵐の前の静けさであるような不吉な予感を覚えていた。

マッドクリークの外の世界には今もまだ危険が存在していて、ジェイソンの無意識がそのことを知らせてきたのだ。しのび寄る冷たい恐怖にジェイソンは身震いした。くそ、ランスがいつも神経を張り詰めさせているのも無理はない、と思い、ランス・ビューフォートに感謝だという思いがさっとよぎった。

そんな自分にあきれて、ジェイソンは首を振った。どうやらオキシトシンやドーパミンなどの様々な〝恋愛状態〟の化学物質が彼の知性に悪影響を及ぼしているようだ。

赤ちゃんのモリーがきゃあっと甲高い声を発し、何かを犬のジャックに説明しながら拳をつき出した。ふっくらとした指を、まるで理解したようにジャックがそっと鼻でなぞる。あの徐行していた車はまた走り出し、納得したランスが笑顔でこちらへ戻ってきた。

緊張がほどける。結局のところ、マッドクリークの公園ですごすただの美しい夏の一日だ。それにランス・ビューフォートだってやはり変わらず忌々しい男だ。この先に何が待っていようと、今日はいい日だった。

ジェイソンは空を見上げた。厳密に言うならば、太陽も星のひとつだ。目をとじ、強く念じた。それからマイロを引き寄せるときつくキスをする。

「どんな願いをかけたの？」とマイロが見抜いているように聞いた。

「教えられないな、言ったらかなわなくなるから」

「それは論理的とは言えないね、ジェイソン」とマイロが律義に指摘した。

ジェイソンは笑った。

「そうだな、でもやっぱり教えない。戻って仕事にかかろうと言ったら、どう思う？」

マイロは考えこむ顔になった。

「家に戻ったらジェイソンにはセックス休憩が必要だと思う」とジェイソンの尻を揉む。「仕事するには緊張しすぎだよ」

「そう思うか？」

「科学者としての僕の見解によればね」とマイロが真面目くさってそう述べた。

ならジェイソンに何の異存があるだろう？

星に願いをかけるには

2020年11月25日　初版発行

著者　イーライ・イーストン［Eli Easton］

訳者　冬斗亜紀

発行　株式会社新書館
〒113-0024 東京都文京区西片2-19-18
電話：03-3811-2631
［営業］
〒174-0043 東京都板橋区坂下1-22-14
電話：03-5970-3840
FAX：03-5970-3847
https://www.shinshokan.com/comic

印刷・製本　株式会社光邦

Printed in Japan　ISBN 978-4-403-56043-9